CŒUR
et avenir

Mary Calmes

CŒUR
et avenir

Mary Calmes

DREAMSPINNER
PRESS

Publié par
DREAMSPINNER PRESS

5032 Capital Circle SW, Suite 2, PMB# 279, Tallahassee, FL 32305-7886 USA
www.dreamspinnerpress.com

Édition e-book en français : 978-1-63533-927-7
Édition imprimée en français : 978-1-63533-926-0
Première édition française : mai 2017
v 1.0

Édité aux Etats-Unis d'Amérique.

GLOSSAIRE

Akhen-aten — Roi des semels.

Aker — Position de commandement dans une tribu. Il faut se battre pour le titre. L'aker dépend du maahes. Les akers sont toujours nommés par deux, un manu et un bakhu.

Amenta — Panthère qui vit sur le territoire d'une autre tribu sans en avoir la permission.

Apophi — Panthère qui est une honte et un fardeau pour la tribu.

Aset — Celle qui est choisie par la reah (et uniquement par elle) pour devenir la nouvelle compagne du semel dans l'éventualité où la reah viendrait à mourir.

Beset — Ami privilégié de la reah.

Djehu — Position de commandement dans une tribu. À la différence des akers, les djehus sont élus.

Duat — Panthère qui a juré sous peine de mort de ne vivre que comme un humain et de ne jamais se transformer.

Epeboi — Initié.

Hathen — Domestique en charge du harem du semel-aten.

Heru-ur — Bacchanale qui a lieu pendant la Fête de la Vallée.

Khatyu — Soldat du semel.

Khet — Terme signifiant littéralement 'séparé par le feu'. Chaque partie n'existe plus pour l'autre.

Khonsu — Homme qui prend le rôle de second.

Krates — Personne adoptée en tant que frère ou sœur au sein d'une tribu, sans avoir à jurer allégeance au semel. C'est un grand honneur.

Maahen/s — Princesse/Prince d'une tribu, émissaire du semel.

Maat — Équilibre, harmonie, action juste.

Mastaba — Maîtresse de la maisonnée d'un semel. Elle est souvent la veuve du précédent semel.

Menat — Tribut.

Menthu — Gardien de la loi.

Menthuel — Défi d'honneur.

Phocal — Le chef du Shu, un groupe d'élite d'hommes-panthères au service du prêtre de Chae Rophon.

Reah — Véritable compagne du semel.

Sekhem — Compagne/compagnon choisi par le semel-aten qui n'est pas une yareah. Désigné dans les textes anciens par 'le cœur' ou 'le bras' du semel.

Semel — Chef de tribu.

Semel-aten — Chef de la première tribu de la capitale des hommes – panthères, Sobek. C'est lui qui crée les lois du monde des panthères

Semel-bennu — Semel qui a été nommé.

Semel-netjer — Chef de tribu dont le véritable compagnon est un nekhene.

Semel-rê — Semel qui a trouvé sa véritable compagne, sa reah.

Sepat — Tournoi d'honneur.

Sheseran — Compagne du sheseru.

Sheseru — (Le fléau) Exécuteur de la tribu et gardien de la compagne du semel.

Sylvan — (La crosse) Sage de la tribu, il conseille le semel.

Taurth — Une yareah répudiée par un semel qui a trouvé sa véritable compagne.

Wosret — Reah sans compagnon que le semel-aten revendique comme concubine.

Yareah — Compagne que le semel se choisit, à défaut d'avoir trouvé sa véritable compagne.

I

— Smith ?

Je relevai la tête, car ma responsable appelait tout le monde par son nom de famille – plus facile à suivre – et, puisque je ne connaissais pas mon vrai nom et en avait adopté un commun, j'étais 'Smith' jusqu'à ce que je retrouve la mémoire.

Je disais tout le temps *jusqu'à*. L'autre mot que j'utilisais était *quand*. Il était inimaginable que je passe le reste de ma vie sans savoir qui j'étais vraiment alors, pour rester positif, *si* avait été rayé de mon vocabulaire. Cela devrait forcément prendre fin. Mais je ne pouvais m'empêcher de me poser des questions et de m'inquiéter.

— Où est Keith ? demanda Eliza Abernathy lorsqu'elle arriva devant moi.

Je lui fis un immense sourire, sûrement exagéré, mais ne répondis rien. Elle me le rendit, ne pouvant le réprimer, ce que nous avions compris quelques semaines plus tôt. Elle m'appréciait vraiment. J'étais le chien errant qu'elle avait trouvé dans la rue, et me voir me reconstruire, retrouver ma confiance, lui plaisait. Alors, tandis qu'elle se tenait là, et que j'agissais comme un pauvre type, Eliza la responsable fondait, ne laissant qu'une femme chaleureuse et maternelle. Bien sûr, elle se rendit compte que je lui avais fait perdre le fil et, après un moment à nous regarder comme des idiots, elle me lança un regard noir.

— Pourquoi ce regard ?

— Vraiment ? répliqua-t-elle.

— Je te demande pardon ? demandai-je, innocemment.

— Ça fait neuf jours d'affilée.

Je me raclai la gorge, la frappant d'un autre sourire.

— Veux-tu la version longue ou la version courte ?

— Oh, Seigneur, je t'en prie, la courte. Je ne supporterai pas la longue à ce stade.

— D'accord. Alors, il est coincé à Vegas, mais il a dit qu'il serait là demain.

Son soupir fut long et exaspéré.

— Tu sais que j'en ai fini avec les gens qui profitent de moi.

— Oh, non, je ne…

— Pas toi, corrigea-t-elle en tendant la main et saisissant mon biceps.

J'ignorai la douleur. J'avais découvert que quiconque me touchait, que ce soit de légers contacts, une pression de la main, une accolade ou une tape dans le dos, envoyait d'atroces pics de douleur dans mon système nerveux. Si je heurtais un plateau ou une porte, c'était normal – du moins, je le percevais comme tel – et cela ne causait qu'un instant de surprise. Mais les mains sur moi, de la part de n'importe qui, me forçaient à me préparer à heurter un mur de douleur. Je permettais les interactions normales, comme les câlins d'Eliza, parce que je l'appréciais réellement et que l'inconfort momentané en valait la peine pour renforcer notre lien.

Elle avait continué de parler.

— J'apprécie que tu travailles pour deux et que tu fasses des heures supplémentaires, et tu dois me croire quand je te dis que ce n'est pas un problème pour moi de t'avoir ici.

Rationnellement, je le savais, mais elle avait pris un gros risque avec un vagabond qu'elle ne connaissait de nulle part et je voulais qu'elle comprenne combien cela comptait pour moi. Je vivais avec la peur constante que quelque chose s'apprête à changer et qu'elle me foute dehors sans rien. Certaines nuits, je me réveillais couvert de sueur froide à cette idée.

— Tu es mon meilleur barman, dit-elle. Tu es charmant et drôle, les clients t'adorent, le personnel t'adore et tu es le seul qu'Hector ne veut pas dépecer.

Le chef cuisinier et moi avions une appréciation réciproque. Il aimait que je me sois souvenu dès la première fois des spécialités, que j'écoute lorsqu'il expliquait comment elles étaient préparées et que je ne pose jamais de questions. Il avait été agréablement surpris par le nombre de personnes venant manger au bar parce que je vantais sa cuisine. J'aimais sa cuisine et le lui disais souvent et, à présent, il ne me renvoyait jamais chez moi sans dîner. Sans faute, la dernière chose qu'il faisait était un repas afin que je l'emmène chez moi. Cela avait débuté lorsque je n'avais rien, mais même maintenant, alors que j'avais un peu, il cuisinait toujours gentiment ; de fait, je n'avais jamais faim. Il était une bénédiction, comme l'était sa patronne, notre patronne, Eliza.

— Jim.

De retour de mes pensées vagabondes, je croisai son regard.

— Je suis désolé de t'avoir obligé à couper tes cheveux, mais il n'y avait aucun moyen de les garder avec les nouveaux investisseurs que j'ai été forcée de prendre.

Elle se sentait toujours mal de m'avoir obligé à couper mes cheveux – qui retombaient longuement et lourdement presque jusqu'à mes fesses – en une coupe courte à l'arrière et sur les côtés, et un peu plus longue sur le dessus. J'étais soigné, sans la barbe et la moustache que je portais lorsque j'étais arrivé, et j'avais l'air plus jeune que lorsque j'étais entré, espérant laver la vaisselle ou débarrasser les tables. Bien sûr, je n'avais aucune idée de mon âge, mais la fin de la vingtaine paraissait un pari assez sûr.

— Tu sais que je me fiche de mes cheveux.

— Tu étais si mignon, mais ce n'est simplement pas notre style.

Je haussai les épaules.

— Je préfère faire partie de ta famille plutôt que d'avoir une queue de cheval.

Ce qui la fit soupirer.

— Tu sais que j'aimerais faire de toi un assistant-manager, mais tu te fais plus de pourboires derrière le bar.

Je fus submergé, comme je l'étais quotidiennement. Elle avait une telle confiance en moi après seulement trois mois et, même si je ne comprenais pas pourquoi, j'étais touché.

— Je sais que tu n'as pas encore recouvré la mémoire, mais, chéri, tu t'es adapté à ce travail comme un canard dans une mare. Je parierais que tu as déjà fait ce genre de travail auparavant.

Peut-être.

— Mais sérieusement, il faut que tu commences à prendre tes jours de congé sinon tu vas t'épuiser. Tu comprends ?

— Oui, m'dame, acquiesçai-je, en tapotant sa main toujours posée sur le haut de mon bras. Alors, qu'en penses-tu ? Puis-je faire les boissons pour mes clients ou continuons-nous à tisser des liens ?

Elle gloussa avant de me serrer fort dans ses bras.

Je lui rendis son étreinte, même si ce fut douloureux, puis, lorsque nous nous séparâmes, elle me sourit un instant avant de sursauter.

— Eliza ? demandai-je, inquiet.

— Oh ! bonté divine, dit-elle brusquement, j'ai failli oublier pourquoi j'étais venu te voir en premier lieu. Notre *semel*, Alaine Boucher, est venu dîner avec sa compagne et sa suite et il m'a dit qu'il adorerait te rencontrer enfin. Je lui ai déjà expliqué que tu étais sous ma protection et que je me

3

portais garante pour toi, alors c'est juste une formalité. Mais tu sais combien les *semels* aiment les manières et les traditions.

Mais non, je ne le savais pas.

— Ils aiment faire mourir d'ennui tout le monde.

Je hochai la tête, nerveux, sentant mes mains commencer à trembler et mon estomac faire des nœuds.

— Tu n'as pas à t'inquiéter. Je lui ai expliqué que ta mémoire avait été affectée par ce que tu avais vécu et que tu ne pouvais pas lui parler de ta lignée.

— Et il a accepté cette explication ?

— Bien sûr, pourquoi ne l'aurait-il pas fait ?

— Ça me semble affreusement confiant.

— Mon cœur, un *semel* doit faire confiance à son peuple.

— D'accord.

— Tu n'as aucune idée de ce dont je parle, n'est-ce pas ?

Je secouai la tête.

— Un bon *semel* connaît le nom de chaque membre de sa tribu. Il se soucie d'eux et prend le rôle de père et de frère, de leader et de protecteur, de confident et de conseiller.

— Ça a l'air d'être un grand travail.

— Ça l'est, et c'est pourquoi seuls quelques élus, nés pour diriger, le font.

— Bien sûr.

— Mais les *semels* tirent leur force de leur tribu, et de ceux qui la composent individuellement.

— Je te crois.

— Bien, dit-elle en lui tapotant doucement la joue. J'ai dit à mon *semel* que tu étais digne de confiance et il m'a crue sur parole. Tout se passera bien.

Je pris une inspiration.

— Merci.

Son sourire fut destiné à m'encourager.

— Donc, viens dans le salon privé quand tu auras une minute et… quoi ? Pourquoi fais-tu cette tête ?

— L'arrière-salle ?

Elle leva les yeux au ciel.

— Oh ! pour l'amour de Dieu, Rosario et Val ne t'ont pas fait croire ces conneries comme quoi ces pièces seraient hantées, n'est-ce pas ?

Je grimaçai.

— J'ai vérifié, bonté divine… vas-y !

Bougeant rapidement, je longeai le couloir menant à l'étage de la salle à manger tandis que je l'entendais crier à Suri de prendre ma place.

Je traversai la salle de repas et me dirigeai dans un petit couloir vitré – on se serait cru dans une cathédrale – puis vers la zone privée à l'arrière. Une fois là-bas, je me glissai sous la voûte et m'inclinai, attendant que quelqu'un me repère. À en juger le niveau sonore des conversations, il faudrait certainement quelques minutes pour attirer l'attention de quelqu'un. Pas que je m'en soucie, ils pouvaient m'ignorer toute la nuit s'ils le voulaient. Parler à une personne me terrifiait, surtout au *semel*. Ce n'était pas que je doutais d'Eliza – je ne le faisais pas – mais elle était connue, j'étais un étranger. Elle n'avait franchement aucun moyen de savoir quelle serait la réaction de son dirigeant envers moi.

Il y avait douze personnes dans la pièce, neuf hommes et trois femmes, et tous étaient sur leur trente-et-un : costume pour ces messieurs et robes élégantes pour ces dames. Ce qui ne m'aidait pas à me sentir moins intimidé par ce rassemblement, avec eux parés et moi dans mon uniforme.

Je songeai à partir et revenir plus tard, mais tout à coup, la voix d'un homme transperça le vacarme.

— Mon *semel*, nous avons un visiteur.

La pièce devint silencieuse.

— Vous pouvez approcher.

Me redressant, ayant espionné l'homme qui avait parlé, je me déplaçai au bout de la seconde table, m'y arrêtant et me laissant tomber sur un genou.

— Vous êtes Jim Smith ?

— Oui, mon *semel*, répondis-je, ajoutant le *mon* honorifique, comme la tradition l'exigeait.

Alaine Boucher hocha la tête.

— Eliza m'a dit que vous aviez un trou de mémoire et que vous ne saviez pas qui était votre tribu ni votre position au sein de celle-ci.

— C'est exact, répondis-je à l'homme magnifique qui me dévisageait.

Il avait, supposais-je, dans la quarantaine, et était saisissant, avec des cheveux gris et des yeux cobalt perçants.

— Et Jim est votre prénom ?

Je n'en étais pas sûr, mais il me paraissait presque juste. Si ce n'était pas Jim, c'était quelque chose de très proche.

— Je crois, mon *semel*.

— J'ai envoyé un e-mail au bureau de l'*akhen-aten* et, puisque ce n'est plus comme avant qu'il ait pris les commandes, puisque tout est centralisé maintenant et qu'il traite les informations rapidement, je devrais obtenir une réponse sur l'endroit auquel vous appartenez.

— Oui, mon *semel*.

— Je suis un grand admirateur de Domin Thorne. Je l'ai rencontré quand il est venu durant sa tournée des États-Unis, il y a un an.

Je restai silencieux, écoutant.

— Vous savez qu'il a parcouru le monde durant cinq années complètes. Les USA étaient sa dernière étape.

— Oh.

— Le saviez-vous ?

— Non, mon *semel*.

— Vous rappelez-vous l'avoir rencontré ?

— Non, mon *semel*.

— Relevez-vous.

Je me relevai et lui et tout le monde dans la pièce firent de même. Les femmes se redressèrent sans peine, avec la grâce que possédaient les panthères, les hommes arboraient leur air menaçant, probablement pas à dessein, mais il se pourrait que j'aie tort. J'avais du mal à déchiffrer les gens.

— Permettez-moi de vous présenter ma *yareah*, Catherine.

Je m'inclinai rapidement et sa compagne toucha mon épaule. Je relevai la tête afin de voir son visage. Je la vis sourire, ce qui fut agréable.

— Enchantée, Jim.

— Je vous assure, ma *yareah*, tout le plaisir est pour moi.

— Oh, que de bonnes manières, soupira-t-elle, rayonnante. Vous savez, c'est étrange, vous ne dégagez pas d'odeur. Je ne sens pas du tout que vous êtes une panthère.

— D'autres ont aussi remarqué ce fait, ma *yareah*.

— Êtes-vous certain de ne pas être humain ?

— Je me suis transformé depuis que j'ai perdu la mémoire, l'informai-je.

— Vous vous êtes transformé depuis que vous êtes ici ? demanda Alaine, pour me tester, j'en étais certain.

Eliza m'avait prévenu qu'il tenterait de découvrir si j'avais brisé le protocole.

— Non, mon *semel*, je n'y penserais pas sans votre permission.

6

— Vous connaissez bien les lois, me dit un autre homme.

Je me tournai vers lui.

— Il semblerait que ce soit la seule partie de ma mémoire qui soit restée intacte, mentis-je.

Tout était parti. Tous mes souvenirs, et même les plus petites questions, comme *Est-ce que j'aimais la glace à la vanille*, avaient des réponses que je ne pouvais pas fournir. Chaque jour, je trouvais quelque chose de terrifiant sur lequel réfléchir, parfois des choses stupides, comme *Est-ce que j'avais une saison favorite* et à d'autres moments, *Est-ce que mes parents étaient encore en vie*? Je passais des heures assis dans mon appartement, sur le fauteuil près de la fenêtre, à regarder le Quartier Français et à me demander si j'avais un vrai foyer. Il était trop facile de se perdre dans l'auto-apitoiement, alors je travaillais dur pour ne pas succomber. Mais parfois, surtout tard le soir lorsque je n'arrivais pas à dormir… ce sentiment était écrasant. Dans ces moments-là, je faisais le point sur le petit nombre de choses que je connaissais. Par exemple, je savais que j'étais une panthère, mais ce n'était pas différent des autres personnes sachant qu'elles étaient humaines. Mais les lois en elles-mêmes, le protocole – Eliza m'avait donné une rapide leçon, ce qu'il fallait ou ne fallait pas faire, afin que je ne me plante pas lorsque je rencontrerais le *semel*. Et il s'avérait que l'une des grandes choses à ne pas faire était de se transformer sur un territoire sans avoir tout d'abord été reconnu comme faisant partie de la tribu habitant sur ledit territoire. C'était tabou.

— C'est un bon début, répondit-il en souriant. Et vous n'auriez pas pu vous choisir meilleur protecteur qu'Eliza Abernathy.

Un protecteur, comme je l'avais compris, était une personne qui, en gros, était votre gardien. Vous pouviez donner son nom aux autres et il était responsable de ce que vous faisiez durant votre visite. Son nom pesait lourd et signifiait protection.

— Elle a été très gentille avec moi, répliquai-je.

L'homme qui avait parlé contourna le *semel* et me tendit la main.

— Je suis Luther Hockney, *sylvan* de la tribu de Kynum.

Je tendis la main, mais elle ne rencontra jamais la sienne.

— Attendez, avertit sèchement un homme de l'autre côté du *semel*, avant de passer devant lui pour me faire face.

— Nazar? demanda Alaine, la voix inquiète.

— Je…, commença l'homme en question avant de brusquement me saisir par le biceps, me faisant pivoter et me poussant vers l'extrémité de la table pour m'y maintenir.

— Je vous en prie, ne me faites pas de mal, suppliai-je, luttant pour me libérer, prêt à m'enfuir dès que l'occasion se présenterait, même si mon estomac s'était retourné sous la douleur instantanée et menaçait de se vider.

— Alaine !

Catherine était horrifiée ; je pus entendre la surprise et la révulsion dans sa voix.

— Contrôle ton *sheseru* !

— Nazar, qu'est-ce que cela veut…

— S'il vous plaît, laissez-moi partir, suppliai-je, et j'entendis ma voix brisée, effrayée.

— Attendez ! aboya Nazar, en tirant brutalement sur mon col et ma cravate, m'immobilisant dans le même temps.

Personne ne bougea, car seul un *semel* pouvait défier un *sheseru*, exécuteur de la tribu. Tendant la main vers mon épaule, il tira jusqu'à ce que les boutons du haut s'arrachent, volant sur la table remplie de nourriture.

— C'est ce que je pensais, annonça-t-il, en déchirant le dos de ma chemise, ce qui manqua de m'étouffer lorsqu'il la libéra de là où elle était coincée dans mon pantalon.

— Il porte la marque d'un *semel*.

Il me relâcha instantanément et j'entendis les autres hoqueter lorsque je pivotai pour faire face à la pièce. Le *sheseru*, l'homme qui venait juste de poser ses mains partout sur moi, était à genoux devant moi.

Je ne pus contrôler le frisson qui traversa mon corps. Être malmené avait été terrifiant et j'avais envie de fuir. Pas uniquement du restaurant, mais hors du territoire que ce *sheseru* appelait maison. Déglutissant rapidement, tentant de maîtriser les spasmes de mon estomac, j'inspirai par le nez afin d'essayer de me calmer.

— Ma ray-ah, haleta-t-il. Pardonnez-moi de vous avoir touché sans votre permission, mais je devais m'en assurer et mes instincts ont été… difficiles à contrôler.

Je n'avais aucune idée de ce dont il parlait. Eliza n'en était pas encore arrivée aux ray-ahs – peu importe ce que c'était.

— Comment…, commençai-je, pouvez-vous le dire ?

Son regard était verrouillé sur mon visage et dans ses yeux je vis… de la dévotion ?

— Un *sheseru* reconnaîtra toujours une ray-ah. Nous sommes les exécuteurs de la tribu, oui, mais tous les *sheserus* sont d'abord les protecteurs des âmes sœurs, ou des ray-ahs. Lorsque nous sommes choisis, ça devient instinctif.

— Comment?

Il me sourit et haussa les épaules.

— Comment un *semel* reconnaît-il sa ray-ah? Comment savons-nous comment nous transformer la première fois? C'est instinctif.

Je me raclai la gorge.

— Ai-je une odeur pour vous?

— Non, et j'en suis reconnaissant. Je suppose que si c'était le cas, je combattrais chaque homme dans cette pièce pour vous garder en sécurité.

— Vous feriez cela?

— Je ferais n'importe quoi pour vous garder en sécurité, ma ray-ah.

— Vous ne combattriez pas votre *semel*, répliqua Catherine, d'un ton sec.

Il se détourna difficilement de moi, toujours sans se relever, mais lui donnant son attention.

— Toutes autres taches sont secondaires à la protection de l'âme sœur d'un *semel*.

— Mais il n'est pas la ray-ah de votre *semel*, alors ce ne devrait pas...

— Stop, ordonna Alaine, en posant la main sur l'épaule de son *sheseru*, la serrant légèrement. Je suis heureux que tu connaisses si bien la loi, Nazar.

Il était facile de voir que les deux hommes avaient une forte amitié, un lien étroit, et, bien que je sois charmé, je pus aussi voir que le *semel* était inquiet.

— Une ray-ah mâle, cependant? demanda-t-il à Nazar. J'en ai entendu parler, il y a quelques années à la fête de la Vallée, mais je pensais que c'était une histoire idiote. As-tu entendu parler d'une telle chose?

— Non, mais j'ai vu cette marque. Rien ne peut expliquer ça.

— Oui. Dès que tu me l'as montrée, j'ai su exactement ce que c'était. Aucune erreur possible, dit Alaine, avec colère, faisant un pas hésitant vers moi et tendant la main pour me toucher. Mais une âme sœur qui est un homme est...

— Une abomination, cracha Catherine, interceptant sa main pour l'arrêter.

Il se tourna vers elle.

9

— Je voulais dire mutation, s'amenda-t-elle rapidement.

— Catherine, commença-t-il. Tu dois…

— Je ne veux pas que tu le touches, insista-t-elle durement, d'une voix fragile. Il se peut qu'il ne soit pas cette ray-ah, pas réellement accouplé. Je serai *taurth* si cet homme, cette personne, était, en fait, ton véritable compagnon.

Il était déconcertant d'être dans la même pièce qu'eux alors qu'ils parlaient de moi comme si je ne l'étais pas. Alaine était consterné, Catherine était écœurée et j'étais supposé rester là, agissant comme si le fait qu'ils discutent de façon révoltante de l'idée de m'avoir dans leur tribu ne me blessait pas.

Il inspira profondément.

— Je ne peux même pas capter son odeur. Il n'y a aucun moyen possible qu'il représente quelque chose pour moi. Je reconnaîtrais mon âme sœur au premier coup d'œil et je reconnaîtrais définitivement son odeur. Il n'est pas mon compagnon, ma *yareah*. Tu n'es pas en danger.

Mais elle ne parut pas convaincue et c'était ce qui était le plus effrayant. Je ne voulais rien avoir affaire avec cet homme, l'idée d'un compagnon mâle le révulsait et pourtant, elle avait peur, car j'étais le genre de félin qui était une ray-ah et mon contact était apparemment puissant. Tout cela semblait tiré par les cheveux.

Me penchant, je posai ma main sur l'avant-bras du *sheseru*. Même si cela fit mal, la douleur n'était pas aussi forte lorsque c'était moi qui initiais le contact. Il se tourna immédiatement vers moi et m'offrit un chaleureux sourire.

— Puis-je vous poser quelques questions? m'aventurai-je.

— Tout ce que vous voulez, ma ray-ah.

— Ce mot que vous utilisez pour âme sœur, c'est comme *yareah*, sans le *y* et le *a*?

— C'est cela.

À présent, je pouvais voir le mot dans ma tête.

— Je sais qu'une *yareah* est une compagne et vous dites qu'une *reah* est une âme sœur?

— Oui, les *reahs* sont très rares et seule une poignée de *semels* en sont dotés. La plupart sont en couple, comme les gens normaux, ils ont rencontré leur *yareah* et en sont tombés amoureux, mais votre *semel* est *semel-rê*, car il vous a.

J'acquiesçai.

— *Reah* signifie 'foyer de l'âme', là où le *semel* cherche refuge. Je ne peux qu'imaginer combien vous manquez à votre *semel*.

— J'espère, dis-je en souriant, alors même que mon cœur ratait un battement.

Il était en train de me dire que quelque part dehors, il pouvait y avoir un homme, mon compagnon, qui me voulait, à qui je manquais ? C'était trop beau pour être vrai.

Il fronça les sourcils.

— Ça ne fait aucun doute. Les réelles âmes sœurs ne doivent jamais être séparées.

— Et cette marque que ce *semel* m'a donnée ?

— Un *semel* ne marque que son âme sœur. Personne d'autre, *yareah* ou simple compagne choisie, n'en reçoit une. Pour un *semel*, revendiquer quelqu'un qui n'est pas son âme sœur de cette manière causerait une grande douleur et même la mort, à cause de la perte de sang. Je ne peux pas imaginer un félin autre qu'un *sheseru* capable de supporter une telle douleur.

Je me demandais si un *semel* avait même déjà essayé.

— Jim, dit Alaine, en tendant la main vers moi.

À nouveau, sa *yareah* fit dévier sa main.

— Je ne mettrai pas un homme dans mon lit, promit Alaine, visiblement lassé qu'on doute de lui, mais prenant le visage de sa compagne en coupe. Je ne suis pas gay. Tu le sais.

— Oui, répondit-elle en cherchant son visage. Je le sais. Je demande simplement que tu gardes tes distances tant que nous ne savons pas la vérité au sujet de cette *reah*.

— D'accord.

— Et tu ne devrais pas révéler ce qu'il est aux autres, continua-t-elle. Car ils viendront peut-être te défier pour prendre possession de la *reah* et comme tu es lié par l'honneur de le protéger jusqu'à ce que son *semel* vienne le réclamer ou que d'autres arrangements soient pris… tu devras constamment te battre.

— C'est un bon conseil.

Il la relâcha et se tourna vers son *sheseru*, qui s'était relevé et se tenait près de moi, et son *sylvan*.

— Seul le petit groupe ici dans cette pièce doit être au courant pour la *reah*. Pour tous les autres, Jim est simplement le plus récent membre de notre tribu.

Tout le monde consentit à garder mon identité secrète.

— Jim, poursuivit Alaine, son attention de retour sur moi. Avec cette découverte, je pense vraiment que vous n'attendrez pas longtemps pour savoir qui vous êtes. Même si je ne suis jamais allé à une fête de la Vallée ou à Sobek, je ne peux imaginer qu'il y ait plus d'une *reah* mâle. Je suis sûr que votre compagnon, ou la tribu de votre compagnon, se présentera très rapidement pour vous réclamer dès que j'aurai envoyé un addendum à Domin Thorne.

— Merci, répondis-je, tentant d'écraser l'espoir qui montait en moi avant qu'il me dévore.

Je ne pouvais pas fonder tous mes espoirs sur quelque chose qui pouvait ne pas être vrai.

Il toussa légèrement.

— Dans le même temps, comme vous êtes le compagnon d'un autre *semel*, et invité sur mon territoire, je suis tenu par les règles d'honneur de vous protéger contre tout danger.

— Bien sûr, acceptai-je, même si je n'avais aucune idée de ce dont il parlait.

Il était impératif que je sorte de cette pièce et que je m'éloigne de lui et de sa *yareah* qui me détestait, alors si accepter une protection dont je n'avais pas besoin y contribuait, j'acceptais.

— Je me dois d'insister afin que vous consentiez à ma protection.

— Oui, *semel*, répondis-je.

Je n'utilisai pas le 'mon' puisqu'il ne l'était de toute évidence pas. J'avais un foyer et, plus important, j'avais un compagnon. Du moins, je l'espérais. Quelque part, il y avait un homme auquel j'appartenais et je priais pour qu'il me recherche.

— Puis-je demander ce qu'il se passera si mon *semel* est mort ? Est-il possible que la raison pour laquelle j'ai parcouru le monde seul soit, qu'après la mort de mon *semel*, j'ai été chassé ?

— C'est possible, répondit Alaine. Une *reah* – ou une *yareah*, peu importe – qui ne veut pas devenir la compagne d'un autre lorsque son *semel* meurt n'a aucun autre recours que de quitter sa tribu pour l'éviter. Peut-être vous êtes-vous enfui afin de ne pas être revendiqué par un autre.

Cette idée me remplit d'une immense tristesse. Et si mon compagnon était mort et que je n'avais aucun souvenir de lui ?

— Soyez patient, Jim. Je pense que vous aurez très bientôt vos réponses.

Je ne savais pas si c'était une bonne chose.

12

II

La PREMIÈRE semaine d'octobre à La Nouvelle-Orléans était plus chaude que l'auraient pensé la plupart des gens. L'air était collant, chaud et humide. Mais dans le Quartier Français, personne ne s'en souciait. Bourbon Street était en plein essor : les beignets étaient faits et dévorés au Café du Monde et, chez Dévotion, entre l'air conditionné et nos cocktails griffés maison, tout le monde se foutait du temps qu'il faisait à l'extérieur.

Ils furent abasourdis lorsque j'annonçai que je voulais finir mon service au bar, mais franchement, qu'allais-je faire d'autre ? Rester assis à la maison et fixer les murs en attendant une réponse, me rongeant les ongles, vomissant et, fondamentalement, me mettre dans tous mes états ? Quel était le but ? Je devais rester occupé et, plus que ça, j'avais besoin d'argent. Je vivais sur mes pourboires puisque mon salaire était quasi nul et que j'avais un loyer à payer. Alors si je voulais manger, je devais travailler.

L'idée d'accepter l'offre du *semel* de séjourner chez lui était tout simplement impossible. Premièrement, je pouvais sentir sa peur – je l'effrayais – et, deuxièmement, sa *yareah* voulait m'étriper. Je n'avais aucune idée du pourquoi. J'étais déjà accouplé, alors qu'avait-elle à craindre de moi ? Mais à en juger les regards meurtriers qu'elle continuait de jeter dans ma direction, je pouvais dire que rester hors de son chemin était le meilleur plan.

Et puis, c'était étrange, mais lorsque le *sheseru* m'avait malmené, il m'avait fait encore plus mal que je ne m'y attendais, la douleur résiduelle était déconcertante.

Dès que j'avais commencé à travailler au restaurant, étant propre sur moi, mangeant régulièrement et n'ayant plus l'air d'un sans-abri n'ayant que la peau sur les os, les gens avaient commencé à flirter avec moi. Puisque j'avais des besoins, comme tout autre homme, j'avais permis à quelques clients du bar de me raccompagner chez moi. Le problème était que lorsque nous arrivions à mon studio près de Dauphine et d'Ursulines, dès qu'ils posaient leurs mains, leurs bouches sur moi, c'était comme si ma peau essayait de s'éloigner de leur contact et mes terminaisons nerveuses étaient en feu. Je me sentais nauséeux aussi et, si je l'ignorais et leur permettais

13

de continuer, je commençais à hyperventiler. Ces hommes m'avaient traité d'allumeur, l'un d'eux avait même tenté de prendre ce qu'il voulait, et, inévitablement, ces rencontres prenaient fin dans les cris. J'avais dû cesser d'essayer d'avoir des relations sexuelles, car cela n'en valait pas la peine. Je pouvais m'occuper de moi bien plus facilement.

Alors, la nouvelle que j'avais un compagnon était doublement terrifiante. S'il faisait toujours partie du monde des vivants, et si je ne pouvais pas le toucher lui non plus ? Et si c'était la raison pour laquelle j'étais seul ? S'il m'avait rejeté, car je ne pouvais pas supporter ses mains sur moi ? Encore pire, à quel point se sentirait-il blessé que je l'aie oublié ?

Peut-être m'avait-il fait quelque chose de si horrible que je l'avais enfoui, et que ma mémoire défaillante était due à un traumatisme émotionnel ?

Les possibilités étaient infinies et ma tête commençait à tourner rien que d'y penser.

J'avais besoin de courir.

À la fin de mon service, que j'avais dû terminer dans la chemise beaucoup trop grande pour moi que Keith avait dans son casier, je prévoyais de déguerpir et de trouver ce que je pouvais faire avec les fonds limités à ma disposition, mais le *semel*, ainsi que son *sylvan*, son *sheseru* et plusieurs membres de son *khatyu* – ses gardes – m'attendaient à l'extérieur du restaurant afin de me ramener.

— Je vous ai déjà dit que…

— Jim, me coupa Alaine, noyant mes paroles. S'il vous plaît, montez dans la voiture afin que nous puissions vous ramener. J'ai un téléphone pour vous, comme je sais que vous n'en avez pas, mais je veux aussi pouvoir vous joindre si votre *semel* me contacte.

— J'aime rentrer seul à pieds, expliquai-je, car c'était paisible et me distrayait de toutes les choses sur lesquelles je n'avais aucun contrôle.

Le Quartier Français vibrait d'Histoire et j'aimais écouter les histoires lorsque je passais devant les tours fantômes et lisais les plaques sur les côtés des bâtiments, admirant la merveilleuse architecture partout où j'allais.

— Je suis sûr que vous aimez flâner dans le Quartier la nuit, m'informa Luther. C'est mon cas. Mais votre sécurité est à présent entre nos mains. Nous sommes responsables de vous jusqu'à ce que votre compagnon arrive.

De toute évidence, il y avait des règles pour tout, et le compagnon d'un autre *semel* sur votre territoire était quelque chose qui ne pouvait pas être ignoré.

— Vous devez comprendre que si mon *semel* vous perdait, vous laissait être accidentellement blessé ou permettait toute défaillance dans votre sécurité, cela créerait un incident diplomatique, votre *semel* serait en droit de réclamer sa mort.

Je ne le savais pas.

— Je comprends.

— Alors, s'il vous plaît, laissez-nous vous raccompagner.

Je n'avais d'autre choix que d'accepter.

À l'intérieur de la Lincoln Navigator, je remarquai combien Catherine me regardait froidement, alors je reportai mon attention sur le *sheseru*, Nazar.

— Avez-vous une question, ma *reah* ?

Je souris en dépit de mes craintes.

— Votre *reah* ?

Ses yeux se réchauffèrent.

— Il me semble impossible de m'adresser à vous d'une autre manière. Les *sheserus* sont les exécuteurs de leur tribu, mais le lien entre une *reah* et un *sheseru* surpasse tout. Même si je n'étais pas un *sheseru*, si mon *semel* ne m'avait pas choisi, j'aurais quand même su qui vous étiez. Vous êtes une *reah* née et je suis issu d'une longue lignée de *sheserus* ; de ce fait, j'en ai les sens. J'ai immédiatement su qui vous étiez.

— Puis-je demander, Nazar, comment vous l'avez su ?

— Comme je l'ai dit, je l'ai senti, répondit-il. Je ne sais pas comment l'expliquer, car vous n'avez aucune odeur.

— Je sais.

— Puis-je demander comment vous faites cela ?

— Je n'en ai aucune idée.

— Peut-être est-ce connecté à votre mémoire, offrit-il.

— C'est fort possible.

C'était la seule chose qui pouvait expliquer mon manque d'odeur.

— Aimeriez-vous vous transformer et courir avec nous samedi soir ? demanda Nazar. C'est ce jour-là que nous y allons, normalement.

— Je travaille le week-end, l'informai-je.

— Vous devriez vous transformer, me prévint Luther. Vous savez que si vous ne le faites pas, après un moment, ce besoin commence à rendre votre corps douloureux.

Je ne le savais pas. J'avais posé des questions à Eliza sur la transformation et elle me l'avait expliquée. J'avais menti au *semel* : je

15

m'étais transformé et avais couru dans le quartier, me cachant dans les ombres aux petites heures de l'aube. Ce n'était jamais réellement calme, mais j'étais rapide et m'étais principalement caché sur les toits lorsque c'était possible. Si j'avais été repéré, avec un peu de chance, les ivrognes auraient pensé qu'ils voyaient des choses et les autres m'auraient pris pour un fantôme ou un esprit. Parce que, franchement, une panthère noire dans le Quartier Français, qu'est-ce que cela pouvait être d'autre ?

— Je me transformerai dès que j'aurai une soirée de libre, lui assurai-je. Peut-être que vous ou votre *sheseru* me montrerez les endroits sûrs où courir.

— Je possède une terre dans le bayou, intervint le *semel* en prenant la main de sa *yareah*. Luther ou Nazar vous y accompagneront avec une partie de mon *khatyu*, lorsque vous le pourrez.

— Merci, répondis-je, fatigué tout à coup, ne désirant qu'être seul dans mon appartement, même si, après trois mois, je ne m'y sentais toujours pas chez moi.

J'avais attendu de la ressentir comme par magie, cette sensation que c'était le seul endroit au monde où vous étiez soulagé de vous trouver. Dernièrement, j'avais commencé à penser que c'était les personnes qui faisaient un foyer, pas l'endroit ou les choses. C'était elles dont j'avais besoin, de ma tribu. J'avais besoin de les retrouver, même si j'étais effrayé. Et s'ils me détestaient tous ? Et s'ils pensaient qu'une *reah* mâle était une abomination ? Pire que tout, et s'ils respectaient ma position, mais ne m'appréciaient pas vraiment ? Je voulais être accepté et aimé, mais, et si mon propre foyer ne le faisait pas ?

— Ma *reah* ? m'interpella doucement Nazar. Vous frissonnez. Avez-vous froid ?

— Je vais bien, mentis-je, espérant qu'il ne l'entendrait pas dans ma voix.

Les rues étaient mouillées à cause de la pluie et il faisait humide lorsque la voiture se gara devant mon immeuble. L'eau formait des flaques dans les trous des trottoirs, ainsi que dans le chemin fissuré qui menait à une porte, dans un passage étroit entre deux bâtiments qui avaient perdu de nombreux morceaux de leur revêtement à cause de la pluie.

— Est-ce là que vous vivez ? demanda Luther en jetant un œil sceptique au fer forgé, aussi étroit fût-il.

Le chemin ne pouvait accueillir deux personnes marchant côte à côte et, lorsque vous atteigniez la porte, l'endroit était oppressant. Derrière, il

16

y avait un escalier qui menait à un petit palier où se trouvait l'étage des appartements. Le mien se trouvait deux étages au-dessus dans un grenier aménagé. Oui, j'étais dans les combles, mais c'était minuscule.

Je n'avais pas de gazinière, tout ce que j'avais était une plaque chauffante et un grille-pain. Le réfrigérateur était petit, du genre de ceux que vous trouviez dans une chambre d'hôtel, et l'évier de la cuisine était posé au-dessus d'un placard et doté d'une vieille tuyauterie. Il n'y avait pas de compteur, à proprement parler. Si je voulais couper l'électricité, je devais le faire au-dessus du frigo.

Les tuyaux faisaient des bruits franchement effrayants lorsque je tirais de l'eau, mais la pression était forte et c'était tout ce qui comptait. Ma salle de bain consistait en une baignoire sur pieds avec un rideau de douche et un lavabo autoporté avec un miroir au-dessus. Je dormais sur un matelas gonflable qu'Eliza m'avait prêté jusqu'à ce que j'aie assez d'argent pour m'acheter un lit. Avec mon loyer de sept cent cinquante par mois, ce qui n'était pas cher pour le Quartier, c'était un achat pour lequel j'économisais encore.

— Jim ?

— Désolé, répondis-je, automatiquement, mon esprit ayant dérivé. Oui, c'est ici que j'habite. Merci de m'avoir raccompagné.

J'insérai ma clé dans la serrure de la porte, sur le point d'entrer, lorsqu'il m'arrêta.

— Je devrais venir jeter un coup d'œil chez vous pour m'assurer que vous êtes en sécurité.

— Ce n'est pas nécessaire. S'il y avait une autre panthère ici, je la sentirais et je ne sens personne, et je sais que vous non plus. Tout va bien.

— Oui, mais…

— Remerciez à nouveau votre *semel* pour le téléphone, dis-je en levant l'iPhone qu'il m'avait offert. J'aimerais avoir quelqu'un à appeler.

— Vous pouvez m'appeler, moi, répliqua-t-il, en s'approchant, sa main touchant mon menton, le relevant.

Je n'étais pas petit. J'étais plus grand que bon nombre d'hommes, mais avec son mètre quatre-vingt-dix, facile, je dus pencher la tête en arrière pour le regarder dans les yeux.

— Si j'ai besoin de vous, je le ferai.

— Appelez, même si vous n'avez pas besoin de moi.

Je lui souris.

— Permettez-moi de venir vous chercher demain après votre travail pour un dîner tardif.

— Ce n'est pas une bonne…

— S'il vous plaît, Jim. Je serais ravi de vous nourrir si vous me laissiez faire.

Il était superbe, doux et de toute évidence gentil, mais je n'avais aucun intérêt à sortir avec le *sylvan* d'une tribu à laquelle je n'appartenais pas.

— Ce n'est pas un rendez-vous, insista-t-il, comme s'il lisait dans mon esprit. Je prends simplement en pitié une jolie *reah*.

Je pouffai de rire.

— Allez, venez. Il n'y a pas de mal à s'asseoir ensemble, discuter et partager un repas.

Non, c'était vrai.

— D'accord, très bien.

Son sourire fit ressurgir ses fossettes. Oui, un très bel homme.

— Bien. À quelle heure finissez-vous votre service demain ?

— Vingt-trois heures. Êtes-vous certain de vouloir manger si tard ?

— Absolument. Ça en vaut la peine.

Oui. Je pouvais déjà dire qu'il serait de bonne compagnie.

Ouvrant la porte, j'entrai et la refermai derrière moi. Je fus surpris qu'il soit encore là.

— Rentre chez toi, minou.

Il plissa les yeux.

— Vous savez, si vous finissiez par ne pas retrouver votre foyer, vous pourriez rester avec nous. Notre *semel* vous protégerait.

— C'est une proposition très aimable, mais votre *yareah* n'apprécie déjà pas ma présence ici.

— Je… j'apprécie votre présence. Vous êtes très agréable pour les yeux.

— Tout comme vous.

Il se pencha en avant, enroulant ses mains autour des barreaux de la porte.

— Je n'ai jamais vu de tels yeux gris.

Les siens étaient d'une chaleureuse teinte de bleu.

— Laisse-moi monter avec toi.

Je secouai la tête.

— Je ne peux pas tromper mon *semel*.

— Tu ne sais même pas qui il est.

— Ce qui ne signifie pas qu'il m'a oublié aussi. Je dois partir de l'hypothèse qu'il est là, quelque part, et que je lui manque.

— Tu ne lui manques pas.

C'était un mensonge, car l'idée d'un compagnon, la seule personne qui me connaissait… lui, qui me manquait depuis si longtemps.

— Il pourrait être mort.

— C'est possible, répondis-je, la gorge soudainement sèche.

— Si tu le retrouves, veux-tu vraiment retourner dans un endroit que tu ne connais pas ? Avec des étrangers ? Ne préférerais-tu pas rester ici et te créer une nouvelle vie ?

— Je veux connaître mon ancienne vie et ce serait mieux si je rencontrais mon *semel* sans ton odeur partout sur moi.

Il gronda, ce qui me fit sursauter.

— Mais, Jim, je veux mon odeur partout sur toi.

C'était chaud, sexy, mais je savais comment ça se déroulerait, ce qui parasita la chaleur de ses paroles. Ses seuls doigts sur ma peau, relevant mon menton, avaient picoté. Qu'il m'embrasse, me mordre, me griffe – toutes ces choses que faisaient les panthères au lit – me feraient hurler, et pas de la bonne manière.

— Dîner, demain, dis-je doucement. À demain.

— À demain, alors, acquiesça-t-il après un moment.

Je me détournai de la porte et, lorsqu'il m'appela, je lui souris et lui fis un signe de la main. Dès que j'eus verrouillé la porte derrière moi, la vague de soulagement fut instantanée. Oui, c'était un homme bien, simplement il n'était pas pour moi. Jusqu'à ce que je sache si l'homme à qui j'appartenais était mort ou vivant, je n'allais emmener personne dans un lit. Non pas que mon corps le permettrait de toute façon. J'avais un nouveau lot d'incertitudes à combattre. Y penser était épuisant, car je craignais de tout recommencer.

Une fois dans mon appartement, je voulus prendre une douche, car je sentais l'alcool et la fumée, mais j'étais trop épuisé, aussi m'écroulai-je sur mon matelas, qui avait besoin d'être un peu regonflé. Il s'avéra que ce ne fut pas un problème. Je ne parvins qu'à enlever mes chaussures avant de m'endormir.

III

D<small>ANS MON</small> rêve, le bruit appartenait à un train, mais il s'avéra qu'en réalité, c'était des coups sur ma porte d'entrée. Lorsque je le compris, suffisamment réveillé pour prendre conscience de mon environnement, je traversai le petit espace en titubant – seulement trente-deux mètres carrés – et ouvris la porte, du moins, autant que la chaîne le permettait.

Deux hommes se tenaient de l'autre côté et, bien qu'ils sentent comme des panthères, ils dégageaient des ondes de policiers.

— Puis-je vous aider ? demandai-je, la voix graveleuse puisque je venais de me réveiller.

— Jim Smith ? demanda le plus proche.

Je grognai.

Son sourire fut instantané et mon cerveau assimila à quel point il était saisissant. Des cheveux courts, une barbe et une moustache immaculées, des yeux plus bleus que bleus, d'épais sourcils, un long nez droit et des lèvres pleines qui vous faisaient penser : *Ça me dérangerait pas d'en prendre une bouchée.*

— Salut, dis-je, à bout de souffle.

Le costume bleu foncé qu'il portait lui seyait à la perfection – comme s'il avait été créé pour lui, ce qui était peut-être le cas – étreignant ses épaules, ceignait sa taille et ses longues jambes.

— Bonjour, me salua-t-il, un léger accent réchauffant sa voix. Je suis Dov Yadin et je travaille pour Domin Thorne, l'*akhen-aten.*

— D'accord.

Il se tourna sur le côté afin que je puisse voir l'homme derrière lui, lui aussi magnifique, mais d'une manière différente. Son partenaire me faisait penser aux hommes qui se bagarraient dans les bars, couchaient avec beaucoup trop de personnes pour les compter et buvaient comme des trous. Il n'était pas aussi raffiné, un peu plus froissé, mais son sourire canaille, ses cheveux roux brillants et ses yeux verts pétillants me mirent plus à l'aise que le splendide visage plus diaphane de son comparse.

— Wickham Morris, dit-il rapidement. Mais appelez-moi Wick. Bonjour.

Lui aussi avait un accent, mais il fut facile à replacer.

— Vous êtes anglais ? demandai-je.

— Quel a été votre premier indice ? plaisanta-t-il.

Je fermai la porte, décrochai la chaîne puis la rouvris largement.

— Bonjour, messieurs, que puis-je faire pour vous ?

— Comme je l'ai dit, commença M. Yadin, nous travaillons pour l'*akhen-aten*, nous sommes à présent membres de la tribu de Rahotep et anciens officiers du I-ou-set.

— Le quoi ?

Il répéta.

— Pouvez-vous l'épeler ?

Lorsqu'il l'eut fait, je pus voir le mot, comme je l'avais fait pour *reah* : Iusaaset.

Ils patientèrent.

— Je suis désolé, ajoutai-je, doucement. Rien de ce que vous dites n'a de sens pour moi.

Il fronça les sourcils et M. Morris s'avança.

— Vous ne savez pas qui vous êtes ?

— Non, monsieur.

— Wick, corrigea-t-il.

— Wick, répétai-je.

— Et Dov, insista M. Yadin. S'il vous plaît.

Wick me tendit la main.

— Pourrions-nous entrer pour discuter ?

— Oui, bien sûr, entrez, l'invitai-je alors que nous nous serrions la main.

Je répétai l'action avec Dov et, lorsque nous fûmes à l'intérieur, je refermai la porte derrière eux, douloureusement conscient de combien ils avaient l'air beau dans mon petit appartement miteux.

— J'ai du café ou du thé, proposai-je. Et de l'eau, bien sûr.

— Rien pour nous, répondit Dov, aimablement. Nous aimerions simplement vous parler.

J'avais une table de jeu, une chaise et un fauteuil creusé dans la fenêtre du salon.

— Asseyez-vous, je vous en prie, je préfère rester debout, si c'est d'accord.

— Très bien, répondit agréablement Wick.

— Pourriez-vous m'expliquer ce qu'est le Iusaaset ?

— Certainement, répondit Dov. Par où commencer ?

On aurait dit qu'il était sur le point de se lancer dans l'Histoire du monde. Je levai la main pour l'interrompre.

— Désolé, je veux juste un rapide résumé de ce que vous faites.

Wick ricana.

— Il sait déjà que tu es bavard, mec.

Dov lui jeta un regard noir.

— Je te demande pardon ?

Le sourire de Wick fendit son visage alors qu'il donnait un coup d'épaule à son collègue puis se tournait vers moi.

— En résumé, le Iusaaset est une organisation qui régit les panthères de par le monde afin de s'assurer que personne ne fait rien de suspect.

— Suspect ?

— Tout ce qui pourrait nous faire repérer, en tant qu'espèce.

— Oh, compris-je. Du genre qu'aucune panthère ne passe aux informations du soir.

— C'est ça, acquiesça Wick.

— Et le Iusaaset est celui qui s'assure que cela ne se produise pas.

— C'est exact.

— Qu'est-ce que cela a à voir avec moi, monsieur ?

— S'il vous plaît, juste Wick et Dov, demanda Wick pour la seconde fois.

Je me forçai à sourire.

— D'accord.

Dov expira bruyamment.

— Pouvez-vous me dire quel est votre souvenir le plus récent ?

Mon regard allait et venait entre eux.

— S'il vous plaît, insista-t-il.

Prenant une inspiration, j'expliquai :

— Il y a un peu plus de trois mois, je me suis réveillé dans ce ranch, à l'extérieur de Lubbock, quand j'ai entendu pleurer.

— Que s'est-il passé ? voulut savoir Wick.

— Je ne sais pas, mais un instant je dormais, et l'autre, mes yeux étaient ouverts et il y avait une petite fille qui sanglotait près de moi.

— Où étiez-vous ?

— J'étais dans une cage et elle était à l'extérieur, criant et braillant, car il y avait un homme qui la tenait par les cheveux et baissait son pantalon.

Évidemment, elle avait été terrifiée, au vu des cris et des pleurs, ainsi que du fait qu'elle s'était fait pipi dessus et que des larmes et du mucus coulaient le long de ses joues.

— Continuez, pressa Wick, interrompant mes souvenirs durant un instant.

Je ne m'étais pas rendu compte que j'avais cessé de parler à voix haute.

— L'homme ne devait pas m'avoir vu, je ne sais pas trop pourquoi. Peut-être parce que j'étais dans une cage. Je veux dire, il faisait vraiment sombre, continuai-je, pensivement. Mais je me suis relevé aussi vite que j'ai pu, j'ai poussé ma patte à travers les barreaux et je l'ai griffé, suffisamment pour qu'il la relâche et s'enfuie. Il hurlait qu'il allait revenir avec une arme et la petite fille dut penser qu'il allait nous tuer tous les deux – elle était vraiment jeune, peut-être cinq ou six ans – et je crois que c'est parce qu'elle était tellement effrayée qu'elle n'y a pas réfléchi, elle a ouvert la cage et est entrée avec moi avant de refermer la porte.

Je m'en rappelai clairement.

— Bagheera, chuchota-t-elle.

Je n'avais aucune idée de qui elle était, mais elle bougeait lentement, précautionneusement, rampant sur la paille au fond de la cage.

— Je ne te ferai pas de mal.

Ne pas me faire de mal ?

— N'aie pas peur, d'accord ? continua-t-elle, la voix brisée par la fin de ses pleurs.

C'était très gentil que, malgré le cauchemar qu'elle vivait, elle s'inquiète pour moi.

Lorsque ses doigts frôlèrent ma fourrure, je ronronnai et elle dut savoir que j'étais inoffensif, car elle enroula ses bras autour de mon cou, me tenant comme si sa vie en dépendait. C'était ridiculement dangereux et, si j'avais été un animal sauvage, réagissant à la proximité des gens de ma cage et l'attaquant, elle aurait été éviscérée. Mais en cet instant, je la laissai me câliner, me coupant légèrement mon apport d'air, et, en somme, me traiter comme un animal de compagnie. Elle était petite et effrayée, j'étais son protecteur.

Lorsque l'assaillant revint avec un homme, une femme et plusieurs autres armés de fusils, je l'entendis dire que l'enfant s'était aventurée dans la zone où ils gardaient les animaux qu'ils avaient chassés et qu'elle avait été tuée.

— Où est mon enfant ? hurla la femme et je pus entendre la terreur dans sa voix.

C'était probablement la mère de la petite fille et, vu la façon dont elle s'accrochait à l'homme qui se tenait près d'elle, je devinais qu'il était son mari et le père de la petite.

— Maman !

Sa mère fut la première à hoqueter.

— Elle est en vie ?

L'homme que j'avais malmené était abasourdi.

Nous étions là, dans la cage, elle avec ses bras autour de mon cou, penchée sur moi, et moi, la queue se balançant, mais hormis cela, immobile près d'elle.

— Mon cœur, dit son père d'une voix brisée, alors que quatre hommes levaient leurs armes pour me tuer. Sors d'ici, lentement.

La petite fille secoua la tête, les larmes jaillissant à nouveau tandis qu'elle désignait du doigt l'homme qui saignait toujours des égratignures que je lui avais faites.

— Il m'a dit de ne pas crier, mais je l'ai fait quand même.

Plus personne n'émit le moindre bruit.

— Il va encore essayer de me faire du mal. Il a déchiré mes vêtements, tu vois ? dit-elle en se tournant afin qu'ils puissent voir les boutons arrachés sur sa blouse. Et il m'a frappée sur la joue et sur le nez.

Immédiatement, je ne fus plus le centre de l'attention.

— Maman, j'ai fait pipi, se lamenta-t-elle. Je suis désolée, mais j'avais super peur.

— Oh, non, chérie, ce n'est rien, l'apaisa sa mère, le regard rivé vers moi puis de nouveau sur sa fille. Peux-tu sortir de la cage, s'il te plaît ?

— Mais Bagheera m'a sauvée.

— Je vois ça.

La petite fille désigna à nouveau l'homme malmené.

— Il voulait me retirer mes vêtements, j'ai essayé de m'enfuir, mais il m'a attrapée et Bagheera l'en a empêché.

Il fallut un moment pour que ses mots soient assimilés. Sa mère fut la plus prompte à réagir.

— Sortez-le d'ici, ordonna-t-elle et deux des hommes sortirent l'agresseur de la petite fille de la grange abandonnée, tandis que son père et les trois autres hommes pointaient toujours leurs fusils sur moi.

— Maman, s'il te plaît, ne laisse pas papa tuer Bagheera.

— Non, bébé, promit-elle. C'est fini, papa ne tuera plus rien.

Son mari soupira, mais je le vis hocher la tête et baisser son arme. Les autres hommes firent de même.

— Emmène-la quelque part, dit sa femme, n'importe où et laisse-la partir.

— D'accord, accepta-t-il.

— Elle est apprivoisée, pour l'amour de Dieu, ajouta-t-elle, la voix rauque et tranchante sous le fouet du jugement. Seigneur Dieu.

Il fut horrifié lorsqu'il assimila ses paroles et je vis son visage se chiffonner, dégoûté de lui-même et de ce qu'il avait été sur le point de faire.

— C'est comme tuer un chat domestique, finit sa femme d'une voix dure. C'est obscène.

Je m'assis, aussi immobile qu'une pierre, tandis que la petite fille m'étreignait une dernière fois avant de ramper hors de ma cage. Mère, père et enfant s'embrassèrent à la seconde où elle sortit. Je n'attendis pas pour voir ce qui allait se passer ; au lieu de cela, je me précipitai hors de la cage avant qu'elle ne soit refermée et atteignis la porte de la grange avant même que quiconque ait pu réagir.

Je jetai un regard en arrière, et l'un des hommes leva son arme vers moi.

— Tirez sur ce félin et vous perdez votre travail, lui dit la mère de la petite fille. Et, juste pour que nous soyons clairs, quiconque tire sur ce félin sur nos terres et je les dénonce pour braconnage.

— Et s'il attaque votre bétail ? demanda l'un des hommes.

— Tout ce qu'il veut est à lui, répondit-elle rapidement, son regard croisant le mien. Pars maintenant.

Je m'enfuyais quelques secondes plus tard et quittais le ranch au crépuscule.

— Combien de temps êtes-vous resté sous votre forme animale ? demanda Wick, me sortant de ma rêverie.

— Je ne sais pas, quelques mois ? Je crois que je cours plus vite que les autres panthères, du moins ça y ressemble.

— Bien sûr que vous courez plus vite, dit Dov, m'encourageant.

— Je me suis transformé à Baton Rouge, je me suis rendu dans un refuge pour sans-abri, j'ai trouvé des vêtements puis j'ai séjourné un moment dans une église avant d'obtenir un travail de plongeur.

— Ensuite ? me poussa Wick.

— Eh bien, le patron du restaurant où je travaillais était lui aussi une panthère et il m'a dit de quitter Baton Rouge, car son *semel* n'aimait pas du tout les étrangers. Je n'étais pas en sécurité alors je suis parti.

Dov hocha la tête et Wick sortit un téléphone de la poche de sa veste, y inscrivant une note. Je me demandai s'ils allaient dire un mot à ce *semel*.

— Mon patron m'a suggéré de venir à La Nouvelle-Orléans et de prendre un job de serveur, et c'est exactement ce que j'ai fait. Cela semblait un aussi bon plan qu'un autre.

Wick et Dov me scrutaient du regard.

— J'aime tenir un bar donc c'est ce que je fais maintenant.

Leurs visages étaient difficiles à déchiffrer.

— Je vous jure que c'est ce qui s'est passé.

— Nous vous croyons, m'assura rapidement Wick.

— Merci, marmonnai-je, espérant que mon inquiétude ne transpire pas.

Je n'avais parlé à personne de la petite fille ou de comment j'avais repris conscience, car c'était troublant. Évidemment, je m'étais réveillé quelque temps avant cela, mais je n'avais pas été conscient de ce qui se passait autour de moi. La perte de temps était effrayante.

— Quelque chose ne va pas ? s'enquit Dov.

— Non, le rassurai-je. Simplement, c'est terrifiant de ne pas se connaître ni de savoir d'où l'on vient.

— Eh bien, quoi qu'il se soit passé, nous le découvrirons.

Je hochai la tête.

— C'est une bonne chose que vous vous soyez retransformé, intervint Wick. Les panthères qui restent sous leur forme animale trop longtemps ont tendance à oublier qu'elles ont été humaines.

— Je ne le savais pas, dis-je, même si je l'avais peut-être su à un moment.

— Je me demande ce qui vous a incité à redevenir humain ?

Ça avait été un rêve….

— Avez-vous une idée de ce que cela aurait pu être ?

… et c'était intime.

— Jim ?

Je ne pouvais pas répondre, cela en aurait trop révélé.

— Vous pouvez nous faire confiance.

Mais je ne pouvais pas, pas avec quelque chose que je ne comprenais pas moi-même.

Dans ce rêve, il y avait un homme blond, plus beau que n'importe quel homme que j'aie jamais vu, un qui n'existait probablement que dans mon subconscient. Et même si, néanmoins, comme il courait, je n'avais jamais vu son visage, je l'avais entendu rire, un rire profond et grondant, alors j'avais eu le sentiment qu'il ne s'enfuyait pas loin de moi, mais *avec* moi. Nous allions quelque part ensemble, j'essayais continuellement de le rattraper, de le toucher, de le faire s'arrêter et se tourner. Je voulais sentir ses muscles puissants bouger sous sa peau douce et dorée, mais je ne pouvais pas l'atteindre. Cependant, le plus étrange fut que j'eus l'impression que si j'avais pu l'atteindre, il se serait arrêté et m'aurait pris dans ses bras. C'était un jeu, sauf qu'il ne savait pas que je ne jouais pas. Il était habitué à ce que je sois avec lui et, si j'avais été capable de le toucher, il l'aurait su.

Le son rauque de son rire faisait battre mon cœur plus vite, asséchait ma gorge et faisait durcir mon sexe entre mes jambes. Chaque nuit, je me réveillais tremblant de besoin et affamé, je le voulais désespérément. L'homme de mon rêve me faisait languir, c'était ridicule ; il n'existait pas et pourtant, je me réveillais fébrile chaque matin. La partie la plus étrange de ce rêve était que j'étais sous forme humaine, pas animale, et, à cause de cela, parce que je voulais courir avec ce magnifique étranger, j'avais apparemment repris forme humaine pour tenter de comprendre qui il était.

Peut-être me cherchait-il, peu importe qui il était, je ne voulais pas le manquer, sous prétexte que j'étais une panthère, pas moi. Et s'il ne me reconnaissait pas sous ma forme féline ? Je ne pouvais pas prendre ce risque.

— Jim ?

Je toussai pour couvrir mon malaise.

— Désolé, mais vraiment, je n'ai aucune idée de pourquoi je me suis retransformé. Normalement, c'est une décision consciente, n'est-ce pas ? Et je ne me souviens pas l'avoir prise.

Ils étaient tous les deux silencieux, m'étudiant.

— Vous êtes sûrs que je ne peux pas vous offrir un café ? J'en ai.

— Non, répondit Wick, d'une voix enrouée, triste, d'une certaine manière, je pouvais l'entendre dans sa voix. Je suis vraiment désolé de ce qui vous est arrivé, que votre mémoire ait disparu, mais nous ferons tout ce qui est en notre pouvoir pour vous ramener chez vous.

— J'apprécie.

— Nous pensions…, commença-t-il, puis il toussa et je me rendis compte qu'il était ému.

Ils avaient pensé… quoi ?

27

Dov se pencha en avant et posa une main sur l'épaule de son partenaire, la pressant légèrement, puis il tourna le regard vers moi.

— Je ne peux imaginer combien tout cela a dû être terrifiant pour vous. Vous l'avez surmonté, vous avez avancé. Cela démontre une grande force de caractère.

— Grâce à la bonté des étrangers surtout, répondis-je rapidement. Et, regardez autour de vous, ce n'est pas avancer, croyez-moi.

— C'est mieux que ce que la plupart des gens auraient fait.

Je n'en étais pas certain, mais je pouvais gracieusement accepter le compliment.

— Merci. Mais que pensiez-vous réellement ?

Tout à coup, les deux hommes parurent méfiants.

— Que je mentais ?

Pas de réponse.

— Pourquoi diable une personne mentirait-elle sur sa perte de mémoire ?

Dov fronça les sourcils, comme s'il décidait quoi dire, mais Wick pencha la tête sur le côté, me dévisageant.

— Pour cacher quelque chose, bien sûr.

Je fus surpris.

— Ça n'a pas de sens. Que peut bien cacher une seule personne perdant la mémoire ?

— Un secret qu'elle seule connaît, expliqua Dov. Ce serait en fait tout à fait brillant.

Je hochai la tête.

— Mais vous ne simulez pas, intervint Wick, disant ce que je savais déjà. Vous ne portez même pas l'odeur que vous êtes censé avoir, celle dont on nous a parlé, ça ne peut être truqué.

— Comment le savez-vous ? Peut-être ai-je un don ?

Dov hocha la tête.

— Vous êtes une *reah*, mais aucun félin, peu importe combien il est puissant – même un ne-ke-ne – ne peut masquer sa propre odeur. Vous pouvez contrôler votre pouvoir, mais pas changer votre nature profonde.

J'avais loupé quelque chose.

— Quelle sorte de félin ?

Il me l'épela.

— Cela explique comment vous pouvez être une *reah* mais aussi un homme, poursuivit-il. Vous êtes d'abord un *nekhene*, ensuite une *reah*.

28

Il devenait nécessaire de m'asseoir, ce que je fis, pour ne pas m'écrouler par terre.

— Est-ce que l'une de ces informations vous semble familière? demanda Dov.

Je secouai la tête.

— Bon, ce n'est rien.

Cela ne faisait-il vraiment rien?

— Vous dites que je ne suis pas seulement une *reah* mais un... quoi déjà?

— *Nekhene.*

Je tentai d'analyser le mot d'après les phrases égyptiennes qui flottaient quelque part dans mon esprit.

— *Nekhene*, c'est faucon, n'est-ce pas?

— L'utilisation est d'origine plus ancienne, m'informa Dov. Mais essentiellement, vous pouvez vous transformer en créatures qui font deux fois votre taille, parfois trois.

Je secouai la tête.

— C'est impossible. La mutation est une physique de base. Si vous faites soixante kilos, vous vous transformerez en une panthère de soixante kilos. Nous ne prenons pas de poids, ce n'est pas de la magie.

— Pas si vous êtes un *nekhene*, offrit-il. Quand on parle de vous... Jin... nous parlons de quelque chose d'unique, de différent.

Ma tête se redressa brusquement, les deux hommes me regardaient gentiment, tendrement.

— C'est Jim, corrigeai-je rapidement.

— Non, insista Dov en secouant la tête. Ça ne l'est pas.

Je pris une inspiration tremblante.

— Tu es Jinnai—Jin, Rain, *reah* de la tribu de Mafdet.

— Rain?

— Ça s'épelle R-A-Y-N-E.

Je plissai les yeux vers eux.

— Le 'Jin' est exact. Je veux dire... je savais que c'était quelque chose comme ça, mais Rayne? Je ne... ce n'est pas ça.

— Si.

Ça ne pouvait pas être ça. Ça ne résonnait pas en moi comme Jin l'avait fait.

— Veux-tu connaître le nom de ton *semel*?

29

Je ne voulais pas un nom, je voulais davantage, je voulais le voir. J'avais un besoin presque désespéré de savoir à quoi ressemblait cet homme.

— Oui, grinçai-je.

— C'est Logan Church.

Je ne pouvais plus respirer.

— Jin?

Dov se précipita vers moi et posa la main sur mon dos, tandis que je me penchai et posai ma tête entre mes genoux.

— Est-ce que ça va?

Oui, ça irait, à la seconde où je pourrais reprendre mon souffle. Me redressant sur mon siège, je lui fis face.

— Donc, mon *semel* est en vie?

— Oui.

— Quand pourrai-je…

— Nous allons lui faire savoir où il peut te contacter.

— Je peux…, haletai-je, appeler mon *semel*. Je vais le faire tout de suite si vous me donnez son…

— Il existe des protocoles, me rappela Dov.

De toute évidence, il y avait des règles pour tout.

— Oui, répondis-je, d'une voix rauque.

J'étais assailli de bouffées de chaleur, puis j'étais glacé, les mâchoires serrées, tremblant, des larmes remplissant mes yeux à la ruée de ce sentiment écrasant, dévorant de besoin.

— Dites-lui de se dépêcher.

— À notre *semel*?

— Non, gémis-je. Au mien.

— Je ne pense pas que ce sera un problème.

IV

JE TRAVERSAI ce mercredi soir dans un état second. Il y avait encore du travail et je le fis – je fus avenant et opérationnel, je ne laissai pas les clients se rendre compte que j'avais la tête complètement retournée – mais je ne parvenais pas à me concentrer.

Luther arriva et s'assit au bar avec quelques-uns de ses *khatyus*, je m'assurai de lui dire bonjour et il me rappela que j'avais accepté de dîner avec lui. Je pus à peine lui répondre, car je gardais un œil sur la porte lorsque quelqu'un entrait.

En toute logique, je savais que le vol depuis Reno, Nevada – où, apparemment, je vivais – jusqu'à La Nouvelle-Orléans prendrait toute une journée. C'était à l'autre bout du pays. J'avais vérifié sur le téléphone que l'on m'avait donné et les estimations variaient de huit à onze heures et ça, c'était si mon *semel* avait pris l'avion à la seconde où Domin Thorne, l'*akhen-aten*, l'avait appelé. Et il n'y avait aucune chance qu'il l'ait fait. Il n'avait probablement même pas encore été contacté. Le fond du problème était que, d'une façon ou d'une autre, je ne pouvais que penser à mon *semel* et à quoi il ressemblerait, et à rien d'autre. On ne pouvait même pas compter sur moi pour me rappeler quel verre voulaient les gens.

Lorsque je pris ma pause, je sortis derrière le restaurant, quémandai une cigarette à l'un des commis, m'appuyai contre l'un des murs en briques apparentes dans l'allée et utilisai mon nouveau téléphone.

Je cherchai Logan Church sur Internet, mais il n'y avait rien, excepté un lien vers une verrerie, parmi toutes les choses étranges. Sur le site web de Préservons la Verrerie, je trouvai un numéro d'entreprise et, puisqu'il n'était que dix-neuf heures où je me trouvais – ce qui signifiait dix-sept heures dans le Nevada – je tentai de joindre quelqu'un. La ligne sonna, sonna, puis je fus envoyé sur le répondeur. La voix de la femme était claire et forte, et parce que je ne savais pas quoi dire qui ne paraîtrait pas stupide, je rappelai trois fois avant de finalement laisser mon nom et mon numéro de téléphone.

Écrasant ma cigarette, concentré sur le fait de ne pas partir acheter un paquet – j'essayais très fort de ne pas reprendre, mais j'aimais le goût, et le fait d'inhaler et d'expirer me calmait – je fus presque arrivé à la porte lorsque mon téléphone sonna.

— Allo? répondis-je rapidement.

Quelqu'un se racla la gorge.

— Allo?

— Qui est à l'appareil?

La voix de la femme à l'autre bout du fil se brisa.

— Jin?

— Oui.

Rapide inspiration.

— C'est Delphine.

Je ne savais pas si j'étais supposé la connaître ou non.

— Salut, murmurai-je. Delphine, je suis désolé de vous déranger, mais j'essaie de joindre Logan Church.

— Oui, répondit-elle doucement. On nous a dit que tu... n'avais plus de souvenirs.

— Oui, je... n'en ai plus, acquiesçai-je, car je ne savais pas ce que j'étais censé dire. Donc, le *semel* de Wick et Dov...

— Domin.

— Domin, répétai-je. A-t-il déjà appelé Logan?

— Oui.

Je toussai.

— Et, où est votre *semel* maintenant?

— C'est mon frère, clarifia-t-elle. Il est en route pour te voir.

— Oh.

Je fus surpris et, Seigneur, si heureux, et vraiment, terriblement effrayé en même temps.

— C'est... c'est bien.

— C'est bien, répéta-t-elle, la voix rauque. Parce que tu nous as... manqué.

— Vraiment?

— Oh, mon Dieu, oui.

Sa voix se brisa.

— Tellement.

Je devais savoir alors je me raclai la gorge.

— Sommes-nous proches, Delphine?

— Nous le sommes, chuchota-t-elle. Et tu me manques terriblement.

Mes yeux se remplirent rapidement.

— Tu me manques aussi. Je veux dire – ma famille, je pense. J'espère.

— Oh, oui, insista-t-elle. Tu aimes ta famille, Jin Church. Tu l'aimes vraiment.

Je pris une profonde inspiration parce que ça sonnait vraiment bien.

— Je me fais appeler Jin Church ?

— Oui. Depuis longtemps.

Je passai les doigts dans mes cheveux drus.

— Delphine, peux-tu me répondre honnêtement ?

— Bien sûr.

Elle semblait si merveilleuse, j'aurais aimé avoir une photo pour aller avec la voix.

— Est-ce que ton frère… est-ce que…

Il n'y eut rien de sa part, aucune précipitation, aucune pression pour me faire dire ce que je voulais dire. Elle respirait simplement, bruyamment, comme si elle avait peur.

— Est-ce qu'il veut de moi là-bas ? M'a-t-il banni ?

— Oh Jin, répondit-elle en reniflant. Il veut désespérément de toi, il ne t'aurait jamais banni – il t'adore.

Il m'adorait ?

— Vraiment ?

— Oh, oui. Il t'aime plus que tout.

C'était embarrassant, mais je devais savoir ce qu'elle pensait.

— Et… sais-tu – je veux dire, peux-tu me dire si avant… est-ce que je l'aimais ?

— Tu faisais plus que de l'aimer, pleura-t-elle. Chéri, Logan et Ilia sont toute ta vie.

— Ilia ?

Silence.

— Je t'en prie, dis-moi.

Profonde inspiration, puis :

— Ilia est ton fils.

Mon fils.

Je trébuchai vers le mur, me tournai juste à temps et me laissai glisser, m'écroulant sur le trottoir.

— J'ai un fils ? Non seulement j'ai oublié mon compagnon, mais j'ai aussi oublié mon *fils* ?

Instantanément, ma vue se brouilla d'épaisses larmes chaudes et je commençai à trembler.

— Non, non, non, tu n'as oublié personne !

Elle commença à pleurer.

— Tu les reconnaîtras, je te le jure ! C'est seulement ton esprit qui essaie de limiter les dégâts. Ce que tu pensais avoir fait et ce que tu as réellement fait – Oh, Jin, tu n'en as aucune idée !

Je commençai à hyperventiler.

— Oh mon Dieu – oh mon Dieu… ils m'ont dit de ne rien dire… si tu appelais, j'étais juste supposée… ohmondieu, je t'en prie, ne t'enfuis pas ! J'en mourrais si tu t'enfuyais. Ne pars pas, je t'en supplie !

Sa voix était aiguë, frénétique, brisée. Elle semblait à la fois terrifiée et en colère.

— Delphine, je…

— Ne t'avise pas à partir d'ici ! cria-t-elle, puis sa voix se fit plus basse, s'apaisa. Je veux dire, tu ne peux pas, d'accord ? Ne le fais pas.

J'avais brisé cette fille alors que je ne la connaissais pas encore.

— Ce fut une nuit horrible, Jin… tout ce sang et… et tout est devenu fou, et… tu pensais que tu… oh, Jin, mais tu ne l'as *pas* fait, tu ne pouvais pas, mais ce n'est que lorsque nous avons repris conscience que nous avons découvert ce qui s'était passé.

Mais *je* ne savais pas, je devais savoir ! J'avais un compagnon et un fils, je voulais ma vie.

— S'il te plaît, dis-moi ce que tu sais, suppliai-je. Je t'en prie.

— Je ne devrais pas, dit-elle. Parce que je n'étais pas proche, je n'ai pas tout vu. Crane sait, il était avec toi quand tu as dû… quand tu… quand…

— Qui est Crane ?

— C'est ton meilleur ami, il a tout vu et tout va bien – tout va bien – seulement, je ne suis pas censée… ils veulent que ta mémoire revienne naturellement, et si je dis quelque chose, je pourrais te forcer à… à… oh, Jin.

— S'il te plaît, suppliai-je lorsqu'elle s'interrompit.

— Tu… tu pensais que tu avais tué ton fils, Jin, mais tu ne l'as *pas* fait.

Je n'arrivai plus à respirer.

— Ton fils est vivant.

NAZAR ME trouva dans l'allée, me porta dans le restaurant et m'installa dans le bureau d'Eliza. Apparemment, je m'étais évanoui, ce qui ne me ressemblait pas, mais les nouvelles avaient été plutôt écrasantes. J'avais pensé que j'avais tué mon fils. Pas étonnant que je me sois enfui. Le nombre de questions qui tourbillonnaient dans ma tête était ahurissant. J'avais besoin de voir mon *semel* plus que tout au monde. J'avais envie de m'asseoir et de discuter avec lui, d'entendre tout ce qu'il avait à dire. Je voulais... je le désirais ardemment.

Ma peau était chaude et j'étais anxieux. Je ne pouvais pas rester en place, alors je me levai et fis les cent pas et là, presque à la fin de mon service, la porte s'ouvrit, laissant entrer Dov et Wick ainsi que Luther, Alaine Boucher et deux autres hommes que je ne connaissais pas et qui gardèrent la porte.

— Sur les conseils de mes conseillers, je vous ai pris votre téléphone, annonça Alaine. Vous n'êtes plus autorisé à avoir de contact avec quiconque autre que votre compagnon. Dès qu'il sera arrivé, il pourra vous accorder toutes les permissions qu'il jugera nécessaires, mais en attendant, vous resterez confiné dans le pavillon de jardin de ma maison.

J'arrivais à peine à respirer ; parler était hors de question.

— J'ai pris la liberté de démissionner de votre poste et tout ce dont vous pourrez avoir besoin vous sera fourni...

— Vous n'avez pas à payer pour...

— L'*akhen-aten*, me coupa-t-il, brusquement, en s'avançant à grandes enjambées avec Nazar, qui m'attrapa immédiatement par les épaules et me poussa au sol.

À genoux, fixant les deux hommes, je vis la fureur d'Alaine.

— Je suis un *semel*, vous êtes sur mon territoire et *reah* ou pas, *nekhene* ou pas, vous *respecterez* ma position !

J'eus envie de le frapper. Je voulais le balancer à travers la pièce et curieusement, j'avais l'étrange impression que je le pourrais, ce qui était ridicule. Peut-être qu'en tant que *reah*, je pouvais prendre d'autres formes que panthère, mais je n'avais aucune idée de comment m'y prendre.

— M'avez-vous entendu ?

Je me demandai ce que Dov et Wick avaient dit plus tôt sur le fait que j'étais un *nekhene*. Ils avaient dit que je pouvais faire jusqu'à deux fois ma taille habituelle et, bien que cela n'ait aucun sens, au moins les pensées dans ma tête ne me semblèrent pas aussi folles.

Alaine m'attrapa violemment le visage et ses mains se transformèrent, devenant des griffes coupant ma peau.

— M'avez-vous... entendu ?

Si je m'éloignais, il m'arracherait le visage. Et d'après la position de son annulaire, il pouvait me crever l'œil gauche. Ce serait de la folie, aussi me concentrai-je pour ne pas bouger.

— Oui, répondis-je dans un murmure.

Il me relâcha et Nazar me remit sur mes pieds. Je reculai et je vis une expression blessée sur le visage du *sheseru*. En toute logique, je savais qu'il ne faisait que son devoir envers son *semel*, pourtant, à l'instant où il m'avait mis à genoux, j'avais su où allait sa loyauté. Et, à nouveau, en vérité, j'avais su qu'il appartenait à son *semel* et pas à moi, mais le constater fut difficile. Je n'avais pas de défenseurs. Tous ces hommes pouvaient me faire du mal s'ils le voulaient et cette prise de confiance me donna envie de fuir. Je pouvais me rendre au Nevada par mes propres moyens. Je pouvais rappeler Delphine et lui dire que j'étais en chemin, je n'aurais plus à écouter aucun de ces hommes.

— Jin, dit Wick, détournant mon attention vers lui. Dov et moi resterons avec toi dans la maison du *semel*.

Je n'avais rien à lui dire.

— Nous avons déménagé toutes tes possessions de ton appartement au pavillon de jardin et nous avons aussi réglé ton bail.

Ils avaient pris les devants et me traitaient comme un homme avec lequel ils pouvaient agir comme ils l'entendaient.

— Je suis désolé que nous l'ayons fait sans que tu le saches, mais la décision a été prise plus tôt aujourd'hui.

Je hochai la tête.

— Le problème est que ce *semel* est, en fait, responsable de ta sécurité et toutes circonstances hors de son contrôle ne sont pas justes pour lui.

Je me raclai la gorge.

— Sa *yareah* ne sera pas contente.

— Sa *yareah* comprend le protocole autant que lui et elle a pris des mesures pour les cours et les jardins de sa maison.

En gros, j'étais prisonnier jusqu'à ce que mon *semel* arrive.

— C'est pour le mieux.

Pour eux, pas pour moi.

— Pourrai-je aller et venir comme je l'entends ?

— Tu pourras aller où ça te chante tant que tu seras escorté.

Traduction, *non*.

— Tu devras nous dire quand tu veux sortir et l'un de nous ou un *khatyu* t'accompagnera.

Il n'y avait rien à faire d'autre.

— J'aimerais aller dans la maison du *semel*, maintenant.

Tout le monde fut content que je sois si bien disposé, comme en témoignèrent leurs soupirs soulagés et leurs sourires timides.

Sortant par l'arrière du restaurant, je fus silencieux et le restai durant tout le trajet jusqu'à Garden District. Si le *semel* posait des questions, je répondais. Quelqu'un d'autre, je l'ignorais.

— Lorsque nous arriverons chez le *semel*, commença Dov, tu devras demander l'hospitalité à sa *yareah*.

Pas de réponse.

— L'avez-vous entendu? demanda Alaine.

— Oui, *semel*, répondis-je rapidement. Je me prosternerai devant toute votre maisonnée.

— Ce n'est pas nécessaire, dit-il sèchement. Vous n'avez qu'à suivre le protocole susmentionné.

— Certainement, conclus-je, les yeux rivés dans les siens afin qu'il sache que j'écoutais vraiment.

Alors qu'il détournait le regard, je vis sa mâchoire se crisper.

Lorsque nous atteignîmes l'immense maison à double étage du *semel* et descendîmes du SUV, tout le monde se dirigea sur la droite, afin d'entrer par l'arrière, mais je grimpai les marches et sonnai à la porte. M'agenouillant sur le paillasson, j'attendis que la *yareah* sorte.

— *Reah*, m'interpella le *semel* d'un ton sec. Venez par ici!

— Je ne cherche qu'à entrer, répliquai-je. Le devoir avant tout.

Il grogna derrière moi et en aurait dit plus si la porte ne s'était pas ouverte. La belle blonde majestueuse que j'avais rencontrée la veille se tint sur le perron. Cependant, elle paraissait différente. Disparue la *yareah* hautaine et parfaitement maquillée, à sa place, se trouvait une femme avec des yeux rouges gonflés, le front plissé et les lèvres pincées.

Troublée, elle m'adressa une rapide révérence.

— S'il vous plaît, ne vous donnez pas en spectacle sur mon perron, *reah*. Entrez et retirez-vous dans vos quartiers.

Je devais être hors de vue.

— J'ai besoin de votre permission pour entrer chez vous, lui rappelai-je.

— Vous l'avez, répliqua-t-elle, d'un ton brusque. Seulement, restez hors de mon chemin et celui de mon *semel*.

— Catherine, réprimanda Alaine.

Elle prit une vive inspiration et croisa les bras, elle semblait sur le point de pleurer.

— Je vous remercie de votre hospitalité, marmonnai-je en me détournant et en descendant les escaliers, me rendant aux côtés de Dov afin de le suivre jusqu'à la porte arrière.

Je fus conduit sur une allée dallée qui prenait fin dans une petite cour, entourée par un jardin luxuriant. Il aurait été charmant si j'avais pu m'y balader à ma guise, mais comme prison, je n'eus aucune tendresse pour lui.

Après être arrivé à la porte du petit cottage, Dov me la tint ouverte.

— Dois-je être accompagné à l'intérieur ou suis-je autorisé à avoir mon intimité ?

Lui et Wick échangèrent un regard.

— Nous voudrions nous assurer que vous vous sentez à l'aise, s'emporta Alaine, irrité.

Je toussai.

— Comment ne pourrais-je pas l'être, *semel* ? C'est votre maison après tout.

— Vous allez devoir manger, gronda-t-il, furieux.

— Je suis sûr que ce que préparera votre cuisinier sera acceptable. Vous pourrez le laisser sur le pas de la porte, comme on le fait en prison.

Son regard croisa le mien et je baissai la tête en signe de déférence.

— Cela fera assurément plaisir à votre *yareah*.

Il pivota et partit tandis que les autres me fixaient du regard.

Je passai la porte que Dov me tenait ouverte et il l'aurait refermée derrière moi si Nazar ne l'avait pas retenue.

— Pardonne-moi, ma *reah*.

Mes yeux se posèrent dans les siens.

— Votre loyauté va à votre *semel, sheseru*. Vous n'avez pas à vous excuser. Je suis sûr que mon *sheseru* est tout aussi loyal avec moi.

Son visage se froissa.

— Ma *reah*, je…

— Bonne nuit, le coupai-je en fermant la porte derrière moi.

Après l'avoir verrouillée, je commençai à me débarrasser de mes vêtements. Traversant la maison, une seconde j'étais un homme, la suivant j'étais une panthère. Je me déplaçai aisément pour ouvrir la fenêtre et sortis. Escaladant l'arbre près de la petite maison, je fus sur le toit quelques instants plus tard. Rampant vers le bord, j'observai les hommes dans la pénombre et les vis s'attarder dans la cour devant le cottage.

— Personne ne veut être prisonnier, dit Dov à Nazar, qui faisait les cent pas.

— Il ne me fait plus confiance maintenant, je donnerais ma vie pour lui s'il me le demandait.

Wick se racla la gorge et posa sa main sur son épaule afin de stopper ses mouvements.

— C'est une maladie, mon pote. Vous êtes partagé, une partie de vous veut rendre service à la *reah*, l'autre sait que votre loyauté va à votre *semel*.

Nazar le fixa.

— Je n'ai pas… ça fait physiquement mal de le voir se détourner de moi.

— Il est une *reah*, dit gentiment Wick. Ça va être encore pire quand il retrouvera son odeur et le reste de son pouvoir.

Nazar inspira profondément.

— Je veux entrer et lui parler.

— Pas sans sa permission.

Je posai ma tête sur mes pattes et fermai les yeux. Il était beaucoup trop tôt pour que je coure, alors j'attendis.

Écoutant les bruits autour de moi, j'entendis le *semel* crier, attrapai les sons de sa *yareah* en train de pleurer, comptai le nombre de fois où les chaussures de Nazar grattaient sur les pavés de la cour et gardai la trace de la respiration de Wick, de Dov et des *khatyus*.

Des heures plus tard, lorsque les autres se furent retirés dans la maison, Luther m'amena un plateau. Il se tenait devant la porte pour parler.

— Tu devrais sortir, dit-il, la voix épaissie d'un désir que je pus entendre.

Il me voulait et ça faisait mal. Comment osait-il désirer une *reah* accouplée ?

— Tu as promis de dîner avec moi, tu te souviens ?

Je ne fis aucun bruit et, après ce qui parut un long moment, il posa finalement le plateau et retourna à la maison principale. Me roulant en boule, j'attendis qu'il fasse assez sombre pour qu'une panthère noire se cache dans l'obscurité.

V

Je survolai les toits de la ville, écoutai du jazz au Preservation Hall, bus de l'eau de pluie dans l'Allée des Pirates, me faufilai dans une cuisine sur Dauphine et Orléans et fus nourri par un couple âgé qui fut sûr que j'étais domestiqué et que j'appartenais à un voisin. C'était une chose géniale au sujet de cette ville : rien ne surprenait personne. Ils s'attendaient à voir des choses sortant de l'ordinaire. Une panthère noire mangeant un gombo était normale.

Je revins avant l'aube et trouvai Nazar et Luther montant la garde sur un banc dans la cour devant le pavillon de jardin.

Me glissant à l'intérieur de la maison, je me retransformai immédiatement et me dirigeai vers la cuisine pour aller chercher de l'eau. Lorsque j'eus bu un peu, j'allai prendre une douche. Mes vêtements, le peu que je possédais, étaient dans un sac sur le lit et, lorsque je sortis de la douche, nettoyé de mon exploration en ville, j'enfilai un pantalon et un tee-shirt et m'allongeai sur le lit. Je ne pensais pas pouvoir dormir, mais je me réveillai au bruit d'un léger coup sur la porte d'entrée. La chambre était baignée de lumière naturelle.

Roulant hors du lit, je titubai jusqu'à la porte et l'ouvris.

— Salut.

L'homme blond que je trouvai derrière avait le sourire le plus chaleureux que j'aie jamais vu de ma vie.

Puis, ouvrant la porte en grand, je fus stupéfait par le nombre de personnes agglutinées dans la petite cour.

— Jin.

Reportant mon attention sur l'homme devant moi, je fus piégé par son regard saphir.

Il fit un pas en avant et posa la main sur la porte.

— Je suis Crane Adams.

Le nom fut prononcé comme s'il était inutile de le faire.

— Je suis censé vous connaître, n'est-ce pas ?

C'était un état de fait.

Rapide haussement de sourcils et la facilité, son calme, m'apaisa.

— Ça aurait été bien, dit-il avec un sourire. Mais ce n'est pas grave.

— Vous n'êtes pas en colère ?

— Contre toi ? Jamais. Je n'ai jamais été en colère contre toi.

— Nous connaissons-nous depuis longtemps ?

Il hocha la tête.

— Oui, depuis très, très longtemps.

Je continuai de le fixer du regard un instant puis lui tendis la main.

Il l'engloutit dans la sienne.

— Je suis ton bah-set.

J'inspirai par le nez, tentant de rester calme.

— Je ne sais pas ce que c'est.

— Ce n'est pas grave, répondit-il, affable, me soulageant sur ce petit porche.

Sa main tenant la mienne me semblait naturelle, en aucune façon charnelle, simplement réconfortante et agréable.

— C'est un mot fantaisiste pour dire meilleur ami, c'est tout.

— Comment l'épelez-vous ?

— Comme 'best' avec un e supplémentaire après le s.

— Ça ressemble vraiment à 'best'.

Il pouffa de rire.

— Oui.

Je pris une inspiration.

— Ils m'ont dit que seul mon *semel* serait autorisé à me voir.

— C'est parce qu'ils ne savaient pas que tu avais un *beset*.

— Mais vous venez de dire que c'était juste un mot fantaisiste pour dire meilleur ami.

— C'est vrai, et ce que j'aurais dû dire c'est que tu avais choisi ton meilleur ami pour être ton *beset*. Je pense que la plupart des *reahs* le font – c'est logique, non ?

— Je pense que oui.

— Oui, alors c'est ce que tu as fait, mais un *beset* est aussi une position comme *semel*, *reah*, *sheseru* ou *sylvan*. En tant que *beset*, je peux aller partout où tu es comme bon me semble. C'est contraire à la loi des panthères de m'éloigner de toi et ils le savent.

— Donc, vous êtes juste venu à ma porte m'expliquer qui vous étiez ?

— Bien sûr, ricana-t-il en me faisant un clin d'œil.

— Je ne comprends pas. Je veux dire, vous n'avez pas une carte ou quelque chose qui dit qui vous êtes ? Et si vous mentiez ?

Il haussa les épaules.

— Je pourrais, j'imagine, mais tout ce qu'ils auraient à faire serait d'appeler Logan Church et de lui demander, ou d'appeler Domin Thorne et de lui demander, et dissiper toute confusion. Mais vraiment, ajouta-t-il d'un air conspirateur en se penchant vers moi et agitant les sourcils, je suis plutôt du genre important.

Je ne pus m'empêcher de lui sourire, il était si charmant, et c'était tout simplement contagieux.

— C'est vrai?

— Oh, oui, assura-t-il, en plissant les yeux et hochant la tête. Je suis Crane Adams, *beset* de la *reah* qui est aussi un *nekhene*. Une fois que les gens te connaissent, ils me connaissent.

— Vous me gardez dans le droit chemin, n'est-ce pas?

— Je me tiens à tes côtés et te rappelle ton humanité lorsque, parfois, les circonstances font que c'est difficile.

— On dirait que vous m'empêchez de tuer des gens, plaisantai-je.

— Parfois, acquiesça-t-il.

Je fus abasourdi.

— J'ai tué des gens?

— Seulement quand ils le méritaient, expliqua-t-il. La loi est limitée. Ceux qui choisissent d'ignorer la loi doivent être punis.

Je pris une inspiration.

— Puis-je partir d'ici si vous venez avec moi?

— Nous pouvons faire absolument tout ce que tu veux, m'apprit-il. Veux-tu aller à l'hôtel ou quelque chose comme ça?

— Non, je veux juste aller et venir comme je le veux.

— Oh, je vois. Ils te gardent ici, car tu es sous la responsabilité du *semel*. C'est logique, mais maintenant que je suis là, tu peux faire ce que tu veux. Même si nous sommes sur le territoire d'un autre *semel*, ta sécurité m'incombe jusqu'à ce que Logan arrive.

— Donc, je suis libre parce que mon meilleur ami est avec moi.

Son sourire fut malicieux.

— Exactement.

Ma respiration eut un accroc et j'eus l'envie soudaine de le prendre dans mes bras, mais je n'étais pas certain que ce soit bon.

Il m'ouvrit ses bras.

— Viens.

— Est-ce correct?

— Je suis à toi, répondit-il et son sourire devint chaleureux. Tu dis ce qui est bon ou pas. Je suis ton *beset*, tu es ma *reah*. Fais ce que tu veux.

Je me jetai sur lui et il me serra si fort, sa tête posée sur mon épaule alors qu'il commençait à trembler.

Un sentiment de soulagement me submergea et, même si je ne savais pas pourquoi, je me sentais en sécurité. Ce fut comme si, enfin, après tant de temps passé à me demander ce qui allait advenir et la peur qui me dévorait jour et nuit… enfin… je n'étais plus seul.

— Mec, attends que Logan te voie, gloussa Crane, ses mains glissant dans mes cheveux, encore et encore. Tu es si maigre et cette coupe de cheveux est dingue.

Je reculai pour examiner son visage.

— S'il te plaît, parle-moi de ce qui est arrivé à mon fils.

Il plissa les yeux.

— Nous allons peut-être attendre Logan.

— Mais, je…

— Il va bien, d'accord ? Ilia est à la maison, sous sa forme de panthère, nous devons rentrer pour qu'il se retransforme.

— Il ne mutera pas ?

— Non, il ne le fera pas. Logan a une théorie.

— Laquelle est-ce ?

Crane sourit à nouveau et, à la simple vue de ses yeux pétillants, de ses lèvres ourlées et de la façon dont il haussa un sourcil, je me retrouvai à lui sourire en retour. Je l'aimais tellement.

— Il pense qu'Ilia a besoin de te voir, car tu es ce qui le relie à son humanité. Logan est celui qui le lie à sa force, ses instincts primaires, à l'animal qu'il est. Logan est son père, mais il est aussi son *semel*, alors Ilia répond à son pouvoir, rien de plus. Mais toi… tu es la douceur, la gentillesse, et quand Ilia te verra, il voudra te parler, s'asseoir avec toi, alors il se retransformera.

— Un *semel* peut aussi être doux et gentil, lui rappelai-je. Es-tu en train de me dire que le tien ne l'est pas ?

— Le *semel-netjer*, ton compagnon, est le meilleur homme qu'il est possible d'être, me dit-il. Vraiment, tu ne trouveras pas mieux. Pourtant, naturellement, il est puissant. La *reah* est le confort. Logan ne peut réprimer la force qui coule en lui, tout comme tu ne peux réprimer ta gentillesse et ta bonté innées.

J'acquiesçai.

— Nous sommes en territoire inconnu, là, gloussa Crane. Ilia est une sorte de nouvelle créature avec ton sang *nekhene* qui coule dans ses veines et la lignée de Logan. Il est terrifiant et irascible, seulement, nous n'avons pas peur de lui.

— Qui nous ?

— Nous, ta famille.

Je hochai la tête.

— Comment se fait-il que tu n'aies pas peur ?

Il s'esclaffa.

— Je ne peux pas avoir peur d'Ilia ; je suis la troisième personne à l'avoir tenu dans mes bras après sa naissance. Il m'aime et je le sais, mais je suis tout de même prudent quand tu n'es pas là, car il pourrait me blesser sans le vouloir.

— Mais quand je suis là, il ne le peut pas ?

— Quand tu es là, il ne le fera pas.

— Pourtant, il y a eu un accident.

Il haussa les épaules.

— Nous voulons vraiment que tu te souviennes naturellement de ce qui est arrivé, le docteur dit qu'il serait mieux que tu te rappelles du trauma et non qu'il te soit raconté. Mais, je dirais que c'était la faute de son grand-père, ça n'a rien à voir avec le fait qu'Ilia ne t'écoutait pas ou la façon dont les choses ont dégénéré.

— Oh ?

— Ce n'est qu'un petit garçon. Il ne peut pas s'attendre à avoir le contrôle alors qu'il n'a pas encore tout appris.

J'acquiesçai.

— Donc, tu es prudent avec lui, car je ne suis pas à la maison ?

— Nous le sommes tous.

Je pris une profonde inspiration.

— Quel âge a Ilia ?

— Il a cinq ans.

— Oh, il est si petit. Comment peut-il être si jeune et se transformer ? Je croyais que les métamorphes ne traversaient leur premier changement qu'à l'adolescence.

— Je te l'ai dit, Ilia est spécial.

— Oui, tu l'as dit.

— Il est si mignon avec ses grands yeux gris et ses cheveux noirs. Tu veux le voir ?

— S'il te plaît.

Crane fit défiler les photos de son téléphone et me le passa.

Ilia Church était beau. Il avait été un bébé adorable et les photos de moi, le tenant dans mes bras, sa petite main potelée enroulée dans mes cheveux longs, me firent monter les larmes aux yeux.

— As-tu des photos de mon compagnon et moi?

Il grimaça.

— Oui, mais je ne suis pas censé te les montrer. Tu es supposé choisir ton compagnon parmi un grand nombre d'autres personnes. C'est pourquoi le *semel*... quel est son nom... Boucher a amené tous ces gens ici.

— Est-ce que mon *semel* est là?

— Non, pas encore. Mais il le sera bientôt. J'étais en Floride, c'est pourquoi je suis déjà arrivé. Je faisais le médiateur entre deux *akers* de Martine Soto.

Je secouai la tête.

— Je ne sais pas ce que c'est et je ne suis pas sûr non plus de savoir ce qu'est un *aker*.

Il soupira.

— C'est étrange.

— Pourquoi?

— En temps normal, tu es une encyclopédie des lois des panthères.

— Vraiment?

— Vraiment. Ton père était un *sylvan* et il t'a tout appris, encore plus que ce qui t'était nécessaire pour survivre.

— Mon père est-il toujours en vie?

— Non.

— Et ma mère?

— Ta mère s'est suicidée il y a deux ans.

— Oh.

C'étaient de tristes nouvelles.

— Vous n'étiez pas proches.

— Ai-je des frères et sœurs?

— Tu as un frère qui vit à New York maintenant.

— Sommes-nous proches, lui et moi?

Il secoua la tête.

— Non. Tu n'es proche que de ta famille.

— Ce que tu viens de dire n'a aucun sens.

— Je veux dire, ta famille qui t'aime.

Je fus frappé par la gravité qui arborait.

— Cette famille, c'est toi?

— Oui. Tu es plus proche de Logan, Ilia et moi, mais il y a beaucoup d'autres personnes qui te sont chères et que tu appelles famille.

Je lui pris la main.

— Veux-tu t'asseoir et me raconter?

— Bien sûr, répondit-il, rayonnant.

Seigneur, j'aimais vraiment ce sourire.

Nous étions assis sur l'un des bancs lorsqu'une magnifique femme traversa la cour au pas de charge, deux hommes la suivant, l'un plus grand que l'autre, tous les deux très musclés. La foule s'écarta pour les laisser passer. Elle était vêtue d'un tailleur blanc et d'un cache-œil blanc sur son œil droit et les deux hommes étaient en costumes : le plus grand en bleu marine sans cravate et le plus petit en noir avec une cravate jaune.

Crane se leva et tendit la main à la femme qui se précipita à ses côtés. Je me levai lentement et l'observai se lover dans ses bras quelques secondes à peine avant de s'écarter et de se jeter sur moi.

Je fus surpris par la férocité de son étreinte et par ses larmes instantanées.

— Oh, chuchotai-je. Je vous ai manqué.

— Ma *reah*, dit-elle, avec tellement d'émotion dans la voix que je pus entendre ses petits trémolos. Tu m'as plus que manqué.

— Faites-vous partie de ma famille?

— Oui, répondit-elle, avec force en reculant, ses mains sur mon visage. Oui. Je suis Yusuke Adams, et je suis la compagne de ton *beset* et la ma-ahn de ta tribu.

Je détestais ne pas savoir ce que cela voulait dire alors je lui demandai de me l'épeler et de me l'expliquer.

— La plupart des grandes tribus ont soit un *maahes*, ou prince de la tribu, ou une *maahen*, ce que je suis, la princesse de ta tribu, m'expliqua-t-elle en me souriant. Même maintenant, ton fils court avec mes filles, il prend soin d'elles et les protège.

— N'avez-vous pas peur de mon fils?

Elle fronça les sourcils.

— Je suis la marraine de ton fils, ma *reah*. Je n'aurais jamais peur de lui. Il était roulé en boule sur mes genoux il y a deux jours.

J'expirai vivement.

— Je suis content d'entendre qu'il n'était pas seul.

— Oui, convint-elle. Ça a été dur pour son père, car il a beau aimer et adorer son fils, il est aussi la raison pour laquelle tu as disparu et un *semel* sans son âme sœur n'est que la moitié de lui-même.

— Je suis sûr qu'il fait tout pour son fils.

— Tout ce qu'il peut, oui. Mais mon *semel* est à la merci de sa bête et de sa position, et sans l'autre partie de lui, l'équilibre est difficile à trouver.

Je ne savais pas quoi répondre, mais, heureusement, je n'eus pas à le faire.

Elle se décala et je vis l'homme plus grand, qui l'avait suivie, agenouillé, attendant.

— Voici ton *sheseru*, Artem Varda.

Il était splendide avec ses yeux d'un vert profond, ses courts cheveux bruns et sa barbe et sa moustache nettement taillées. Je n'avais aucune idée qu'ils faisaient des costumes pour des hommes avec des épaules si larges.

— Ma *reah*, dit-il d'une voix douce, rauque d'émotion.

Je m'avançai devant lui.

— Je ne sais pas ce qui est permis.

Il prit une rapide inspiration.

— Avec ton ancien *sheseru*, Yuri Kosa, tu avais l'habitude de poser ta main sur son épaule.

Lentement, je posai la main sur lui et sentis, sous ma paume, un frisson traverser sa grande carrure.

— Qu'avez-vous dû faire pour être mon *sheseru* ?

— J'ai dû me battre et gagner un défi.

— Vous avez battu Yuri Kosa ?

Il émit un petit rire.

— Seul un *semel* peut défier Yuri Kosa dans la fosse.

— Mais il n'est plus mon *sheseru* ?

— Non.

— Pourquoi est-il parti ?

— Pour être le compagnon de l'*akhen-aten*, Domin Thorne, expliqua-t-il. Il a dû aller vivre avec lui en Égypte. C'est la seule chose qui aurait pu l'éloigner de toi.

— Oh.

Quelle magnifique réponse. Il m'avait quitté pour être avec son amour. Ce que c'était romantique !

— D'accord, alors, contre qui avez-vous dû vous battre ?

47

Ses yeux se posèrent sur Yusuke, qui lui adressa un signe de tête, en guise de permission.

Il prit une rapide inspiration.

— Ton ancien *sheseru* a été choisi après le départ de Yuri et, bien qu'il veuille servir ton *semel*, il n'a jamais pris soin de toi comme il aurait dû.

— Tout le monde n'a pas à être fou de moi.

— Ton *sheseru* doit, par-dessus tout, être le champion et protéger la *reah* de son *semel*. Tu dois comprendre que la plupart de ceux qui ont endossé le rôle de *sheseru* n'ont jamais posé les yeux sur la véritable âme sœur du chef d'une tribu. Une *reah* est précieuse et rare, Avery Cadim ne l'avait pas compris.

— Il n'était simplement pas assez fort pour servir, expliqua Yusuke, en posant une main sur l'autre épaule d'Artem. À présent, ton *sheseru* est suffisamment fort pour être à la fois exécuteur et protecteur.

Je me tournai vers Artem.

— Merci.

— Ne me remercie pas, ma *reah*. C'est moi qui suis béni.

Je jetai un coup d'œil à l'autre homme, lui aussi à genoux.

— Voici Andrian Basargin, le leader du *khatyu* de ton *semel*.

Je lui souris.

— Les *khatyus* sont les guerriers de la tribu, n'est-ce pas ?

Il hocha la tête et je vis combien son sourire était aimable.

— Oui, ma *reah*.

Cet homme était, lui aussi, très beau avec ses cheveux noirs de jais, ses yeux couleur cobalt et ses rides de rire au coin des yeux.

— Je suis l'un des premiers à t'avoir rencontré, il y a des années.

Je ne pouvais m'empêcher de me tordre les mains. Une part de moi était excitée et heureuse de les avoir tous ici, de les rencontrer… mais là encore, c'est bien le problème. *Je les rencontrais*, eux voyaient quelqu'un qu'ils connaissaient et dans le cas de Crane, qu'il connaissait extrêmement bien. Le revers de la médaille était que leur présence me rendait anxieux, inquiet et plus déchiré intérieurement que je ne l'étais la veille. C'était à la fois un soulagement et une épreuve pour les nerfs.

— J'aimerais pouvoir me souvenir.

— Tu le feras, ma *reah*, quand tu seras prêt.

Cette foi fut écrasante et quand il leva une main vers moi, je l'agrippai fermement. L'expression sur son visage fut incroyable, ce fut comme si je lui avais offert quelque chose de grandiose.

— J'espère vraiment que je suis digne de toute cette confiance, murmurai-je.

— Tu l'es, promit-il.

— D'accord.

J'inspirai pour reprendre mes esprits et relâchai sa main.

— Puis-je partir d'ici et vous montrer la ville ?

— Bien sûr, assura Artem, la voix graveleuse et basse. Nous ferons comme tu le désires, ma *reah*.

Ce fut comme si un poids était ôté. Personne ne me ferait plus faire ce que je ne voulais pas.

— Ma *reah*.

Nous nous tournâmes vers Alaine, son *sylvan* et son *sheseru*. Il avait aussi plusieurs de ses *khatyus* avec lui.

Yusuke s'avança immédiatement, s'inclina, puis se positionna entre eux et moi.

— Comment pouvons-nous vous servir, *semel* ?

— J'aimerais demander à votre *reah* qu'elle salue quelques membres de ma tribu.

Elle croisa les bras.

— Peut-être plus tard ce soir, mais à présent, ma *reah* veut marcher en ville avec nous.

— Mon *sheseru* et plusieurs de mes *khatyus* vont vous…

— Ce n'est pas nécessaire, le coupa-t-elle abruptement. Vous insulteriez Logan Church, le *semel-netjer*, si vous laissiez entendre que sa *maahen*, son *sheseru*, le *beset* de sa *reah*, et le leader de son *khatyu*, étaient incapables d'assurer la sécurité de son compagnon.

— Je…

— Ce n'était pas à cela que vous faisiez allusion, n'est-ce pas ?

— Je voulais simplement…

— Parce que, honnêtement, continua-t-elle, platement, si vous insistiez dans cette voix, Artem Varda n'aurait d'autre choix que de défier votre *sheseru* dans un combat à mort.

Ils prirent tous une bouffée d'air simultanément.

— Non, je…, bredouilla Alaine. Je ne voulais pas vous offenser, Yusuke Adams. Simplement, je… un combat à mort ne semble…

— Quelle autre manière pourrait rectifier une telle offense, *semel* ? Je vous ai donné une réponse claire et vous avez méprisé toutes les convenances en insistant sur le fait qu'il n'était pas en notre capacité de protéger notre *reah*.

— Je…

— Je combattrai votre *maahes*, si vous préférez, offrit-elle, d'un ton neutre, comme si c'était tout à fait acceptable.

Je levai la main pour l'arrêter, pour l'interrompre, pour lui dire que je pouvais rester ici avec eux, mais Crane ne me permit pas de la toucher, au lieu de cela, il appuya un doigt sur ses lèvres. De toute évidence, je devais garder ma bouche fermée.

— *Semel* ? insista-t-elle.

Alaine était ébranlé : à la manière dont ses yeux étaient écarquillés, combien son visage était rouge, c'était évident.

— Je… nous n'avons pas de *maahes*. Notre tribu n'est pas assez grande.

— Je vois, eh bien, nous revenons à mon offre initiale d'un combat entre les deux *sheserus*.

— Ce n'est pas…

— Bien sûr, en temps normal, la question ne serait pas soulevée, puisque Jin Church est plus que capable d'assurer sa propre sécurité.

Je l'étais ?

— Tu l'es, me taquina Crane, apparemment capable de lire dans mon esprit, en me le chuchotant à l'oreille avant de me donner un petit coup de coude dans les côtes.

Me tournant vers lui, je laissai échapper un petit ricanement tandis qu'il me faisait un clin d'œil.

— J'attends votre décision, tonna impérieusement Yusuke, ayant l'air de s'ennuyer ferme.

Bon sang, elle était effrayante ! Je n'aurais pas voulu lui chercher des embrouilles. Pour Logan Church, avoir ces personnes autour de lui en disait long sur lui.

— Vous avez ma permission, répondit le *semel* à contrecœur en me lançant un regard meurtrier.

— Excellent, rétorqua Crane en se tournant vers moi. Allons-y.

Il prit la main de son épouse, entraînant la terrifiante femme derrière lui, pour son plus grand plaisir. Son adoration pour son homme était évidente et avait anéanti l'ambiance meurtrière précédente.

— Allons voir le Quartier. Où veux-tu aller, Jin ?

Il me traitait comme si je n'étais rien d'autre qu'un ami et j'aimais ça. Il était si facile d'être en sa compagnie et, lorsque je les regardais, Yusuke et lui, ainsi qu'Artem et Adrian sur ma gauche, je ressentais un sentiment de paix qui me manquait depuis aussi loin que je puisse me souvenir. C'était comme si ne rien savoir était enfin fini et le soulagement était époustouflant.

Lorsque je pris le bras de Crane, glissant ma main autour de son biceps, il ne ralentit même pas, il continua de marcher et de parler, me demandant ce que j'avais fait et de quoi je me souvenais.

J'appris, alors que nous déambulions jusqu'au tramway et attrapions celui pour le Quartier, que lui et moi avions voyagé de par le monde durant de nombreuses années. Nous avions été barmen, serveurs, et tout un tas d'autres choses. C'était agréable de discuter avec lui et, lorsque je voulus boire un verre, il me passa un portefeuille qui contenait mon permis de conduire et mes cartes de crédit. C'était ridicule, mais être en mesure d'acheter avec était vraiment bien. Je m'assis et parcourus le contenu de mon portefeuille, ma carte d'identité montrant un air renfrogné que je n'avais jamais vu sur mon visage.

— Ouais, tu n'aimes pas trop être pris en photo, plaisanta Crane.

Il y avait quatre cartes de crédit, toutes platine, une feuille pliée d'Ilia qui disait qu'il m'aimait avec un joli cœur difforme dans un coin, et diverses autres cartes de fidélité : une pour la bibliothèque et de nombreuses autres. Ce n'était rien qu'un portefeuille. Il aurait pu être celui de n'importe qui, mais il était spécial, car c'était le mien et qu'il me liait à ma vie, ma famille et mon compagnon. Je ne parvenais pas à empêcher mes mains de trembler.

J'avais faim, alors nous nous arrêtâmes chez M. B's Bistro sur Royal Street pour manger. Même si je ne connaissais pas Crane et les autres, je me sentais en sécurité. Leurs rires n'étaient pas forcés, ils se fichaient que je sois une *reah*. Ils se souciaient de *moi*, de Jin, car pour le meilleur et pour le pire, nous étions une famille.

— C'est si étrange, soupira Artem en me dévisageant.

— Quoi ?

— Tu ne sens pas comme toi, répondit-il, doucement.

Je me tournai vers Crane.

— Qu'est-ce que je sens normalement ?

Il plissa les yeux.

— Tu sens comme le bois brûlé, la forêt la nuit, la pluie… et un soupçon de vanille.

51

— Tout ça, m'esclaffai-je.

— Tout ça, assura-t-il. Et quand tu te sers de ton pouvoir, ton odeur change.

— Mon pouvoir ?

— Ton pouvoir de *nekhene*, expliqua-t-il.

Yusuke me prit la main et je grimaçai.

— Oh ! s'exclama-t-elle en me relâchant rapidement. Es-tu blessé ?

— Non, je…, commençai-je en me penchant en arrière. Je suis désolé. Je veux être proche et c'est un peu mieux quand c'est moi qui te touche que le contraire, mais il n'y a aucun moyen de contourner le fait que ça fait mal.

— Qu'est-ce qui fait mal ?

— Toucher.

— Toucher te fait mal ? demanda Crane, inquiet. Quand tu nous prends dans tes bras, ça fait mal ?

Je hochai la tête.

Son sourire fut large, ce qui me rendit perplexe. Il était l'homme le plus étrange et le plus intéressant que je connaissais.

— Pourquoi diable est-ce une bonne chose ?

Son petit bruit, moitié rire, moitié toux fut drôle.

— Ça fait mal à Logan aussi.

Je sursautai involontairement.

— Ça lui fait mal lorsqu'il touche quelqu'un ?

— Oui. Il dit que ça ressemble à des milliers d'aiguilles.

— Exactement, chuchotai-je.

— Tout le monde lui fait mal, à part son fils, nous pensions que c'était parce qu'Ilia était une partie de toi. Maintenant, cela nous est confirmé.

— À quoi ressemble-t-il ?

— Logan ? demanda Crane.

— Oui.

Il se tourna vers sa femme.

— À quoi ressemble Logan ?

Son sourire fut splendide lorsqu'elle se focalisa sur moi.

— Il est le genre d'homme que tu pries pour pouvoir servir – il est comme un grand roi des temps anciens.

— Qui fait toujours ce qui est juste, intervint Adrian.

— Oui, convint Artem. On peut toujours compter sur lui pour faire les bons choix.

52

— Il les fait en temps normal, sauf en ce qui te concerne, ricana Crane. Avec toi, il n'a aucune idée de ce qu'il fait.

Artem se mit à rire.

— Oui, c'est vrai.

Yusuke se joignit à eux.

— Il t'a dans la peau, Jin, c'est merveilleux.

— Tu le rends tellement heureux, ajouta Adrian, en gloussant. Et cinglé.

— Pourquoi ?

— Il se contient toujours normalement, expliqua Yusuke avec un soupir joyeux. Il est imperturbable, puis tu arrives près de lui et il bafouille, il peste, il grogne et la joie que tu lui apportes est juste… magique.

Crane acquiesça.

— Seigneur, ça me manque de l'entendre rire.

— Oui, convint Artem. J'ai oublié à quoi ça ressemble.

Andrian se pencha vers moi, probablement pour me serrer la main en guise d'affection, mais il s'arrêta à mi-chemin.

— Je suis désolé, répliquai-je, automatiquement. Je n'aurais dû rien dire.

— Bien sûr que si, ma *reah*, m'apaisa Adrian. Je voulais juste te dire que ce sera vraiment bon de revoir sourire Logan. Son air renfrogné a été gravé si longtemps sur son visage que je commençais à craindre que nous ne voyions plus que cela.

— Tu dois comprendre, dit Yusuke en se penchant en avant. Ton *semel* est en or. Ses cheveux, ses yeux, sa peau – tout chez lui est doré et quand cette lumière a disparu chez lui, il n'avait plus l'air lui-même. Il n'est plus Logan Church.

— Non, murmura Crane. Il n'est plus lui. Sa joie a disparu et avec, sa chaleur, sa gentillesse et cette force sur laquelle nous comptons tous… ne sont tout simplement plus là.

— Ne te méprends pas, chuchota Yusuke. Il est toujours un *semel* puissant et redoutable, mais, malheureusement, en ce moment, c'est tout ce qu'il est. S'il avait une *yareah*, quelqu'un pourrait l'apaiser un peu.

— Mais parce qu'il a une *reah*, parce qu'il t'a, toi, expliqua Crane. Le vide que tu as laissé est trop profond, trop sombre.

C'était si triste, et c'était à cause de moi, à cause d'un choix que j'avais fait. Je l'avais laissé en manque de moi, impuissant pour y remédier, et plus que tout, aussi seul et perdu que je l'étais. J'avais réduit un homme bon, gentil et fort à une coquille de lui-même. Tout ce que je voulais, c'était le voir, le toucher et réparer le trou dans son cœur. Je priai pour qu'il me laisse essayer.

— Il travaille très dur pour ne pas nous montrer combien il est en colère, désolé et blessé, mais il n'est pas l'homme qu'il était, expliqua Adrian.

— C'est drôle, dit Crane avec un sourire. Mais tous ceux qui rencontrent Logan Church tombent un peu amoureux de lui. C'est un homme plus grand que la vie. Il est fort, honnête et tu sais qu'il te protégera avec tout ce qu'il a en lui. Il est du genre loyal, tu vois ? Il ressemble à un roi, comme le disait Yusuke, tu le vois, tu veux le servir. Tu veux être tout ce dont il a besoin, même si ce n'est que pour un instant.

— Habituellement, m'apprit Yusuke, il répand la chaleur partout où il va. Mais sans toi, Jin… ce n'est plus le cas. Il est froid, maintenant.

Et si, à cause de cela, je l'avais brisé ? Peut-être qu'avec mon départ, j'avais pour toujours éteint la lumière en Logan Church. Ou pire, peut-être qu'il avait lentement reconstruit sa vie en secret et que mon retour, sans mes souvenirs, allait lui briser irrévocablement le cœur et qu'il allait être inutile pour son fils et sa tribu ? Comment pouvais-je, en toute conscience, le *voir* ?

— Stop, dit Crane, sans crier gare, et tous les regards autour de la table se tournèrent vers lui. M'as-tu entendu ?

— Oh, tu me parlais ?

— Bien sûr que je te parlais, imbécile, répondit-il en plissant les yeux. Tu es le seul qui vient de tomber dans le terrier du lapin.

— Je ne…

— Logan a besoin que tu reviennes. Ce n'est pas une de ces choses ou, peut-être, il irait mieux si tu ne revenais pas. Les âmes sœurs ne fonctionnent pas comme ça. Logan n'est plus lui-même. Il n'est plus là. Tu es le seul qui puisse arranger les choses.

— Il sera – Artem s'étrangla – si heureux de te revoir.

— Oui, promit Yusuke, la voix basse. Il sera réparé.

Mais encore une fois, s'il ne l'était pas ? Si le fait que je ne me souvenais pas de lui était un coup fatal pour son âme ? Comment pouvais-je être responsable de cela ?

Ils furent tous silencieux un moment puis je brisai le calme avec une litanie de craintes.

— Et si je ne pouvais pas le toucher non plus ? S'il ne me reconnaissait plus en tant que compagnon ? Si je…

— Je ne m'inquiéterais pas pour ça, dit Crane en tendant la main au-dessus de la table pour serrer la mienne, sachant instinctivement que j'avais plus besoin de sa proximité en cet instant que je ne craignais la douleur.

— Tu es sa *reah*, il est ton *semel*. Rien ne change cela, rien n'est plus important que cela. Aies foi.

C'était tout ce en quoi je devais croire.

VI

IL ÉTAIT un peu plus de six heures lorsque nous rentrâmes chez le *semel*. Je fendis avec les autres cette mer de gens dans la cour et me stoppai brusquement, figé, la pulsation du désir qui me déchirait de part en part manquant de me faire tomber à genoux.

— Jin ? demanda Artem, inquiet.

Je me penchai et me cramponnai à l'un des bancs, prenant une série d'inspirations peu profondes, tentant d'apaiser mes battements de cœur.

Cette odeur – brise fraîche d'automne, bouffée de vent, volute de fumée, de sueur et de mâle – *il* était là. Mon compagnon, quelque part. Je pouvais quasiment le goûter.

Crane fut près de moi, penché, sa bouche collée contre mon oreille.

— Logan est là, je peux le dire. Le peux-tu ?

Je hochai la tête.

— Tu dois le trouver, c'est la loi. Trouve ton compagnon, réclame-le et fais-le tien, à nouveau. Tout le monde est là pour assister à ton retour. Ils devront dire qu'ils ont vu la *reah* trouver son *semel*.

Apparemment, il y avait encore un autre test, de fidélité, de lien, de foi et de loyauté. Je devais montrer que je connaissais mon *semel*, sinon par la vue, alors par l'odeur, le toucher, à travers les vœux qui vivaient dans notre sang. Mais qu'est-ce que cela signifiait pour ce lien d'avoir été séparés si longtemps ? Ou ma mémoire – comment ce facteur entrerait-il en compte ? Si je ne connaissais pas le visage de cet homme, comment pourrais-je, réellement, le trouver ? Les doutes tourbillonnaient dans mon esprit tandis que Crane me poussait en avant. Je me tournai pour le regarder et il hocha la tête, certain, semblait-il, que je pouvais le trouver et que ce lien invisible entre mon compagnon et moi nous délivrerait.

Je m'enfonçai dans la foule, cherchant, fouillant les visages, effrayé, nerveux, mais personne ne me sauta aux yeux ; et, lorsque je me rapprochai de chacun, l'odeur n'était pas la bonne.

Ma peau me faisait mal, mon corps me faisait mal, même la brise sur mon visage était douloureuse. J'étais sensible à l'extrême ; j'avais besoin de soulagement. Affamé de mon compagnon, sentir sa peau contre la mienne était tout ce à quoi je pensais. Yusuke avait dit qu'il était doré, alors je scannai la foule à la recherche d'or, mais il y avait trop de personnes rassemblées, trop d'odeurs empilées les unes sur les autres, il devenait difficile de respirer.

Jetant un œil vers le fond de la cour, je descendis le chemin de poussière et inspirai l'air frais et humide de la pénombre, calmant, éclaircissant mon esprit autant que mon nez, de toutes ces odeurs écœurantes, sentant mon pouls ralentir alors qu'une vague d'excitation me picotait la peau.

Fermant les yeux un instant, je pris une dernière inspiration profonde puis les rouvris et retournai vers la foule. Je sentis le picotement dans mon estomac avant de le voir : grand, beau et doré. Mais plus j'avançai, moins je ressentais cette sensation d'ondulation, alors je m'arrêtai et me tournai.

C'était frustrant, je ne savais pas quoi faire… jusqu'à ce que cela vienne à moi.

Je devais être immobile, alors je me figeai et attendis.

Debout dans cette mer de gens, je fermai les yeux et écoutai mon cœur. Lentement, j'identifiai les odeurs, les bruits, et les réduisis à une impulsion dans ma poitrine. Au-delà des besoins de mon corps, au-delà de mes instincts bestiaux, au-delà de ce que je savais dans ma tête et dans mon cœur, lorsque tout cela était mis de côté, il restait mon essence, j'étais une *reah*. Je faisais partie de quelque chose de plus grand que moi et, lorsque je cessai de craindre de ne pas le trouver, elle revint, cette pulsation, et, avec elle, cette fois-ci, un bruit régulier. Je sus ce que c'était.

Je pouvais entendre son cœur.

Dans mes oreilles, à l'intérieur de ma tête, je pouvais entendre les battements de cœur de mon compagnon.

Écoutant, me concentrant, ignorant tout le monde autour de moi, je laissai ce rythme entêtant me tirer vers l'avant, slalomant entre les groupes, les contournant et, enfin, m'immobilisant, attendant et l'entendant respirer.

Étourdi, ma tête se redressa brusquement et tout ce que je vis fut de l'or.

Je pensais, lorsque Yusuke avait dit que mon compagnon était doré, qu'elle voulait parler de ses cils ou de ses sourcils, et ils l'étaient, mais je n'avais aucune idée que ses iris le seraient aussi. Ça ne m'avait jamais traversé l'esprit.

— Oh.

Je chuchotai, parce que, vraiment, je n'avais jamais rien vu de plus beau de ma vie que l'homme se tenant devant moi et, plus que tout, profondément enfoui, j'avais l'envie écrasante de le mordre. De le marquer. De montrer à tout le monde qu'il était mien.

Je m'étais inquiété de savoir si j'allais le reconnaître – chaque partie de moi, humaine, animale, cœur, esprit et, mon Dieu, corps, le reconnaissait comme m'appartenant.

Je fis un pas en avant et tendis la main, qu'il prit dans la sienne et serra.

L'air autour de nous sembla se charger d'électricité et il y eut un bruit sourd, comme un détonateur, effrayant tout le monde hormis Crane, Yusuke, Artem et Adrian, tous les quatre étant les seuls qui ne s'écroulaient pas en criant.

— Jin.

Sa voix était profonde, rauque, résonnant en moi.

— J'ai rêvé de toi, avouai-je en m'approchant, tendant la main vers son visage.

Il se pencha, frottant sa joue contre ma paume et, quand ses yeux se fermèrent, je vis que ses cils étaient humides.

— Tout comme moi.

Ma respiration se coinça lorsque j'inhalai son odeur enivrante, m'en remplis les narines, les poumons, en posant ma main sur son cœur.

Mon compagnon était grand, facilement un mètre quatre-vingt-quinze, puissamment bâti avec de larges épaules et un torse fort qui s'effilait vers ses hanches minces et ses longues jambes musclées.

Il était incroyable. Je savais qu'il le serait, bien sûr, parce que dès que Yusuke l'avait décrit, sa couleur dorée, j'avais su que j'avais rêvé de lui. Il était la raison pour laquelle je m'étais réveillé, la raison pour laquelle j'avais espéré, il était… tout. Et, honnêtement, s'il était aussi magnifique dans son luxueux costume sur mesure, que nu dans un lit, il serait à couper le souffle.

— Tu es à moi, murmurai-je.

— Oui, répondit-il d'un ton bourru. Toujours. Comme tu es à moi.

Je réagissais à lui, mon compagnon, mon *semel*, l'autre partie de ma panthère, de ma bête. Sa domination sur moi était primale et je m'abandonnai à mon instinct comme je ne l'avais fait pour aucun autre.

— Mon *semel*, gémis-je en me soulevant vers lui, me fichant que ça fasse mal, ayant besoin de ses mains sur moi, de sa bouche, de ses griffes et de ses dents, le voulant en moi plus que tout.

Il se pencha et m'embrassa, passionnément, possessivement, ses mains sur mes fesses tandis qu'il me soulevait dans ses bras, me serrant fort, sa bouche chaude et dévorante, sa langue s'enfonçant, me caressant, me montrant qui était le dominant, qui possédait qui.

Mon esprit me montra soudain les hommes qui avaient joué aux prétendants avec moi, qui m'avaient ramené à la maison, m'avaient touché, goûté, tous hésitants sauf les quelques-uns qui avaient voulu plus, avaient essayé de prendre plus. Mais tous m'avaient fait fuir ; j'avais trop peur, trop froid, trop de problèmes pour séduire. Même Luther Hockney, qui avait été si catégorique au sujet de simplement partager un repas avec moi, avait été facilement dissuadé lorsque ma nature glaciale était devenue évidente. J'étais toujours resté seul, abandonné, mais content d'être seul, ne m'en souciant pas assez pour lutter contre elle.

En cet instant, je sus sans l'ombre d'un doute que je tuerais quiconque essaierait de se mettre entre Logan Church et moi.

Il m'appartenait.

Le lien dont je craignais la non-existence courait dans mon sang, grésillait dans mes veines et mon cœur, était douloureux de besoin. Aucune part de moi ne pouvait renier sa revendication alors que l'animal que j'étais reconnaissait son compagnon, sans aucun doute, et aspirait à se coucher et se soumettre. Je le voulais partout sur moi, me maintenant, bougeant en moi, mon corps brûlait de ce besoin cru et douloureux.

Le chemin pour retrouver ma vie commençait avec lui, alors sa revendication devint ma principale priorité. Peut-être était-ce toujours comme ça entre nous – cette faim féroce et dévorante – mais je n'avais aucun souvenir auquel comparer alors je cédai, car c'était tout ce que je voulais.

Un rugissement de désir explosa dans ma tête, partout où il me touchait, je me sentais marqué, même si je commençais à trembler de froid.

J'étais à la fois brûlant et glacé, comme si mon corps était endormi, en sommeil, et qu'il se réveillait brutalement, se souvenant comment c'était – de toucher et d'être touché par cet homme.

Rompant le baiser, je croisai son regard et ne vis que de l'or, rien d'autre, même ce qui devait normalement être blanc brûlait du même ambre. L'homme qui se tenait devant moi une seconde avant avait disparu, seule restait sa bête, et cette part de lui ne voulait que moi. Je gémis lourdement tandis que je me tortillais entre ses bras.

— Ma revendication a été faite, annonça-t-il haut et fort, presque hargneusement, et même les griffes qui avaient surgi au bout de ses doigts et qui creusaient ma peau furent les bienvenues. Jin Church est ma *reah* et je reste, à jamais, *semel-netjer*, compagnon du seul *nekhene* au monde.

La joie fut surprenante et, quand je me tournai en direction du pavillon de jardin, je vis Crane en sortir et maintenir la porte ouverte. Son sourire fut éblouissant tandis que Logan le dépassait en me portant dans ses bras. Crane ferma la porte derrière nous. C'était un acte réfléchi et je devais me souvenir de le remercier, mais pour l'instant, il n'y avait que mon compagnon. Rien d'autre ne comptait, même retrouver mes souvenirs pâlissait en comparaison de mon désir d'être réclamé.

— Jin, haleta Logan et, quand je le regardai, il m'embrassa à nouveau.

Je resserrai mes jambes autour de sa taille et il enroula un bras dans mon dos, tout en continuant à presser mes fesses alors qu'il me transportait dans la chambre.

Je pouvais sentir la chaleur s'échapper de lui et la force de cet homme, sa puissance innée, me fit frissonner d'anticipation. Était-il un amant brutal ou doux ? Me maintiendrait-il pour me prendre ou serais-je autorisé à le chevaucher ?

Alors que nous titubions vers le lit, je me libérai, le souffle court, le fixant du regard.

— Que permettras-tu ?

— Tout ce que tu voudras, me promit-il de sa voix rocailleuse.

— Il n'y a eu personne d'autre, jurai-je.

— Bien sûr que non, grogna-t-il. Tu es à moi, Jin Church. Il n'y aura toujours que moi, tout comme pour moi, il n'y aura jamais que toi.

Il m'était impossible d'ôter mes mains de son corps. Je rampai et enjambai ses cuisses, frottant mes fesses contre son érection dure comme du roc que je pouvais sentir appuyer contre la braguette de son pantalon.

— Et si je ne me rappelle jamais de qui je suis ?

Son gémissement de désir fut une pure agonie.

— Tu te souviendras quand tu seras prêt. Tu fais toujours tout à ton rythme, jamais avant.

Puis cela me frappa, alors que je déployais mes mains sur son torse et me penchais en avant, planant au-dessus de lui.

— Ça ne fait pas mal.

— Quoi ? demanda-t-il, frottant son nez dans mon cou, ses mains occupées à m'arracher ma chemise.

— Toi…, commençai-je, la voix rauque, me cambrant sous ses mains, mon sexe dur et fuyant lorsqu'il ouvrit ma fermeture éclair. Ça ne fait pas mal quand tu me touches.

— Toi non plus, murmura-t-il en glissant une main derrière ma tête pour me baisser vers lui.

Ses baisers étaient comme une drogue. J'étais comme désarticulé entre ses bras alors qu'il me faisait rouler sur le dos et me clouait au lit sous son corps.

Je sentais les battements de son cœur contre le mien, regardais le jeu de ses muscles dans son torse et son ventre alors qu'il retirait sa veste, puis sa chemise, et j'entendis ses mots, chuchotements brisés, disant qu'il m'aimait, qu'il ne pouvait pas vivre sans moi et, plus que tout, qu'il avait envie de moi.

Comment diable avais-je réussi à non seulement trouver cet homme, mais le faire mien? Cela dépassait mon imagination que le blond de mes rêves, en fait, m'appartenait.

— Jin, dit-il doucement et je me rendis compte à la gentillesse de son ton et à la soudaine tendresse dans ses yeux que le contrôle de Logan Church était absolu.

Au milieu du désir qui nous embrasait, il s'arrêtait pour me parler.

Je déglutis difficilement, attendant.

— J'ai besoin de te marquer et, même si ça ne fera pas mal parce que je suis ton *semel* et que tu es ma *reah*, je sais que tu ne te souviens pas comment ça fonctionne, je ne veux pas t'effrayer. Il va y avoir du sang et…

— Je m'en fiche, répondis-je d'une voix rauque, en ouvrant les bras pour lui. Je sais que quoi que nous fassions, ici, juste nous, ce sera juste. J'ai confiance en notre lien, j'ai confiance en toi.

— Oui, mais…

— Ne dis pas que nous venons juste de nous rencontrer, soupirai-je alors qu'il se penchait dans mes bras impatients. Parce que l'homme peut ne pas avoir de mémoire, mais la panthère en moi se réjouit.

— Autant que la mienne, gronda-t-il à mon oreille.

Il m'étreignit, enfouissant son visage dans mes cheveux quelques secondes avant que je sente ses crocs, là où mon cou et mon épaule se rejoignaient. Ça ne me vint pas à l'esprit d'avoir peur ou de lui dire d'arrêter, ni de faire quoi que ce soit qui aurait pu le faire hésiter ou devoir m'apaiser. Je voulais cette morsure, je voulais qu'il boive mon sang, je voulais qu'il

61

me maintienne et plante ses dents en moi en même temps qu'il plongerait dans mon corps.

— Bon sang ! Marque-moi ! suppliai-je.

Il se souleva et me retourna sur le ventre, mon jeans et mon caleçon déchiquetés sous ses griffes avant qu'il ne bouge rapidement vers la table de nuit.

Lorsque j'entendis le claquement de l'ouverture du lubrifiant, je sus ce que Crane était venu mettre dans la maison et je le bénis pour sa prévoyance. Cela me frappa quand Logan fut sur le point de commencer que je devais le voir, alors je tournai la tête pour observer mon compagnon enduire sa hampe afin de se préparer.

Il était magnifique. De l'énorme gland enflé, à sa verge aux veines épaisses, jusqu'à ses lourds testicules, cet homme était splendidement monté, doré de partout, recouvert de muscles ondulant élégamment et nerveusement sur ses bras et ses jambes, son torse solide et son ventre sculpté. Il était un métamorphe, alors il n'y avait pas une once de graisse en lui, il était ciselé et dur de partout. Je mourais d'envie d'embrasser, de lécher, de mordre chaque centimètre de sa peau, voulant vénérer son grand corps puissant.

Il m'attrapa violemment par les cheveux et me mit à quatre pattes, tirant ma tête en arrière pour me cambrer le dos et relever mes fesses et, sans écarter mes globes ni se servir de ses doigts pour m'ouvrir, il poussa en moi.

Ce fut comme s'il me déchirait en deux. La pression, la douleur, j'agrippai fermement la couverture, serrant les dents sous cette douloureuse violation lancinante et sans fin.

Je n'arrivais plus à reprendre mon souffle, j'ouvris la bouche pour crier, lui dire d'arrêter, le faire sortir de moi, mais il changea l'angle à la pénétration suivante et frotta une boule de nerfs en moi qui envoya des étincelles d'électricité en une vague déferlante sur ma peau. Puis il se lova sur mon dos et me caressa des bourses à l'extrémité, rapidement, brutalement, amenant ma verge flasque à une dureté douloureuse en quelques secondes avant que ses crocs ne percent mon épaule.

— Oh, gémis-je bruyamment, avide.

Il me connaissait, connaissait mon corps, savait où me toucher, comment me calciner et me réassembler.

Sa morsure, l'odeur de mon sang, mon orifice s'étirant autour de son énorme hampe et son furieux va-et-vient, encore et encore, chaque fois plus fort, plus sauvage jusqu'à ce qu'il soit enfoui jusqu'à la garde, amena son nom sur mes lèvres en une prière le suppliant de ne plus jamais me quitter.

— Non, grogna-t-il, la voix changée, proche du grondement. Nous ne serons plus jamais séparés, je m'en assurerai. Tu ne vas pas aimer ce que je vais faire, mais je n'ai pas le choix.

Je voulus lui demander, mais mon corps tremblait de l'imminence de mon orgasme, mes muscles se resserrant autour de son impressionnante longueur, le voulant encore plus profondément alors même qu'il me pénétrait jusqu'à la garde.

— Tu en demandes trop si tu t'attends à ce que je vive sans avoir tes yeux doux sur moi à chaque instant, rugit-il, ses lèvres contre mon oreille tandis qu'il me pilonnait. Tu dois être la première chose que je vois le matin en me réveillant et la dernière quand je m'endors. Il ne peut pas en être autrement, Jin… mon cœur ne peut en supporter moins. Tu es tout d'abord ma *reah*, avant toute autre chose, j'exige ta soumission.

— Oui, mon *semel*, hurlai-je alors qu'il mordait la marque qu'il m'avait lui-même donnée.

Je jouis violemment, éclaboussant la couverture, mes muscles se serrant comme un étau autour de lui et je le sentis se vider profondément en moi, frissonnant sous sa propre libération.

Nous restâmes là, immobiles, jusqu'à ce qu'il roule sur le dos, m'emmenant avec lui, toujours enfoui en moi, mon dos contre son torse, caressant mes cheveux, mon ventre et, enfin, mon membre épuisé.

— Tu dois te retirer et me laisser te nettoyer, mon *semel*, murmurai-je, la voix épaisse de désir satisfait alors que je gisais étalé, alangui.

Il resta silencieux, hormis ses paisibles inspirations et expirations tandis que j'étais drapé sur son corps, sentant son torse se soulever et se rabaisser contre mon dos, sa main allant et venant paresseusement sur ma hampe et lorsque je tournai la tête, mon front cogna contre sa tempe.

Nous étions joue contre joue, puis il saisit mes fesses et me souleva et m'abaissa, lentement au début, puis de plus en plus vite alors que sa verge épaississait en moi, la mienne durcissant avec la sensation de l'avoir sous moi.

— Empare-toi de ta queue, ordonna-t-il tout en ondulant sous moi.

— S'il te plaît, laisse-moi te voir.

Il fallut un moment pour qu'il se décide puis, doucement, tendrement, il libéra mon corps, le sperme chaud et épais s'écoulant de mon orifice et coulant entre mes cuisses.

C'était sexy et intime. Je frissonnai en prenant conscience qu'il s'était servi de moi et que ce n'était pas fini.

Il était tellement plus grand que moi, tellement plus fort, alors que j'étais soulevé sans effort puis reposé sur le lit tandis qu'il m'embrassait voracement, intensément, jusqu'à ce que je sois à bout de souffle et cramponné à lui.

— Tu dois me dire si tu veux que j'arrête.

— Non, ne t'arrête pas, pleurnichai-je, sans le vouloir, remontant mes pieds le long de son large torse jusqu'à ses clavicules, puis attendant qu'il se penche en avant afin que mes genoux s'accrochent à ses épaules et qu'il plonge en moi, jusqu'à la garde.

Ses yeux ne quittèrent jamais les miens, nos regards aussi fusionnés que nos corps. Alors que je me soulevai afin de rencontrer chacune de ses poussées, il débuta son incessant martèlement brutal. Je sentis sa main serpenter entre nous et capturer mon membre en une prise d'acier.

— Combien de fois me prendras-tu, Logan Church?

— Ça ne dépend généralement pas de mon appétit, Jin Church, répondit-il, mais du nôtre.

Je compris alors que je le chassais souvent. Le nôtre avait-il dit. *Notre* appétit, le sien et le mien. La nôtre n'était pas une relation où j'attendais qu'il fasse le premier pas. Mon désir était apparemment aussi avide que le sien et il s'en délectait, de notre lien, du feu qui faisait rage entre nous.

Lorsque j'explosai sur son torse magnifique, son rire gronda en moi avant qu'il me prenne plus fort, plongeant en moi plus profondément à la fin, déversant tout ce qu'il lui restait en moi, avant de s'écrouler dans mes bras, épuisé et en sueur, chuchotant mon nom.

Il était fait pour moi, né pour être mien, je retrouverais mon chemin vers lui, en cela, je n'avais plus aucun doute.

ÉPUISÉ ET satisfait, plus heureux que ne pouvais me souvenir avoir été, je m'endormis dans le cercle des bras de Logan Church et respirai son odeur. Lorsque j'ouvris enfin les yeux, plus reposé que jamais, je léchai sa peau salée et le suçai jusqu'à ce qu'il se réveille, affamé de mon corps.

Il me fit rouler sur le côté et me prit par-derrière, sa grande main enveloppée autour de ma hampe, m'arrachant mon orgasme. Lorsque je jouis, recouvrant ses doigts, il les lécha et m'embrassa afin que je puisse me goûter sur sa langue.

Je me perdis dans sa bouche, sa main, ses cheveux et sa peau. J'avais des questions à poser, des histoires à entendre, mais avant tout, j'avais besoin de cette connexion avec mon compagnon. Tout ce qu'il faisait, chaque contact, chaque baiser, quand il s'asseyait sur une chaise et que je le chevauchais, quand il m'épinglait au mur et me prenait, quand il prenait sa forme intermédiaire et me faisait l'amour sur le canapé, ses griffes et ses crocs plantés aussi profondément dans ma peau que son membre... tous ces actes ne m'informaient que sur notre lien – mais rien d'autre.

La nourriture arriva dès les premières heures du jour. Je savais que c'était Crane et Yusuke qui l'avaient amenée et je les en aurais remerciés si Logan m'avait laissé sortir de la maison.

Nous déjeunâmes, il se lamenta pour mes cheveux et, tandis que nous étions assis côte à côte à la petite table du coin-repas, je lui dis qu'ils allaient repousser.

— Je les aime sur ma peau quand tu me chevauches, avoua-t-il et je me promis que je les laisserais repousser juste pour voir son visage lorsqu'ils le toucheraient.

— Tu es si beau, proférai-je d'une voix rauque d'avoir crié son nom, mes doigts retraçant un mamelon raidi avant de glisser le long de son torse ciselé et de son ventre. Je ne peux qu'imaginer combien d'hommes et de femmes ont eu envie d'être dans ton lit.

Il laissa échapper un ricanement.

— Est-ce que tu plaisantes?

Je plissai les yeux.

— Non, Logan, regarde-toi, je te promets que toute personne saine d'esprit voudrait être là où je suis en ce moment.

Son sourire enflamma ses beaux yeux ambrés et je me demandai si je m'y habituerais jamais.

— Personne n'oserait s'approcher de moi.

— Es-tu si effrayant? plaisantai-je.

— Moi? se moqua-t-il. Non, mon amour, pas moi. Toi.

Je fus surpris.

— Moi?

Il hocha la tête.

— Oh, oui. Tu es la créature la plus effrayante du monde des panthères. Ce n'est pas le *semel-netjer* qui inspire la crainte, mais le *nekhene*.

— Tu es sérieux?

Il gloussa tout en m'attirant sur ses genoux.

— Seules trois personnes sur cette planète te connaissent, savent de quoi tu es capable et n'ont pas peur de toi.

J'attendis.

— Moi, Crane et ton fils, m'apprit-il. Tous les autres – certains un peu, d'autres beaucoup – te craignent.

— Pourquoi ?

— Tu es très puissant, expliqua-t-il, mais il n'élabora pas, au lieu de cela, il me souleva de ses genoux, enroula à nouveau la couverture autour de sa taille, puisqu'elle s'était ouverte, puis traversa la pièce jusqu'à la fenêtre.

Il pleuvait et, lorsqu'il s'assit, il écarta les rideaux afin de pouvoir regarder dehors.

Dans mes rêves les plus fous, je n'aurais jamais imaginé qu'un homme si fort, si beau, si viril m'appartiendrait. Il était tout ce dont j'avais rêvé, tendre et sexy, un amant doué et démonstratif avec un cœur d'or. Il me fut douloureux de constater combien il était triste.

— Tu me tues, murmurai-je.

— Pourquoi ? demanda-t-il en tournant la tête.

— Tu as l'air si blessé.

Vaillamment, il tenta de me sourire, mais ce fut tout simplement impossible. Lorsqu'il reprit son observation à travers la fenêtre, je me levai et allai vers lui, le drap enroulé autour de moi.

— Tu doutais de moi, dit-il lentement, la voix rendue rauque par l'émotion. Tu disais 'Tu m'aimes seulement parce que nous sommes des âmes sœurs. Tu n'étais même pas gay avant, comment cela peut-il être réel ?'

Je m'assis près de lui et écoutai.

— Et je te répondais que le pourquoi importait peu, seul l'instant présent comptait. Tu es mon compagnon, né pour être mien, ma destinée, tout ça. Je suis un *semel*, tu es une *reah*, les chances que nous nous trouvions étaient infinitésimales, une sur un million.

Il soupira, fermant les yeux et appuyant son front contre la vitre.

— En privé, juste entre nous, sans personne d'autre, tu étais si inquiet et je te disais que ça n'avait pas d'importance.

— Mais ça en avait, n'est-ce pas ?

Son regard se posa sur moi.

— Je pensais que tu me verrais et… que tu me reviendrais.

Je comprenais. Il me voulait, mais il voulait aussi mes souvenirs de lui.

— J'aime ça, nous, continua-t-il d'une voix rauque. Nous bougeons comme dans mes souvenirs, mais avant, je n'étais pas capable de séparer les deux parties. Je t'ai rencontré et, tout de suite, je suis tombé amoureux de toi. Tu disais toujours 'Nous réagissons comme ça parce que je suis ta *reah* et que tu es mon *semel*' et je ne t'ai jamais cru parce que ça ne marchait pas comme ça pour moi.

— Le lien assombrit tout le reste.

— Oui, acquiesça-t-il, détournant son siège de la fenêtre pour me regarder. Et il le faut, quand tu es *semel*. Tu revendiques ce qui est à toi parce que c'est dans ta nature et, quand brusquement tu as été là, dans ma maison, j'ai été submergé.

— Je suis sûr que nous l'étions tous les deux.

— Oui, mais à partir de là, je ne me suis jamais posé de questions. Je me suis lancé dedans.

— C'est ce que fait un *semel*, non ? Croire totalement en ses décisions, ne jamais se remettre en question.

Il grogna.

— N'est-ce pas comme ça que tu es fait ?

— Oui, mais pas une *reah*. Tu disais toujours que je pouvais changer d'avis, te jeter dehors et que tu serais à nouveau seul. De toute évidence, ça ne se produira jamais, car tu es mon âme sœur. Ce n'est pas un sortilège. Cela fonctionne suivant notre ADN. Tu es chimiquement, biologiquement lié à moi comme je suis lié à toi. C'est dans notre sang.

— Oui.

— Je ne pourrais jamais être sans toi.

Je le savais déjà, pour avoir été près de lui dans ce court laps de temps. Je me sentais mieux, plus léger, comme si j'étais bien dans ma peau et que ce sentiment de paix, même si nous luttions encore dans nos vies, était une chose tangible. Je ne pouvais pas imaginer l'abandonner ou m'éloigner de lui maintenant que je savais ce qu'il ressentait. Pourtant, je comprenais ce qu'il essayait de dire. Je lui manquais toujours.

— Mais c'est différent maintenant, indiquai-je.

Il étudia mon visage, cherchant, songeai-je, une lueur de reconnaissance.

— Tu veux que je retrouve la mémoire, poursuivis-je.

— En fait, je ne pensais pas que ce serait important.

Je pouffai de rire.

— Tu croyais que ne pas me souvenir ne serait pas important ?

— Non, ce n'est pas ce que je voulais dire. Je pensais que nous serions toujours nous, mais la pièce physique que je pensais être juste une partie de nous, comme t'aimer, est toujours là.

J'acquiesçai rapidement.

— Je suis ton *semel*, tu es ma *reah*, nous étions faits pour être ensemble comme deux moitiés de quelque chose.

— Oui.

— Donc le sexe sera toujours grandiose.

— Et tu pensais que le sexe était grandiose parce que nous étions amoureux.

— Oui.

Je pris une inspiration.

— Je suis désolé, mais je ne peux pas imaginer que d'avoir tous mes souvenirs aurait rendu ce que nous avons fait meilleur.

— Non, répondit-il. Pas physiquement. Mais je ressens le lien différemment que tu le fais maintenant. Normalement, quand nous sommes au lit, je pense 'Je sais que Jin m'aime plus que tout', c'est pourquoi j'étais capable de te laisser me prendre.

Je fus étonné. Un *semel* succombant à sa *reah*? Après tout ce qu'il m'avait dit au sujet d'être *semel*, je ne pouvais imaginer une telle chose.

— Tu m'as permis de… je ne peux pas, je veux dire, chaque partie de moi veut se soumettre à toi, je veux simplement être pris et utilisé.

— Et c'est tout ce que je veux, parce que l'homme qui m'aime me manque.

Mes yeux se remplirent brusquement de larmes, l'émotion surgissant, et, pour la première fois, il ne tendit pas la main vers moi. Il ne pouvait pas me réconforter en cet instant, il n'avait pas de mots à m'offrir.

— Quand tu es tombé amoureux de moi, quand je suis réellement devenu ton compagnon, quand tu as cru en moi et que le lien est devenu vœu, c'était différent. La partie animale est importante et nous ne sommes pas nous-mêmes sans, mais d'abord, nous sommes des hommes et mon mari me manque.

— Comment peux-tu supporter de me regarder ?

— Tu es toujours mon compagnon, insista-t-il en ouvrant les bras. Tes yeux sont toujours aussi doux lorsqu'ils me regardent, même si tu ne sais pas pourquoi.

Je voulais continuer à lui parler, essayer de combler le vide entre nous, apprendre à nous connaître, mais l'appel primaire, ses phéromones, envoya une ruée de besoin dévorant en moi. Je me levai, réduisis la distance entre nous et me jetai sur lui.

Il me rattrapa facilement à mi-saut, me porta plusieurs pas en arrière jusqu'à la chambre et me jeta sur le lit, jambes et bras écartés, se pencha sur moi et me prit dans le fond de sa gorge, avant d'avaler.

Je rugis son nom alors que sa bouche chaude et humide engloutissait mon membre, mes mains empoignant ses cheveux et, quand il me suça, me lapa, m'amenant vers un orgasme aveuglant, je le suppliai de me prendre. Il se redressa, me fit basculer sur le ventre, me maintint immobile tandis qu'il lubrifiait sa verge et mon anneau avant de glisser en moi en un seul mouvement fluide.

— Logan ! criai-je et il sortit une fraction de seconde avant de rentrer à la maison.

Il ne me fallut que quelques secondes pour atteindre l'orgasme et il me baisa durant toute la chevauchée, mes os fondant et ma vision se transformant en un blanc aveuglant. Je ne pouvais pas imaginer ne pas aimer un homme qui pouvait me mettre le sang en ébullition, me donner l'impression que mon cœur allait exploser hors de ma poitrine et aspirer une douleur comme une seconde peau. Lorsque je me tordis pour l'embrasser, il fut là, scellant sa bouche à la mienne, me respirant. Je l'avais en moi, sur moi, ses mains allaient me laisser des bleus, sa bouche des marques pourtant, ce n'était pas assez. Il voulait un amour né du temps et des secrets partagés, pas celui qui grandissait du désir et de la luxure. Je priai pour sa patience parce que l'idée qu'il m'abandonne, qu'il ne veuille plus de moi, était la chose la plus horrible que je puisse imaginer. Je ne voulais pas perdre mon compagnon, même en souvenir de moi-même.

VII

QUAND JE me réveillai, de bonne heure, tout ce que j'avais en tête était des questions, mais Logan m'annonça que nous devions remercier le *semel* et offrir une compensation à tous ceux qui m'avaient aidé. Nous allâmes à Dévotion et j'emmenai immédiatement Logan rencontrer mon ex-responsable, qui était toujours là tôt, et qui, comme toujours, préparait la journée.

— Jin m'a dit que vous aviez de nouveaux investisseurs qui ne vous satisfaisaient pas, dit-il à Eliza, de sa voix basse et sexy. Si vous voulez l'argent pour racheter leurs parts – ou peu importe ce dont vous avez besoin – n'hésitez pas à m'appeler, s'il vous plaît.

Il avait un joli visage dont la beauté se trouvait dans les angles. De sa mâchoire carrée et ciselée, à ses pommettes hautes et à son long nez aquilin, je ne pouvais qu'imaginer que si j'entrais dans n'importe quel musée au monde, je verrais ce visage encore et encore, comme idéal de la beauté masculine. En voyant Eliza le fixer, voir la réaction de chaque femme qui l'avait aperçu – tout comme celle de nombreux hommes – je comprenais que peu importait combien il pensait que j'étais effrayant, les gens voulaient le mettre dans leur lit. Le problème était que sans mes souvenirs, je n'étais pas le moins du monde redoutable.

— Tu sens comme ton compagnon maintenant, m'informa Eliza. Et, devrais-je dire, sentir comme lui n'est en aucun cas une mauvaise chose.

Je fronçai les sourcils.

Son rire fut chantant.

— Oh, Jin, ton compagnon est absolument appétissant.

Elle était mon amie, pourtant, je n'aimai pas sa réaction envers lui.

Alors que nous flânions dans la rue un peu plus tard, les gens s'arrêtèrent pour le regarder marcher.

— Qu'est-ce qui ne va pas avec toi? demanda Crane, en se penchant vers moi durant le petit-déjeuner chez Alaine

Il était assis à ma gauche et Logan était à ma droite, debout, saluant tous ceux qui souhaitaient lui dire bonjour.

Alaine présentait ce qui semblait être la totalité de sa tribu à Logan, qui était tenu par l'honneur d'être courtois et de les recevoir.

— Jin ?

Je me tournai vers lui.

— Habituellement, comment fais-je pour gérer le fait que tout le monde veuille tout le temps être dans l'espace de Logan ? Est-ce que j'apprécie que les gens flirtent avec lui ?

Son froncement de sourcils fut très prononcé.

— Tu ne te préoccupes jamais de ce genre de conneries, jamais.

Je fus surpris.

— Je ne comprends pas.

Son ricanement me fit sourire.

— Tu es bien dans ta peau. Tu es absolument certain des sentiments de Logan pour toi.

Ce n'était qu'en apparence, là où Crane et les autres pouvaient voir. En privé, comme Logan avait dit, dans le passé, je m'inquiétais.

— Personne n'a le temps de tomber sous le charme de Logan, car tu engloutis chaque goutte de son attention.

— C'est vrai ?

— Toi, Ilia et la tribu, ajouta-t-il. Mais, oui, c'est vrai.

Après cela, il me fut plus facile de m'asseoir et de recevoir les gens. Au moment où la dernière personne fut saluée, je pris la main de Logan, nous excusai, et me dirigeai vers le côté de la maison d'invités. Lorsque je me tournai vers lui, le sourire que je reçus fit briller ses yeux d'une profonde teinte d'or.

— Je veux rentrer à la maison et voir mon fils, lui dis-je. J'aimerais partir aussi tôt que possible.

Il acquiesça.

— Je voulais juste te donner un peu de temps pour t'habituer à moi avant de partir.

— Je suis habitué à toi, confirmai-je. Tu m'as déjà rendu une petite partie de moi-même. Je peux à nouveau toucher les gens, montrer de l'affection sans douleur. C'est un cadeau.

— Oui, ça l'est, acquiesça-t-il et je sus que j'avais fait la même chose pour lui.

Nous nous réparions mutuellement et j'étais désespéré de faire plus. Je voulais me souvenir de lui plus que toute autre chose.

— S'il te plaît, ramène-moi à la maison.

Il me tira en avant et lorsque je fus assez proche, j'enroulai mes bras autour de lui et l'étreignis, ma tête coincée sous son menton.

— D'accord, rentrons, soupira-t-il en frottant sa joue dans les cheveux.

ALORS QUE nous embarquions dans l'avion, je me rendis compte que je n'avais dit en revoir ni à Dov ni à Wick, les hommes de l'*akhen-aten*. Quand je mentionnai mon oubli à Logan après le décollage, il m'expliqua que je les reverrais très bientôt et que ce n'était pas important.

— Pourquoi les reverrai-je?

— C'est une très longue histoire, me répondit-il du siège près du mien en première classe.

J'étais côté hublot et il était près de l'allée et, bien que pour quiconque cela aurait semblé être une simple affectation de sièges, je savais qu'il ne m'aurait jamais été permis de m'asseoir dans un endroit sans protection. Il était mon *semel*, aussi se mettait-il entre moi et le reste du monde. C'était si enraciné en lui, comme lorsque nous avions traversé l'aéroport, son bras autour de moi, dans la façon dont il s'était assuré que j'étais toujours entre lui et Yusuke, ou lui et Artem et Adrian, ou la manière dont toute personne s'approchant de moi était interceptée pour une raison ou une autre. J'avais été seul depuis aussi longtemps que j'avais perdu la mémoire et, à cause de cela, ses attentions ne m'étouffaient pas comme je m'y attendais, je me sentais chéri.

— Raconte-moi, insistai-je.

Il inclina la tête en arrière contre le siège et se tourna vers moi pour me donner toute son attention.

— Nous, comme dans toi et moi, faisons tourner Domin en rond depuis environ un an maintenant.

— Pourquoi nous cachons-nous de Domin Thorne?

Il plissa les yeux vers moi.

— Logan?

— Nous nous disputions à ce sujet la nuit où je t'ai perdu.

Je fus étonné.

— Pourquoi diable nous serions-nous disputés?

Il s'esclaffa.

— Tu plaisantes? Nous nous disputons tout le temps.

— Vraiment?

— Oh, oui, ricana-t-il. Tu ne laisses rien passer avec moi. Nous sommes tout le temps comme chien et chat.

— À propos de quoi ?

Il haussa les épaules.

— Principalement ma décision de ne pas te laisser aller où tu voulais, voir qui tu voulais et dire à Domin Thorne d'aller en enfer.

Je ne pus réprimer un sourire et pris sa main dans la mienne en me penchant vers lui.

— Est-ce moi qui lui ai dit d'aller en enfer ou toi ?

— Toi.

— Je vois. Donc, il voulait quelque chose, tu étais d'accord et je ne l'étais pas.

— Précisément.

— Dis-moi pourquoi nous nous cachions du chef du monde des panthères ?

Il s'approcha encore un peu et nous fûmes presque nez à nez, chuchotant.

— Il nous veut à Sobek.

— Je ne sais même pas où c'est.

De sa main libre, il prit ma joue en coupe et fit courir son pouce sur mes lèvres.

— Domin sait qu'Ilia est hors de contrôle. Je ne sais pas comment il le sait. Quelqu'un de notre maisonnée doit lui donner des informations, mais, sur ma vie, je n'ai pas été en mesure de découvrir qui.

J'écoutais, mais j'aimais aussi qu'il me touche.

— Ma première pensée a été pour Ivan ou Markel. Ils étaient le *sylvan* et le *sheseru* de Domin quand il avait sa première tribu, alors ça a du sens.

— Oui.

— Mais Markel est marié – accouplé – à ma sœur et Ivan est accouplé à un homme et rien de cela n'aurait été possible sans toi et moi alors… je suis passé à autre chose.

— Mais quelqu'un lui parle.

— Oui. Il sait beaucoup trop de choses sur ce qui se passe, et à cause de cela, les menaces s'intensifient.

— Je ne comprends pas.

— Je dis menaces, mais tu dois entendre requêtes. Domin nous veut avec lui et, en gros, il est passé de *suggérer* à *insister*.

— D'accord.

— Il a envoyé ces deux hommes, Wickham Morris et Dov Yadin nous voir au début de l'année dernière, mais j'ai refusé de les laisser entrer sur la propriété.

— Pourquoi ?

— Parce que s'ils avaient vu Ilia, ils auraient su que le garder caché dans nos montagnes serait difficile, et maintenant presque impossible.

— Ça l'est ?

— Oui.

— Pourquoi ?

— Il est puissant, Jin, il peut faire bien plus que de se transformer. Il peut se métamorphoser comme toi.

— Comme moi ?

Il gigota dans son siège et je fus heureux qu'Artem et Adrian soient installés devant et Crane et Yusuke derrière, comme ça, nous pouvions discuter librement, tranquillement.

— Tu t'es métamorphosé en dragon, une fois.

Je sursautai, mais il me serra la main et ce simple contact m'apaisa.

— Je t'ai vu te changer en quelque chose qui ressemblait à un énorme lion préhistorique et un serpent fait de fumée. Je t'ai vu voler à flanc de montagne et te transformer si rapidement qu'on aurait cru que tu prenais feu, tu… tu es incroyable, Jin.

Mais je ne l'étais plus désormais, alors je me détournai et regardai par le hublot.

— Hé.

Je continuai à prêter toute mon attention aux nuages.

— Tu crois que si tu ne te souviens pas comment faire, tu n'es plus aussi précieux pour moi ?

Je pivotai pour lui faire face.

— Non, j'aimerais seulement pouvoir me souvenir avoir été aussi puissant, car je veux être un atout pour toi.

Il glissa sa main sur ma nuque et me pencha vers lui, vers ses lèvres. Ce qui était doux et chaud au début devint rapidement urgent et brutal, un assaut affamé. Chaque fois qu'il était près de moi, c'était comme si je ne pouvais rien faire d'autre que lui offrir mon abandon total et, là, dans cet avion, sur ce siège, j'étais prêt à être pris.

Nous nous écartâmes, tous les deux pantelants, mon corps bourdonnant de besoin. Je frissonnai en voyant ses yeux se plisser en deux fentes d'or brûlant.

— Tu ne seras jamais un 'atout' pour moi. Tu es mon compagnon, mon autre moitié. Tu ne deviens pas important, tu l'es déjà, tu es tout pour moi.

Je pouvais le voir gravé dans chaque trait de son visage, dans chacun de ses mots, dans le goût de sa faim – j'étais *nécessaire*. Il n'y avait aucun doute qu'il me voulait, c'était au-delà de ça. Nos âmes étaient fusionnées ; il n'y avait pas de Logan sans Jin et, si j'avais eu mes souvenirs, je l'aurais su. Comme je ne le savais pas, j'allais devoir me le rappeler jusqu'à ce que cela devienne une seconde nature.

— Comme toi, répondis-je d'une voix rauque. Logan.

Son sourire me prit par surprise.

— Viens t'asseoir sur mes genoux.

Me visage me brûla et je m'appuyai contre son épaule après qu'il m'eut soulevé par-dessus la console entre nous et installé sur ses cuisses.

— S'il te plaît, ne rends pas ce vol plus difficile qu'il ne l'est déjà.

— Pourquoi, tu as des soucis ? plaisanta-t-il en penchant la tête pour embrasser ma tempe puis plonger vers mon oreille, suçant le lobe dans sa bouche chaude et humide.

Ce ne fut pas un doux pincement d'électricité, mais un éclair qui me fit cambrer le dos et gémir.

— Jin ? gronda-t-il.

— Je vais t'agresser ici et maintenant si tu n'arrêtes pas.

Il ne se moqua pas *de* moi, ce fut un rire plus tendre, secret et intime.

— Je te laisserais m'avoir où tu le veux, mais si tu me chevauches dans cet avion, d'autres personnes te verront nu et ça, je ne peux pas le permettre.

Cet homme était si possessif, je m'en réjouissais. Son regard doré chaleureux me maintenait captif alors que je me penchais pour souder nos lèvres.

— Tu as bon goût, murmurai-je, et son grondement béat me fit sourire avant que je prenne une inspiration et que j'entrelace mes doigts aux siens.

Au vu de l'intimité de notre conversation, je fus surpris lorsque mon regard croisa le sien et que je le trouvai troublé, assombri par la douleur.

— Logan, qu'est-ce qui ne va pas ?

— Le soir où tu as arrêté Ilia, commença-t-il, la voix brisée. Je... je t'ai maudit, je t'ai banni de ma vue, c'est ma faute, ma faiblesse, je vais devoir vivre avec ça pour le restant de mes jours.

— Logan...

75

— C'était un test de loyauté, de foi, j'ai échoué.

— Non.

— Si, c'est vrai. Je me suis détourné de toi si rapidement après tant d'années de dévotion et d'amour, je… Jin… c'est une terrible trahison et je suis coupable.

Son visage s'assombrit et je vis toute la douleur que contenaient ses yeux.

— J'aurais dû croire en ton cœur au-delà de ce que mes yeux voyaient. Je te connaissais mieux que ça et pourtant, j'ai réagi sans réfléchir.

— Tu es humain, dis-je doucement en me penchant pour l'embrasser. Tu pensais que j'avais tué ton fils. Logan, combien d'entre nous pourraient dépasser ce qui se passait et réagir comme il se devait?

— Je suis le *semel*. Je devrais toujours faire ce qui est juste.

— Ce qui t'élèverait au rang de sainteté, Logan Church, le taquinai-je tendrement, essayant d'éloigner sa tristesse. Tu dois te pardonner.

Il secoua la tête, ne mordant pas à l'appât.

— Si j'étais plus fort, je te dirais que si tu veux prendre Ilia et me quitter, je ne t'en empêcherais pas, mais…

Sa tête se releva brusquement, le regard fixe.

— Je ne peux pas le permettre. Tu dois me pardonner et rester à mes côtés. Je ne… survivrai pas seul. Je ne peux pas à nouveau me retrouver sans toi – je n'ai pas en moi la force de te laisser partir.

— Non, acquiesçai-je en levant la tête et embrassant sa paume. Nous sommes censés être ensemble, même sans mes souvenirs, je le sais. C'est douloureux pour toi que je ne parle que du lien, mais pour l'instant, jusqu'à ce que mes souvenirs reviennent, le lien nous soutiendra.

— Oui, répondit-il dans le plus petit des soupirs.

Je toussai pour ôter de ma gorge des larmes qui l'obstruaient.

— Donc, quand tu m'as exilé, me suis-je enfui?

— Oui, s'étrangla-t-il.

À nouveau, nous nous fixâmes du regard.

— Quand t'es-tu rendu compte qu'il était en vie?

— Crane, murmura-t-il. Il tenait Ilia dans ses bras, l'appelant encore et encore, puis Ilia s'est tortillé et s'est redressé.

Je souris instantanément, imaginant mon petit bébé panthère dans les bras de mon *beset*.

Tout à coup, je sentis une main dans mes cheveux et je me rendis compte que Crane avait contourné le siège et me caressait les cheveux.

Pressant ma joue contre sa paume, je pris une inspiration.

— Je serais parti après toi, Jin, murmura Crane et je penchai la tête de côté, entre les deux sièges, pour croiser son regard. Mais je savais que tu aurais voulu que je reste avec Ilia.

— Bien sûr.

— Je voulais si désespérément te suivre, tu n'en as aucune idée.

— Tu m'as suivi durant des années, n'est-ce pas?

— Toute ma vie, chuchota-t-il.

Je dus me rappeler de respirer.

— C'était bien que tu restes avec ta famille.

— Tu seras toujours ma famille. N'en doute jamais.

Je hochai rapidement la tête, incapable de parler.

— Ilia ne reprendra pas forme humaine, souffla Logan, ayant lui aussi du mal à faire fonctionner sa voix. Il est coincé jusqu'à ce que quelqu'un de plus fort que lui le force à le faire et ce n'est plus moi.

Ce fut mon tour de prendre son visage en coupe.

— En ce moment, je ne suis pas un *semel*, continua-t-il. Je suis juste en colère, blessé, et quelque part en chemin, je suis passé d'aimer mon fils à lui en vouloir à lui aussi. Parce qu'il s'avère que je ne suis pas entier sans toi, je ne sais pas quoi faire ni être ce pour quoi je suis fait, sans toi.

— Je ne pense pas que lui en vouloir soit le mot juste, indiquai-je, parce que rien que de l'entendre prononcer le prénom d'Ilia, je sus ce que c'était. Tu n'aimes pas moins ton fils, c'est juste que le voir te rappelait que je n'étais pas là.

— Je le lui ai reproché. C'est irrationnel, mais je l'ai fait.

— Mais qu'a-t-il réellement vu de tout cela?

Il y songea un instant.

— Il a vu la tristesse, il a senti la distance entre nous, mais pas plus, répondit-il d'un air solennel, les yeux rivés aux miens. J'aime mon fils.

— Je le sais.

— Il était blotti près de moi chaque soir.

Cette image dans mon esprit troubla ma vue un instant avant que je me penche vers lui et enfouisse mon visage dans son torse. Il me serra dans ses bras et prit une profonde inspiration.

— Restons comme ça pour le restant du vol, d'accord?

Je fermai les yeux et me calai sous sa mâchoire.

— Oui, ça me paraît bien.

LOGAN S'ÉTAIT endormi et, alors que je l'observais, je notai les cernes sombres sous ses longs cils contre ses joues. Il ne dormait pas bien et maintenant, je comprenais pourquoi.

Il avait pensé que j'avais tué son fils et, sous la colère, m'avait chassé, seulement pour découvrir que son fils était vivant, mais incapable de reprendre sa forme humaine sans moi. C'était comme si tout ce qu'il avait fait, toutes les décisions qu'il avait prises, avaient été mauvaises.

Je me levai et lorsque je m'approchai de Yusuke, elle se leva pour s'asseoir près de Logan tandis que je me laissai tomber près de mon *beset*.

— Je comprends pourquoi nous sommes amis, lâchai-je.

— Oui?

Il pencha la tête vers moi.

— Pourquoi?

— Tu es fou de moi.

Son sourire fut vraiment quelque chose.

— Avons-nous jamais… jamais été… plus?

Il se pencha en avant et me prit par les épaules.

— Les gens le pensaient, même nos pères, mais ça n'a jamais été comme ça entre nous. Nous étions trop proches pour ça.

Je voulais en entendre plus.

— Toute ma vie, il n'y a eu que toi, révéla-t-il, en souriant comme un fou. Je me souviens quand nous étions en CP ou quelque chose comme ça, nous étions en train de dessiner, tu as levé les yeux vers moi et je t'ai passé le crayon que tu voulais. Les gens étaient soufflés. Ils ne comprenaient pas comment nous pouvions être si en phase depuis le tout début. Mais c'est un fait que je n'ai jamais remis en question.

M'adossant au siège, je le regardai, de ses yeux qui pétillaient quand il souriait, à la courbe mutine de ses lèvres, et jusqu'au sourcil qu'il haussait pour marquer son point de vue.

— Les femmes n'étaient que pour le sexe, mais je t'aimais.

— Jusqu'à quand?

Il haussa les épaules.

— Jusqu'à ce que tu sois rejeté de ta tribu quand tu t'es transformé pour la première fois et que tout le monde s'est rendu compte que tu étais une *reah*.

J'étais confus.

— Je pensais qu'être une *reah* était une bonne chose.

— Pas quand ça signifie que tu seras gay.

— Oh, je vois.

— Ton père ne pouvait pas le supporter et le mien, il était le *sheseru*, il ne le supportait pas non plus.

— Je pensais que tous les *sheserus* protégeaient les *reahs*.

— Peut-être l'aurait-il fait, avec le temps, mais tout ce qu'il voyait était que tu étais une *reah*, que tu étais gay et, du fait que j'étais ton meilleur ami, je l'étais aussi. Il était en colère.

— M'en as-tu voulu ?

— Pour quoi ?

— À cause de moi, tu as été chassé de ta tribu, n'est-ce pas ?

— Tu étais ma tribu, Jin. Dès que nous avons découvert que tu étais une *reah*, tout a pris un sens. J'étais né pour être ton *beset*. J'étais censé être tout le temps avec toi.

La force de sa voix, l'entière croyance en ses paroles, m'indiquait combien il en était certain, ce qui me réchauffa le cœur. Son amour était absolu. J'espérais mériter toute cette foi en moi.

— C'est pourquoi ce fut si étrange quand Domin Thorne a fait de moi son *maahes*. Je veux dire, c'était une bonne opportunité, mais ce n'était pas juste. Pas vraiment.

— Oui.

J'étais estomaqué.

— Tu es le *maahes* de la tribu de Domin Thorne ?

— Non, plus maintenant, dit-il en m'adressant un autre sourire à tomber. Mais je l'ai été durant un court laps de temps. Le problème était que, comme Logan le dit toujours, il n'y a que deux personnes au monde que tu écoutes réellement, lui et moi. Sans moi là-bas… tu avais du mal.

— Ça doit être terrible pour toi, soupirai-je. Tu as une vie, une famille et pourtant, tu dois me baby-sitter. Je suis désolé que…

— La ferme ! ordonna-t-il en me frappant dans le ventre du dos de la main. Nous sommes une famille. Ce n'est pas une corvée. Tu étais là quand mes filles sont nées, Logan et toi êtes leurs parrains, et ma compagne, la *maahen* de ta tribu, t'aime comme un frère.

— C'est vrai, intervint Yusuke en nous regardant par-dessus son siège.

Je me sentis si humble et béni d'être autant chéri.

— Nous avons été ensemble toute notre vie, Jin, assura Crane. Peu importe ce que Logan et toi devez faire, où vous devez aller, Yusuke, les filles et moi vous suivrons. N'en doute jamais.

— Attends, dis-je rapidement, car ses paroles s'étaient imprimées. Où Logan et moi allons?

— C'est la question, n'est-ce pas? Logan esquive Domin depuis un moment déjà, mais dernièrement, j'ai remarqué qu'il le faisait pour toi, pas pour lui. Quoi que Logan et Domin préparent, c'est quelque chose que tu ne veux pas, mais Logan oui.

— Tu crois?

— Oui, soupira-t-il. Et j'en suis content.

— Pourquoi?

— Tu dois comprendre. J'aime Logan et, plus que cela, il est mon *semel*, je le suivrais en enfer, s'il le fallait.

— Continue.

— Mais ma première responsabilité, c'est toi. Tu es comme mon frère, dit-il, son regard assombri. Mais tu es aussi ma *reah* et te garder en sécurité est la directive première de ma position.

— Bien sûr.

— Alors, c'est pour cette raison que je devais dire à Domin qu'Ilia serait un danger pour lui-même et pour la tribu s'il restait au Nevada.

— C'était toi, soufflai-je, sous le choc, ne sachant pas ce que je devais ressentir.

Il était aisé de croire que Crane m'aimait, qu'il voulait le meilleur pour moi, Logan et notre fils… alors ce qu'il avait fait devait être juste. Mais je savais que Logan ignorait qui avait informé Domin et si c'était Crane et qu'il l'avait fait derrière le dos de Logan…

— Calme-toi, insista mon *beset* en tapotant mon genou. Respire, tout va bien.

Il pouvait lire en moi comme dans un livre ouvert. C'était un peu déconcertant.

— Peux-tu lire dans mon esprit?

— Ton visage, reconnut-il. Maintenant, cesse de t'inquiéter.

— Mais, que va te faire Logan?

— Je ne sais pas, mais tout ira bien.

— Comment est-ce possible?

— C'est comme ça.

C'était ridicule.

— Comment peux-tu être si désinvolte à ce sujet?

— Parce que normalement, tu le serais, répliqua-t-il avec un sourire en coin.

— Je... tu ne comprends pas. Logan essaie de découvrir qui a parlé à l'*akhen-aten*.

— Je sais.

— Tu devrais lui dire que c'est toi, dis-je, la voix tremblante, effrayé de ce qui pourrait arriver. J'ai peur pour toi.

Crane secoua la tête.

— Il ne faut pas. Il saura que c'est moi lorsque Domin arrivera de toute façon, même si tu ne lui dis pas

— Comment?

— Domin n'est pas franchement un homme subtil, ricana-t-il.

— Que fera...

— Je ne sais pas. J'espère que Logan comprendra et je pense qu'il le fera, car mon cœur était à la bonne place. J'ai demandé à Domin de te garder en sécurité, tout comme lui et Ilia, je devais le faire. Regarde ce qui a failli se passer.

— Quoi ? le poussai-je. S'il te plaît, Crane. S'il te plaît, raconte-moi ce qui s'est passé.

Il secoua la tête.

— Je ne peux pas et ça me tue de ne pas le faire, mais le médecin a dit que si nous te parlions, tu pourrais ne pas retrouver tes souvenirs par toi-même.

— Qui es-tu pour me parler de ça? grondai-je. Comment saviez-vous que j'avais perdu la mémoire si vous ne saviez même pas où j'étais jusqu'à il y a deux jours?

Ses yeux se verrouillèrent aux miens.

— Logan a envisagé tous les scénarios possibles et le meilleur était que, lorsque tu t'es enfui, quelque chose s'est brisé en toi et que le traumatisme et tout le reste ont provoqué ta perte de mémoire.

— Ça n'a aucun...

— Nous savions tous que c'était la *seule* chose qui t'empêchait de rentrer à la maison.

Je n'avais aucun argument, car la maison semblait être le paradis, et la pensée d'y être me fit frissonner d'anticipation.

— Écoute-moi. Ilia est le petit garçon le plus doux, le plus mignon et le plus gentil que tu puisses espérer rencontrer, mais il est comme une bombe à retardement sur cette montagne.

— Comment est-ce possible ?

— Crois-moi quand je te dis qu'il l'est.

— Comment le puis-je, quand tu ne me dis pas ce qui s'est passé ?

— Parce que tu me fais toujours confiance, Jin. C'est comme ça que ça marche.

Je me sentais vidé.

— Néanmoins, quoiqu'il se soit passé, ne l'ai-je pas contenu la dernière fois ?

— Oui, mais à quel prix ? contra-t-il. Ça n'en vaut pas la peine s'il y a une alternative.

— Qui est ?

Il grimaça.

— Ça, je ne sais pas, je ne suis pas Logan ou Domin. Comme je disais, je pense qu'ils ont découvert quelque chose, mais pour une fois, je n'ai aucune idée de ce que c'est.

— Penses-tu que Domin est en chemin pour venir chez nous ?

Il acquiesça lentement.

— Oui.

— Dans quel but ?

— Pour convaincre Logan de venir en Égypte.

— En Égypte ?

— À Sobek, oui. Domin veut Logan avec lui là-bas depuis le début. C'est la raison pour laquelle il a fait de Logan l'un des Sept qui constituent son conseil.

— Vraiment ?

— Oh, oui, insista-t-il. Logan fonctionne mieux avec toi près de lui et Domin fonctionne mieux avec Logan.

Ça, c'était nouveau.

— Logan et Domin étaient-ils ensemble avant moi ?

— Non. Il n'y a eu aucun homme avant que Logan te rencontre. Il te l'a dit, n'est-ce pas ?

Oui, mais je l'avais oublié, pris par la conversation.

— Oui.

— Domin et lui ont ce truc, ils comptent l'un sur l'autre plus que sur toute autre personne. Ça vient probablement du fait qu'ils étaient amis au commencement, avant de devenir ennemis, puis de découvrir que rien n'avait réellement changé. Ils sont comme toi et moi – ils lisent l'esprit de l'autre.

— C'est bien, dis-je, la voix rauque alors que je pensais à mon compagnon. Je suis content qu'ils aient ce genre de relation.

— Moi aussi.

Un instant plus tard, je remarquai qu'il me dévisageait.

— Quoi?

Il secoua la tête.

— Rien. C'est juste étrange.

— De quoi?

— Toi, comme ça.

— Comme quoi?

Il haussa les épaules.

— En temps normal, tu es tellement sûr de toi. Tu n'écoutes jamais l'un d'entre nous, tu fais ce que tu penses être le mieux. Cette hésitation, cette remise en question, ces interrogations, c'est si inhabituel.

— Vraiment?

— Oui. Tu n'as pas l'air toi-même.

— Les gens doivent me détester.

— Certains, oui, mais pas tous.

— La tribu a-t-elle peur d'Ilia maintenant?

Il réfléchit un instant.

— Je pense que oui, et ça empire. Ils aiment leur *semel* et se sentent béni d'avoir une *reah*, mais avec ton départ et Logan si froid et distant, bon nombre d'entre eux ne sont pas heureux. Beaucoup d'entre eux pensent que tu as créé ce monstre en Ilia et que toi seul peux le contrôler.

— Logan commence à le penser aussi, je peux te le dire.

— Il prévoit de faire des changements, je le sais.

— Comment?

— Eh bien, tu dois te rappeler que durant tout ce temps, Logan gérait Ilia et son changement, tout en se détachant un peu plus de jour en jour du fonctionnement de la tribu et tenant Domin à distance en même temps.

— Il est fatigué, devinai-je.

— Je le pense. Il est *semel* depuis plus de vingt ans et il n'est pas seulement un *semel* normal. Il a dû faire face à ton enlèvement, puis aller à Sobek et se battre dans la fosse, lutter pour être *semel-aten*, chaque jour on lui fait des demandes, il prend des décisions, il relève des défis. Sa tribu est grande, plus de deux cents membres, et en plus, il est le seul *semel-netjer* au monde.

— Je suis un fardeau pour lui.

— Bon sang, mais non ! Tu es une bénédiction. Et quand tu retrouveras la mémoire, je te rappellerai que tu as dit ça.

— Pourquoi ?

— Parce que quand tu es toi, tu ne parles jamais comme ça. Ce n'est pas toi.

— Comment suis-je ?

— Du genre arrogant, intelligent et surtout, tout à fait sûr de ta place dans la vie de Logan Church, résuma-t-il. Tu es toi, tu es Jin.

— Tu ne sais pas tout, répliquai-je sans y penser.

Il ricana bruyamment.

— Quoi ?

— Je ne sais pas.

Il haussa un sourcil.

— Que crois-tu pouvoir cacher à ton *beset*, ma *reah* ?

— Il y a des choses privées entre mon *semel* et moi.

Il se moqua et s'appuya contre moi, le dos de son épaule contre mon torse.

— Je connais toutes tes peurs et tes craintes, mais tu n'as pas besoin de t'inquiéter de tout ça maintenant, avant de savoir ce qui est réel de ce qui est des conneries.

— Je n'ai aucune idée de ce que tu veux dire.

— Disons que tu as une manière de faire d'un petit rien quelque chose d'insurmontable. C'est ton don spécial.

— Quoi ?

— Les drames, dit-il en se retenant difficilement de rire. Tu en crées une sacrée quantité.

— Je te demande pardon ?

Son rire fusa et même l'étouffer, se pencher et éclater de rire dans l'oreiller de l'avion n'aida pas. Les gens nous regardèrent et Yusuke se tourna dans son siège et fronça les sourcils.

— C'est un miracle que je ne t'aie pas frappé, dis-je d'un air indigné.

— Oui, répliqua sa femme, d'habitude tu le fais.

Alors que je regardais Crane devenir rouge dans un effort afin de ne pas hurler de rire, je fus frappé par cette normalité : deux amis discutant simplement.

— Je veux me rappeler plus de lui, dis-je à Yusuke. Je veux tous tellement vous connaître.

— Je suis sûr que lorsque tu seras à la maison, entouré de gens qui te connaissent et t'aiment, ta mémoire reviendra.

Je ne pouvais qu'espérer qu'elle ait raison.

VIII

LE TRAJET de l'aéroport de Reno, Nevada, à Incline Village, où nous vivions, était magnifique en automne. Le lac Tahoe était incroyable au crépuscule et monter la montagne, avec Logan me montrant où commençaient nos terres, fut comme un rêve.

Des gardes se tenaient des deux côtés de la grille en fer forgé et, lorsque la voiture arriva devant eux, ils l'ouvrirent. Nous roulâmes au pas en direction d'une maison que je voyais au loin. J'étais assis à l'arrière de l'énorme SUV noir avec Logan, Artem et Adrian assis devant nous, Crane conduisant et Yusuke sur le siège passager. Lorsque nous nous garâmes devant la maison, je fus surpris par les nombreuses voitures et, immédiatement, je sentis mon compagnon se tendre.

— Qu'est-ce qui ne va pas ?

— Il y a trop de gens, ici, m'informa-t-il en cherchant son téléphone. Quelque chose ne va pas.

Je voulus demander à quoi il pensait, mais il leva la main pour m'arrêter.

— C'est moi.

Je tentai d'écouter qui était à l'autre bout du fil.

— Je me suis battu, mais c'est fini. J'ai besoin de toi ici parce que je ne sais quel défi ce sera et Jin ne peut pas m'aider. Je ne mettrai pas les autres en danger.

Ça faisait mal d'entendre ça.

— Non, il n'a pas accès à son pouvoir sans sa mémoire et je suis seul, hormis Crane, Yusuke, Artem et Adrian. Je suis sûr que Delphine, Markel et Ivan sont aussi avec moi, mais… Oh !

Le sourire de Logan fut doux-amer.

— C'est comme ça que nous allons la jouer ? Tu ne penses pas que c'est un peu sale ?

Je mourais d'envie de savoir qui était au téléphone.

— Dis-moi qui c'était, ordonna-t-il, puis il écouta. Eh bien, dit comme ça, c'est logique et nous savons tous les deux que je suis prêt. Je n'ai pas toutes les préoccupations que Jin a – ou avait. Je ne suis pas fier.

Il écouta à nouveau.

— Très bien, fier n'était pas le mot que je voulais prononcer. Je ne suis pas orgueilleux, je suis pragmatique. Tu préfères ?

Une nouvelle fois, il resta silencieux.

Ses doigts peignant ses cheveux épais, il grogna :

— Ouais, tu gagnes. Tu crois que je suis le gros lot ; viens ici me réclamer.

Je n'aimais *pas* entendre ça. Personne ne le réclamait à part moi.

— Oh, je ne t'ai offert aucun… tu es un obsédé, tu sais ça ? Ne laisse personne te dire le contraire.

Il grogna, mais il y avait la trace d'un sourire sur son visage et dans sa voix, alors j'étais reconnaissant envers la personne – qui qu'elle soit – qui se trouvait au téléphone pour ce petit répit.

— Dépêche-toi, d'accord ? Je suis inquiet de la tournure que ça va prendre en attendant, dit Logan, puis il raccrocha.

— Qui était-ce ? m'enquis-je.

— C'était Domin Thorne, répondit-il, d'un air las.

— Oh, merde, grommela Crane, alors que plusieurs hommes bloquaient la voiture.

— Écoutez-moi tous. Faites ce qu'on vous demande, ordonna Logan. Artem, tu dois penser à ta mère et à ton frère. Crane, Yusuke, vous avez vos filles, et Adrian, tu as ta compagne et ton fils. Personne ne s'en mêle, peu importe ce que c'est. Je m'en occupe.

Toutes les portes s'ouvrirent brusquement et nous fûmes tous invités à sortir. Lorsque je suivis Logan hors du SUV, les hommes reculèrent – tout le monde le fit – y compris la foule rassemblée et ceux qui portaient les armes.

Il me fallut un moment pour me rendre compte qu'ils avaient tous peur de moi. Mon pas en avant les fit presque tous s'enfuir. Ça aurait été drôle si je n'étais pas si effrayé pour mon compagnon et les autres.

Un grand blond qui ressemblait à Logan se tenait sur le porche de l'immense maison de trois étages et, quand il nous fit signe, les hommes armés se mirent en marche, ce qui fit avancer notre petite troupe. Nous nous arrêtâmes en bas des marches et Logan leva les yeux vers lui.

— C'est une surprise.

L'homme se racla la gorge.

— Papa m'a contacté et j'ai compris qu'il était temps pour moi d'accepter mon droit d'aînesse.

— Tu n'as aucun droit d'aînesse, répondit Logan, implacablement. Tu es le troisième, Russ. Koren vient avant toi.

Russ leva la main et un autre homme, qui ressemblait beaucoup à la fois à Logan et à Russ s'approcha. Il me fut facile de deviner qui je regardais.

— Je cède ma position en tant qu'héritier à Russ, répliqua Koren, et prends la place de second dans sa tentative de devenir *semel* de la tribu de Mafdet.

C'était une hérésie, je le savais bien. Un homme plus âgé sortit de la maison et rejoignit les deux autres sur le porche.

— Je suis Peter Church, patriarche de la lignée Church, gardien de cette lignée et, en tant que tel, donne à mon plus jeune fils ma bénédiction et le nomme *semel-bennu*, *semel* nommé, lorsque le défi sera effectué.

Je reconnaissais la démagogie quand je l'entendais. Souvenirs ou pas, elle était aisée à discerner.

Logan grogna.

— Je vois, donc, tu vas me combattre dans la fosse, Russ ?

— Je le ferai, acquiesça-t-il. Et, comme le stipule la loi, ton *sheseru* et ton *sylvan* combattront avec toi contre moi et les miens.

Je me tournai pour regarder Artem.

— Mais, comme tu n'as pas publiquement confirmé Artem Varda après la mort d'Avery Cadim et puisque tu n'as pas de *sylvan*, tu seras seul contre moi et deux hommes de mon choix.

J'attendis, le souffle coupé, alors que deux hommes rejoignaient le père de Logan et ses frères sur le porche. Ils étaient tous les deux immenses et Logan gronda.

— Voici Vincent Rector, que tu as déjà rencontré dans la fosse en Mongolie durant les épreuves pour devenir *semel-aten*, entonna Russ. Et voici Sasha Orlov, que…

— Je connais Sasha, le coupa Logan, et je vis Sasha adresser un sourire narquois à mon compagnon.

—… notre père voulait que tu nommes *sylvan* à la place de Mikhail.

— Oui, convint Logan, doucement, en me prenant la main. Quand aura lieu le défi ?

— Dimanche, au crépuscule, répondit Russ.

Logan hocha la tête.

— Je demande que, en attendant, tous ceux qui préfèrent ne pas rester dans la tribu soient autorisés à partir et que tous ceux qui me sont fidèles soient autorisés à venir avec moi dans mes nouveaux quartiers.

— Bien sûr, acquiesça Russ et sa voix s'adoucit lorsqu'il continua. Si je pouvais faire en sorte que cette transition se passe sans effusion de sang, Logan, je le ferais. Je ne veux pas te tuer, mais, pour devenir *semel*, je n'ai pas le choix.

Je lâchai la main de Logan et m'accrochai à son bras, comme si ma vie en dépendait.

Russ poursuivit :

— Je me suis rendu compte, il y a quelques années, que la vraie raison pour laquelle je ne voulais rien avoir affaire avec les panthères était que je savais que je ne pourrais jamais être ce pour quoi je suis né.

— Être *semel*, finit Logan pour lui.

— Oui, j'étais censé être *semel* et j'ai passé toute ma vie à me cacher de ce fait. Quand Papa m'a appelé… m'a contacté… j'ai su que c'était le destin.

Logan se tenait là, l'écoutant.

— Je me suis accouplé il y a un an et j'ai déjà un fils, expliqua Russ, solennellement. Papa m'a dit qu'une famille traditionnelle, un *semel* et sa *yareah* guidant la tribu, était exactement ce qu'il fallait.

— Traditionnelle, répéta Logan, entre ses dents, avant d'élever la voix afin d'être entendu. Dis-moi ce que tu feras de ma famille *si* tu gagnes.

Russ parut peiné.

— Je suis désolé, Logan, mais tu connais la loi. Si personne ne réclame ton compagnon, il sera mis à mort et ton fils… mourra avec vous.

Je sursautai, mais, plus que de la peur, je ressentis quelque chose de nouveau.

La colère.

Comment osait-il menacer le *semel-netjer*? Qui croyait-il être? Un imposteur mis en avant par le père de Logan? Pourquoi Peter Church trahissait-il son fils? Son héritier? Et Koren? Comment diable ces hommes pouvaient-ils ignorer les lois de lignée?

Je serrai le bras de Logan et il se tourna vers moi, inquiet, prêt à me rassurer, mais il s'arrêta lorsqu'il vit mon visage.

— Jin?

Lois de lignée… Comment avais-je…

— Ils ne peuvent pas faire ce qu'ils font sans bonne raison, appris-je à mon compagnon. Quel est le raisonnement ?

Logan enroula son bras autour de moi, me rapprochant, avant de reporter son attention sur le porche où se tenait sa famille.

— Quelles sont les charges contre moi ? Pourquoi me défies-tu pour le titre de *semel* ?

Russ descendit les marches et tout le monde le suivit jusqu'à ce qu'il se tienne devant Logan.

— Ta *reah* te rend faible, mon frère. Il rend ta tribu et ta revendication forte, mais toi, il te rend trop faible pour diriger. C'est quelque chose que personne ne peut expliquer : une *reah* apporte la paix et la prospérité à une tribu, mais le *semel* n'est plus que la moitié de lui-même.

Il prit une inspiration puis recula, s'adressant à la foule.

— Lorsque Jin est parti, Logan était distant, froid, il a oublié son devoir envers la tribu, envers l'entreprise qui la prend en charge, et envers son propre fils. Il était réticent à écouter le conseil et déterminé à croire en ses propres mauvaises décisions. Lorsque Koren lui a fait une proposition qui aurait enrichi la tribu, il a tourné le dos à la fois à son frère et à cette opportunité.

Logan posa un bras sur mes épaules et me prit à nouveau la main.

— Un bon *semel* ne renoncerait jamais à un tout pour une seule personne, même si elle est son âme sœur, proclama Russ à Logan ainsi qu'à tous ceux rassemblés devant la maison. À cause de cela, parce que tu as sacrifié le bien de la tribu pour tes propres intérêts égoïstes, et pour avoir abandonné le conseil et tous les autres, je te défis par la présente, Logan Church, pour la position de *semel* de la tribu de Mafdet.

Je ne fus pas surpris par la clameur. Ils avaient eu tout le temps, pendant que Logan était parti me chercher, de préparer la foule à ce renversement. Logan avait dû être fort, mais toujours réservé et détaché durant plus de six mois, avant qu'on lui dise où j'étais.

Ils voulaient nous voir partir. Ils en avaient fini avec la tribu du *semel-netjer*, de l'étrange *nekhene* et de l'aberration qu'était leur fils. La tribu voulait de la normalité, pas de nous.

— Après le défi, continua Russ, je libérerai Rector et réclamerai Artem Varda, comme mon *sheseru*, puisqu'il a courageusement combattu pour ce en quoi il croyait et devrait en être récompensé.

Nous nous tournâmes tous vers lui.

— Je ne serai pas ton *sheseru*, répondit-il à Russ.

— Tu le seras, contredit Russ en s'avançant vers lui. Tu as vu qu'Avery Cadim ignorait sa position de *sheseru*, tout comme j'ai vu la faute de mon propre frère. Alors que Logan, dans sa douleur, n'a pas respecté son pacte avec toi, je t'assure que tu le seras. Je mesure la valeur de ton engagement envers la tribu et, comme ici tout le monde t'honore, je le ferai aussi.

L'acclamation de la foule, en soutien à l'annonce de Russ, fut assourdissante.

Je sus qu'Artem ne pouvait s'empêcher d'être ému par le soutien de sa tribu et par les paroles du soi-disant *semel*. Il avait joué le rôle d'un *sheseru*, mais apparemment, Logan ne l'avait pas formellement nommé à cette position. C'était une chose de tuer un adversaire ; c'en était une autre que le *semel* annonce à tout le monde la position d'Artem et officialise son rang.

Alors que je me tenais là, et comprenais le raisonnement qui inondait mon esprit, j'eus une révélation.

Je me souvenais de la loi.

Serrant la main de Logan, je hochai rapidement la tête, et il se libéra de ma prise pour faire face à Artem.

— J'aurais dû te nommer, dit Logan d'une voix douce. Mais Russ a raison. J'étais perdu dans ma propre tragédie, j'ai oublié de t'honorer pour t'être battu pour ce en quoi tu croyais quand j'étais trop aveugle pour voir ce qui se passait sous mon propre toit.

— Mon *semel*, je…

Logan leva la main pour le faire taire.

— Si je t'avais fait mien, tu te tiendrais à mes côtés dans la fosse et il n'y a qu'une seule personne que je voudrais avant toi.

Artem hocha rapidement la tête.

— Mais Russ n'est pas *semel*, donc il ne peut pas réclamer ce qui n'est pas encore à lui. Alors je t'annonce que la lignée Varda constituera les *sheserus* de la tribu de Mafdet. Celui qui siégera en tant que *semel* n'aura d'autre choix que toi, en tant que *sheseru*, et après toi, ta lignée.

— Ta confiance m'honore, mon *semel*.

Logan se tourna vers Russ.

— Sommes-nous d'accord ?

Russ jeta un coup d'œil à son père et Peter Church acquiesça rapidement. C'était logique de solidifier le pouvoir avec un homme que tout le monde respectait déjà comme *sheseru*. De cette façon, Russ avait le choix de tout le monde pour le rôle de *sheseru* et, en tant que *sylvan*, un homme que Peter avait voulu que Logan accepte pour cette position.

— Bien sûr, nous le sommes, annonça Russ et une autre clameur monta.

La tribu était avide d'un changement de régence et, même si j'étais certain que Logan leur avait offert des années de stabilité et de prospérité, ils avaient besoin de voir leur *semel*, d'interagir avec lui et, apparemment, Logan leur avait retiré cela, avant même l'incident. Nous étions comme une royauté, alors que la tribu voulait que leur *semel* soit l'un d'entre eux. Et même si je comprenais, je savais aussi que pour qu'un *semel* dirige efficacement, il devait être au-dessus des autres afin de siéger en tant que père et en tant que roi. Ils ne savaient pas à quoi ils étaient sur le point de renoncer, mais ils le sauraient.

Logan hocha la tête et Artem alla s'agenouiller devant Russ, qui posa une main ferme sur son épaule.

— Par la présente, Artem Varda sera nommé *sheseru* de la tribu de Mafdet, immédiatement après le défi pour la position de *semel*.

Parce que peu importe ce que dirait Russ ou Peter, Artem n'éviscérerait pas Logan dans la fosse. C'était Vincent qui était là pour ça.

Logan reprit ma main.

— J'aimerais voir mon fils.

— Bien sûr, acquiesça rapidement Russ. Toutes tes possessions, ainsi que celles de ton compagnon, ont été transférées dans le pavillon des invités au fond de la propriété.

De toute évidence, Russ avait déjà installé sa femme et son fils dans la maison de Logan.

— Ai-je ta permission ? demanda Logan.

Il devait être étrange pour Russ que son frère aîné lui demande sa permission, mais il lui adressa un rapide signe de tête, faisant un impérieux signe de la main et nous fûmes autorisés à nous diriger vers le pavillon des invités.

— Mon *semel*, hoqueta Artem, en nous barrant le passage.

Logan posa la main sur sa joue.

— Pardonne-moi pour mon manquement et s'il devait gagner, sers bien Ruslan. Il aura besoin de toi, et ta position, ainsi que celle de tes fils, est garantie

— Grâce à toi, murmura-t-il.

— Non, soupira Logan en lui tapotant la joue avant de relaisser tomber sa main. Grâce à toi, Artem, et à ta loyauté envers la tribu. Tu as vu ce qui devait être fait quand je ne l'ai pas fait – quand je ne pouvais pas. J'étais perdu, mais tu étais là, présent, et à part Crane, Yusuke et Adrian, je n'ai personne en qui faire confiance. Alors, s'il te plaît, si tu sers Russ, sache qu'il n'y aura aucun manquement dans ton devoir envers moi, et sache que tu le feras avec ma bénédiction et mes remerciements.

— Je ne veux pas que tu meures, dit-il à Logan.

— Je ne veux pas mourir non plus, concéda-t-il avec un sourire.

Artem hocha la tête avant de me lancer un regard. Je fus surpris par la colère dans ses yeux, mais en même temps, c'était logique. Si Logan ne m'avait jamais rencontré, sa tribu ne serait pas sur le point de le perdre. J'étais la cause de tout et si j'étais Artem Varda, moi aussi je détesterais le compagnon de mon *semel*.

Logan se tourna vers Adrian.

— Rentre chez toi et emballe tes affaires, que ta famille et toi soyez prêts à partir quand nous partirons.

— Quand nous partirons, mon *semel*?

— D'une manière ou d'une autre, nous quittons la tribu. Ils ne veulent pas de moi ici, je ne régnerai pas de force. Mais je vais prendre des gens avec moi et ta famille et toi n'avez pas le choix. Tu viens avec moi.

— Oui, mon *semel* et je... tu n'imagines pas ce que ça signifie pour moi que tu supposes que je te suivrais.

— Ta loyauté pour moi est absolue, dit Logan, pragmatique, en tendant la main et serrant son biceps. Tu es à la tête de mon *khatyu* et, même si ces hommes m'ont tourné le dos, je sais que tu ne le feras jamais. Peu importe où je vais, ta famille et toi serez avec moi. Donc, comme je le disais, rentre chez toi, va les chercher et trouve un hôtel à Reno et attends mon appel. Tu dois être en sécurité loin d'ici.

— Je préférerais être près de toi et de ma *reah*.

— Oui, mais je ne peux pas encore t'offrir de refuge. Je serai en mesure de le faire dès que Domin sera là, mais pour l'instant, je suis inquiet. Je ne peux rien faire pour ceux qui vivaient dans la maison principale avec Jin et moi, mais pour toi et ta famille, je le peux. Fais ce que je te dis.

Il hocha la tête.

— J'aimerais pouvoir envoyer quelqu'un avec toi, mais Markel n'a pas combattu depuis si longtemps que son instinct a disparu et Yusuke doit rester ici pour protéger ses enfants, soupira Logan. Et Artem ne nous aidera pas – il ne peut plus.

— Tout ira bien. Ils ne peuvent pas me garder sur les terres. Pourquoi le feraient-ils ?

Ça n'aurait pas de sens. Si le *khatyu* de Logan appartenait maintenant à Russ, Adrian n'était pas une menace pour lui, et par conséquent, sans importance.

Logan surprit Adrian lorsqu'il le prit soudain dans ses bras et lui tapota rapidement le dos avant de reprendre sa marche.

Quand je jetai un regard à Adrian, il m'adressa un sourire véritablement tendre. À cet instant, je priai Dieu de pouvoir me souvenir de lui. Il avait dit qu'il avait été le premier que j'avais rencontré ici et je voulais y penser alors que je lui faisais un signe de la main et qu'il me le rendit. Je voulais me souvenir de ce moment où notre lien s'était forgé.

Alors que nous rejoignions Crane et Yusuke dans leur marche en direction du pavillon des invités, je m'agrippai à la main de Logan, terrifié de voir Ilia et effrayés par les événements de la journée.

LA MAISON n'était pas comme je m'y attendais. Bien qu'elle soit un peu plus petite que la maison principale, c'était un grand pavillon avec d'immenses fenêtres. Dès que nous fûmes à proximité, la porte d'entrée s'ouvrit et deux petites filles, qui ne devaient pas avoir plus de deux ans, se précipitèrent sur le porche et dévalèrent les marches.

Crane tomba à genoux et elles traversèrent la cour en courant, se jetèrent sur lui, leurs petits bras potelés s'enroulant autour de son cou alors qu'elles criaient de joie. Lorsque Yusuke les rejoignit, ils s'emmêlèrent tous les quatre en une boule de bonheur de se retrouver.

— Logan ! cria une femme et quelques secondes plus tard, elle courut vers nous.

Il la rattrapa lorsqu'elle se jeta sur lui et s'écrasa contre son torse musclé. L'homme qui la suivait s'approcha et posa sa main sur son épaule. Logan se tourna avec la femme toujours enroulée autour de lui et jeta un bras autour de son cou, l'étreignant fermement.

Ne voulant pas m'immiscer, je reculai tandis qu'une femme plus âgée sortait en courant de la maison et Logan eut juste le temps de reposer la plus jeune et de relâcher l'homme avant qu'elle aussi se jette sur lui. Il la réceptionna facilement et la serra dans ses bras.

Je ne savais pas du tout quoi faire. Rester là à les regarder semblait grossier, alors je m'éloignai de quelques pas, tentant de leur donner un semblant d'intimité. J'étais sur le point de m'excuser lorsqu'une odeur me frappa. Ce fut comme une ruée d'herbe fraîchement coupée, de soleil sur les vêtements, d'un feu lors d'une journée d'automne. J'inspirai profondément, la chaleur traversant tout mon corps. Lorsque je me tournai afin de chercher ce qui pouvait causer cette odeur et cette sensation, je vis un bébé panthère noire bondir tous azimuts des bois dans ma direction.

Ilia.

Je ne me rappelais pas que quiconque m'ait dit qu'il était une panthère noire, mais c'était logique puisque j'en étais une. Me jetant en avant, nous nous rencontrâmes dans un écrasement de bras et de pattes, ses doux couinements se changeant en gémissements et, en un instant, j'avais un petit garçon dans mes bras, me serrant comme si sa vie en dépendait.

— Oh, mon cœur, roucoulai-je, mes larmes coulant rapidement alors que j'ôtai mon gilet et l'enveloppai autour de lui, caressant ses cheveux et le câlinant si fort qu'il fit une petite grimace suivie instantanément par une explosion de gloussements.

— Papa, chantonna-t-il en embrassant ma joue tandis qu'il essayait de se blottir plus près. Tu es rentré ! Je savais que tu le ferais. Tout le monde disait que tu étais perdu, mais je savais que ce n'était pas vrai – je savais que tu me trouverais même si nous avions déménagé de la grande maison.

— Oui, répondis-je en pleurant. Je te retrouverai toujours.

— Tu avais peur de m'avoir fait du mal, hein ?

— Oui, dis-je, mon nez se bouchant déjà à cause de mes larmes.

— Tu ne pourrais jamais, je le sais. J'avais juste peur et Dedushka avait l'air de me détester et, il… mais toi et papou ? Vous ne me détestez pas.

— Oh, non, répondis-je en resserrant mes bras. Je vous aime, papou et toi, plus que tout au monde.

Soudain, je chancelai, la douleur à la base de mon crâne ressemblant à un pic à glace me vrillant le cerveau.

— Je t'aime, pleura Ilia.

Oh mon Dieu, qu'est-ce que je pouvais l'aimer ! Avant sa naissance, je pensais que je ne pourrais jamais aimer rien ni personne autant que j'aimais Logan, mais quand Ilia était arrivé, dans mes bras… c'était arrivé. Je l'aimais. Il était toute ma vie. L'amour pour un enfant était différent, plus humble que tout ce que j'avais pu expérimenter. Mon cœur était là, dans mon fils, séparé de moi, déambulant comme s'il possédait le monde.

Mon fils. Je me souvins du jour de sa naissance… et je me souvins du jour où j'avais pensé l'avoir tué.

Tout avait commencé parce qu'Avery Cadim n'avait jamais pensé que j'étais spécial. Il avait fait semblant de s'intéresser à moi, avait affirmé comprendre, avait juré à Logan qu'il croyait que j'étais une merveille, mais au fond de son cœur, là où ça comptait, il pensait que tout ce foin n'était que du flan. C'était juste moi ; il n'y avait aucune raison pour qu'Avery croie en la mystique du *nekhene* ou à la bénédiction qu'une *reah* apportait au *semel* et à sa tribu. Son indifférence m'importait peu, car il servait Logan, il avait une véritable adoration pour mon compagnon. Le problème était que parce qu'il n'était pas mon champion ou n'entraînait pas le *khatyu* – ils étaient dirigés par Adrian – Avery s'était retrouvé avec beaucoup de temps libre.

Logan était, comme d'habitude, avec Ilia, essayant de lui transmettre discipline et prudence. Une grande partie de ses journées étaient passées à lui inculquer les frontières et les limites. À cause de son fils, il était absent de nombreuses réunions avec son père et les autres. Alors Artem avait parlé de ses pensées et de ses craintes à sa *maahen*, à Yusuke, sur un genou, dans l'immense pièce, lui demandant sa bénédiction sous mes yeux.

— La loyauté d'un *sheseru* ne peut pas être partagée entre ses désirs pour la chair et son devoir envers son *semel* et sa *reah*. S'il était accouplé, sa compagne viendrait en premier, puis le *semel* et l'âme sœur du *semel*. S'il ne l'est pas, alors le *semel* et son compagnon passent en premier. Avery est accouplé, mais ne fait passer en premier ni sa compagne, ni son *semel* et son compagnon. Au lieu de cela, il porte la plus grande attention à coucher avec les compagnes des autres, finit Artem, en crachant quasiment les derniers mots, clairement furieux.

Yusuke le regardait froidement, restant silencieuse.

— J'implore ta bénédiction afin de défier Avery Cadim pour le statut de *sheseru*.

Après un moment, elle hocha la tête.

— Tu l'as, répondit-elle doucement, et, en cet instant, je sus qu'il connaissait sa réponse avant même d'entrer dans la pièce.

Dès qu'il fut parti, je la confrontai.

— Tu veux qu'Artem défie Avery.

— Évidemment, avoua-t-elle. Avery est faible, nous ne pouvons pas nous le permettre.

Ce fut une journée nuageuse, alors que nous pénétrions dans la fosse, Logan et moi, suivis par le reste de la tribu, à l'exception de notre fils et de la mère de Logan. J'avais insisté sur le fait qu'Ilia était trop jeune pour assister à un combat à mort et Logan avait été d'accord, alors Ilia était resté à la maison avec Éva. J'étais empli de tristesse, car à la fin du défi, soit Artem, soit Avery serait mort. Logan avait donné aux deux hommes le choix de se retirer, mais aucun n'avait accepté. Avery, qui avait été choisi, avait quelque chose à prouver. Artem, qui avait été le second de Yusuke et s'était tenu à ses côtés à la demande de Logan – pour Avery – avait quelque chose à gagner. Ça n'allait être rien d'autre qu'un bain de sang.

Artem donna finalement la mort à Avery en enfonçant ses crocs dans sa gorge, le sang jaillissant de sa carotide recouvrant sa fourrure dorée et éclaboussant le sol sous les deux panthères. Il forma rapidement une flaque et j'avalai de la bile, dans une tentative de ne pas vomir. J'avais tué de nombreuses panthères au fil des ans et ma forme *nekhene* n'hésitait jamais, mais la *reah* en moi, gardienne de la tribu, était peinée.

Un hurlement horrifié, exprimant ce que je ressentais, ne me parvint pas durant une seconde. Puis, il me frappa et je fis volte-face.

Mon fils était là.

Il me fallut un autre moment pour enregistrer ce que mes yeux emplis de larmes me disaient, ce que mon cerveau savait.

Mon fils, mon innocent enfant, venait d'assister à la mort.

— Logan ! hurlai-je et il se retourna au son de mon cri.

Il comprit tout comme je l'avais fait au même instant.

— Père ! rugit-il, car Peter était là avec Ilia et nous sûmes tous les deux qu'il l'avait emmené dans la fosse sans notre permission.

Je me précipitai vers mon fils et entendis son cri aigu, le reconnaissant lorsqu'il devint un grondement, puis un coup de tonnerre.

Ilia craqua.

Une seconde, il était là, entier, la suivante, il plongeait en avant, son petit corps volant en éclat en une nouvelle forme frénétique.

Le bec d'oiseau du faucon, du *nekhene*, était là, tout comme les serres à ses pattes. Il avait des ailes immenses et le reste était une gigantesque et puissante panthère.

Peter, visiblement terrifié, se tourna pour s'enfuir. Mais Ilia était trop rapide ; il bondit avec une vitesse surnaturelle et retint son grand-père entre ses serres, il l'aurait tué si Logan ne s'était pas transformé et ne s'était pas jeté sur lui.

Il heurta le flanc d'Ilia – il faisait trois fois la taille de Logan – juste assez pour que Peter puisse se libérer, ce qui laissa des lambeaux de chemise et de peau, et Ilia se tourna vers son père.

À mi-course, je pris ma forme intermédiaire, je bondis en avant, puis reculai instantanément à l'atterrissage, me tenant devant Logan, le protégeant et absorbant le coup de serres acérées comme des rasoirs d'Ilia sur mon épaule au lieu de ma gorge.

Ilia rugit de frustration et je le contournai rapidement, essayant d'arriver au-dessus de lui afin de l'attraper par la nuque, mais il esquiva ma prise et s'envola. Je dus me transformer plusieurs fois afin de guérir les dommages avant de me vider de mon sang et, durant ce moment d'égarement, je regardai Ilia, horrifié, incapable de faire quoi que ce soit alors que Logan partait après son fils.

C'était le chaos.

Ilia survolait la fosse d'un côté à l'autre, pourchassant quiconque bougeait et avec tout le monde qui hurlait et essayait de s'enfuir, toute cette adrénaline et ces phéromones devaient le rendre complètement fou. Aussi énorme et puissant qu'il était, intérieurement, c'était un petit garçon de cinq ans, effrayé et surstimulé, qui venait juste de découvrir qu'il n'avait de compte à rendre à personne.

Il avait totalement perdu le contrôle et sa soif de sang l'emportait.

À la seconde où je sus que j'avais suffisamment réparé ma chair pour tenir – il avait creusé la peau et les muscles jusqu'à l'os – je courus après Ilia, le chassant sous ma forme de panthère, espérant le fatiguer, ne voulant pas voler, craignant qu'il ne s'envole plus haut au-dessus du sol afin de m'échapper. Il n'y aurait aucune cachette pour le dragon dans les montagnes. Pour le moment, il n'était pas plus haut que la cime des arbres, mais s'il s'élevait, voyait l'immense espace à explorer... les conséquences me terrifiaient.

Logan prit sa forme intermédiaire et libéra ses phéromones afin de tenter d'attirer son fils. Il l'avait déjà fait dans le passé et, lorsqu'Ilia inhalait l'odeur de son père, en temps normal il se soumettait à son *semel*. C'était instinctif de succomber à notre chef, mais là, il y avait beaucoup trop de confusion, de trop nombreuses odeurs et une surabondance de cacophonie de hurlements stridents. Ilia ne pouvait pas reconnaître son père, ne pouvait pas le différencier des autres.

Logan essaya, en vain, de ramener Ilia, mais il ne parvenait ni à le retenir, ni à l'arrêter. Plusieurs membres de la tribu auraient perdu la vie si Logan ne s'était pas interposé entre eux et son fils, encaissant la peine infligée.

Après avoir couru après Logan, je pensais le mettre à l'abri, mais il m'attrapa et me fit plonger sous lui sous sa forme de panthère.

— Qu'est-ce que tu fais ? hurlai-je, redevenu humain. Laisse-moi ! Je dois…

— Non, rugit-il en mutant, serrant mes épaules de ses mains ensanglantées et tremblantes. Je t'interdis d'interférer.

Il était blessé, coupé et meurtri, ce qui me terrifia, car il était si fort, ce qui signifiait qu'Ilia l'était encore plus.

— Logan, pleurai-je, essayant de me libérer sans me transformer, ne voulant que jamais, mon pouvoir se mettre entre nous, mais ayant désespérément besoin de calmer mon fils avant que la situation ne dégénère au-delà de toutes contraintes. Tes hommes vont sortir leurs armes !

— Ils n'oseront pas, dit-il, la voix rauque, et je vis la douleur sur son visage, dans ses yeux. Mais je pourrais avoir à… à…

Il s'arrêta de parler et me jeta un regard noir.

— Je ne vous perdrai pas tous les deux, tu me comprends ? Tu resteras ici !

Je comprenais. Nous avions peur de la même chose : que la tribu, travaillant ensemble, ait à tuer son enfant.

— Logan, haletai-je, frissonnant alors que je maîtrisais mon pouvoir avec ma dernière once de contrôle. Tu dois me laisser aller à lui… l'arrêter… tu le dois.

Mon ton suppliant, mon visage, mon contact sur sa peau nue se mêlèrent pour redonner espoir à Logan et il se souleva, ce qui traduisit sa permission.

Puis, dans ma ferveur de sauver mon fils, je fis une erreur. Je me changeai en une forme que la *reah* en moi ne pourrait jamais prendre, pas en panthère, ni la forme intermédiaire, mais plus.

Je mutai en quelque chose de si gros que je vis la peur submerger mon compagnon. Je fus heureux, car cela signifiait que je pouvais faire ce que je devais, je pouvais tuer la créature qui avait essayé de me le prendre. Je ne pouvais pas voler, cela lui foutrait la trouille. Je la voulais basse, proche, mais je pouvais sauter et je faisais deux fois la taille du griffon – je pouvais le dire à la taille gigantesque de ma patte.

Détournant le regard de mon compagnon, je courus en bas de la fosse et quand l'intrus me vit et plongea, hurlant de férocité, je sautai et le frappai, le faisant tomber du ciel, le maintenant au sol, cloué sous moi par la gorge, avalant son pouvoir, absorbant son *ka*, sa force vitale, tout en serrant lentement les mâchoires, étouffant cette chose.

Il allait mourir. Je le voulais. Cette créature avait tenté de blesser mon compagnon et le *nekhene* en moi allait l'éventrer après avoir pris tout l'air de ses poumons.

Je me délectai en le regardant ruer et se débattre alors que j'appliquai davantage de pression. Sur le côté, il ne pouvait pas se tordre pour se remettre sur ses pattes, ayant besoin de faire levier pour me repousser. Mais je n'allais pas lui autoriser cette roulade qui lui permettrait de manœuvrer. Il essaya, en vain, de se libérer, se soulevant, ses serres raclant sur la pierre, cherchant une adhérence, alors qu'il commençait lentement à se fatiguer et s'étouffer dans son propre sang.

Puis un son se réverbéra dans mon corps et je reconnus un miaulement de douleur, bruyant et déchirant, un bébé panthère effrayé appelant son père.

Je me figeai et le griffon glissa d'entre mes mâchoires.

Il y avait toujours eu deux faces en moi : la *reah*, qui prenait soin de sa famille, de son foyer et de sa tribu, et le *nekhene*, qui ne désirait que Logan. Un *nekhene* était une créature sauvage ; c'était la partie de moi la plus primale, sans une once de gentillesse ou de douceur, simplement féroce. Lorsque je mutai en tout autre chose qu'une panthère, c'était le *nekhene*, pas la *reah*. Cette part de moi existait dans un état de méfiance continuel. Je désirais Logan dans chacune des formes que je prenais, mais en tant que *nekhene*, j'étais une créature effrayante dans une rage jalouse. Alors, même si je m'étais transformé pour sauver mon fils, dès lors que j'avais pris ma nouvelle forme, ma seule pensée avait été qu'Ilia avait tenté de blesser mon compagnon devant moi – et ça, je ne pouvais pas le permettre.

Alors, je partis après lui pour le tuer.

Il était une chose, une créature qui devait être anéantie.

Mais quelque chose se passa lorsqu'il se calma, au moment où il fut à terre, la seconde où son esprit s'éclaira et qu'il sut qui il était, quand je l'avais sous mon contrôle… quand il m'appela… je fus à nouveau une *reah*. Même dans mon état de mutation, même énorme, j'étais à nouveau moi.

La foule criait pour son sang… et ma rage passa de lui à eux.

Je voulais éventrer quiconque s'approcherait de mon enfant, mais d'abord, je désirais répandre le calme, car c'était ce pour quoi était faite une *reah*. C'était la véritable bénédiction de cette position : soumettre une tribu sans effusion de sang, envelopper tout le monde paix.

J'envoyai une impulsion, une vague de chaleur, d'amour et de réconfort, et tous se figèrent, plongés dans le calme et la sécurité. Je m'apaisai, jusqu'à ce que je me rende compte qu'Ilia était inanimé et immobile sous moi.

Il y avait tellement de sang, trop de sang et la pensée que j'avais blessé Ilia, que je l'avais tué, mon bébé, mon fils... me frappa. J'avais mordu sa jugulaire et il s'était vidé de son sang pendant que je le maintenais au sol. Le poussant de mon museau, le bousculant afin de le faire bouger, je tendis l'oreille pour entendre un battement de cœur, voir sa poitrine se soulever et s'abaisser, mais rien, aucun signe de vie. Il était simplement mou.

Je m'écroulai de douleur. Je ne pus retenir le cri d'animal agonisant qui m'échappa et, quand je levai la tête à la recherche de Logan, pour trouver mon compagnon afin qu'il vienne aider Ilia à respirer, faire quelque chose, quoi que ce soit, je vis son visage.

Je pensais avoir vu chaque expression appartenant à Logan Church – mais jusque-là, j'avais manqué cette froide haine mortelle focalisée sur moi. La mâchoire serrée, les yeux emplis de larmes et la rage aveuglante qui s'y trouvait.

— Qu'as-tu fait ? chuchota-t-il d'une voix rauque, un tremblement déchirant le traversant.

Je repris ma forme humaine.

— Non, Logan, il...

— Pars, ordonna-t-il, froidement.

— Logan...

— Va-t'en !

Je lui avais pris celui qu'il aimait, il me voulait hors de sa vue. Je ne pus supporter de les regarder, ses yeux, son visage dénué d'amour.

La *reah* en moi me hurlait de rester, mais je la repoussai, changeai de forme et courus. L'énergie augmenta, se rebella. Une *reah* n'était pas censée être séparée de son âme sœur ou de son enfant ; c'était une corruption de tout ce que j'étais, tout ce en quoi je croyais. Mais je la repoussai comme une boule d'électricité.

La douleur me fit tomber à genoux, les larmes m'aveuglèrent alors, quand le pouvoir du *nekhene* revint, ou plutôt lorsque le *nekhene* chargea, furieux de désir pour son compagnon, hystérique de chagrin d'avoir été, même pour cette courte période, séparé de lui, le retour de flamme me frappa en une solide vague de rage dévorante. Ce pouvoir consuma ma mémoire parce que sinon, aller ainsi contre ma nature m'aurait rendu fou.

Ce jour-là, je m'étais servi de mon pouvoir pour amener Ilia à moi. J'avais siphonné sa force, en avais nourri le *nekhene*, puis étais revenu moi-même avec ma nature *reah* – la bonté, la gentillesse – au premier rang. La colère de Logan, sa douleur, sa perte m'avaient détruit et je m'étais enfui. Et quand je l'avais fait, je ne fus plus qu'une chose sauvage et indomptée. La part de *reah* en moi avait disparu, endormie, je n'étais rempli que de l'autre.

Il avait fallu qu'une petite fille me ramène, car elle avait besoin de moi et je savais – la *reah* en moi savait – que j'étais un père, un gardien, un soigneur. Alors j'avais retrouvé mes esprits et étais revenu ce que j'étais avant tout, l'âme sœur de mon *semel*.

Même sans ma mémoire, j'avais commencé à le désirer ardemment et, une fois que ce besoin avait été satisfait, dès que j'avais à nouveau été une *reah* réunie avec mon *semel*, j'avais été prêt à réparer mon enfant. Dès que je l'avais eu dans mes bras, le pouvoir du *nekhene* était revenu et, avec lui, mes souvenirs.

Logan m'avait brisé avec sa méfiance et reconstruit avec son amour. C'était triste que je n'aie pu le faire seul, mais j'étais la moitié d'un tout. Ni lui ni moi n'existions sans l'autre.

Je comprenais ce que Russ avait dit, que Logan avait été faible par ma faute. Mais ce que Russ manquait, c'était qu'ensemble, nous étions plus forts que *n'importe* quelle autre paire accouplée.

J'étais le *nekhene*, il était le *semel-netjer* et personne ne devrait tirer avantage de son pouvoir contre nous. C'était imprudent. Tout le monde pensait savoir ce que j'étais, mais en réalité, j'étais une créature féroce, tout autant que j'étais une *reah* avec un compagnon que je désirais d'une faim vorace et un enfant que j'aimais, que je protégeais et que j'instruisais.

Je pourrais ne jamais trouver la cohésion, ou l'échange spirituel, que Logan et moi ne faisions qu'un ou pas. Je pourrais ne jamais être entier, jamais aligné à tout ce que j'étais sous le joug de la *reah*, mais c'était *maat*. L'équilibre était un but bien plus grand. Je l'avais eu en ma possession avant ce jour-là et, à présent, je l'avais à nouveau.

J'étais réparé.

— Papa ?

Mon fils.

Mon compagnon.

Tout était là.

Et maintenant….

Maintenant.

Russ pensait qu'il pouvait me prendre mon compagnon, me prendre mon fils. Peter pensait la même chose. Koren… la tribu… tout le monde ?

Son soupir fut si doux, si heureux, si certain de sa place dans mon monde.

— Je devrais aller mettre des vêtements, hein ?

— Oui. Tu ne veux pas que tout le monde voie ton cul nu.

Il se mit à rire.

— Je ne voulais pas déménager sans papou et toi, mais Babushka a dit que j'étais obligé.

— C'était une bonne chose d'écouter ta grand-mère.

— Je suis venu avec Babushka, tante Del, oncle Markel, Jinny et Suki.

Crane avait prénommé ses filles Jin, comme moi, et Suki, diminutif de leur mère.

Je dus m'appuyer sur mon fils un moment et il embrassa ma tempe, repoussant les cheveux de mon visage.

— J'aime tes cheveux longs. Tu dois les laisser repousser, d'accord ?

— Je le ferai, mon ange.

— Ça m'a manqué que tu m'appelles mon ange, dit-il, son visage s'affaissant. Tout le monde était si en colère et je pense que papou l'était aussi.

— Oh, non, lui promis-je en le serrant à nouveau dans mes bras, sentant la brise chaude sur mon visage alors qu'Ilia enroulait ses petits bras autour de mon cou. Ton père t'aime plus que tout au monde. Il ne pourrait jamais être en colère contre toi. Il pourrait être fâché pour quelque chose que tu as fait, mais jamais *contre* toi. Tu comprends ?

Ilia hocha la tête d'un air absent, se penchant en arrière afin de voir mon visage.

— Papa, est-ce que tu fais le vent ?

— Oui, répondis-je, fermement, tout se remettant en place comme le barillet d'une serrure. Mon pouvoir augmente.

— Tes yeux deviennent tout noirs quand ton pouvoir crée le vent.

Je hochai la tête.

— Dois-je muter pour toi ?

Ses yeux brillèrent d'excitation alors qu'il acquiesçait frénétiquement.

— Peux-tu te transformer avec moi ?

Il pinça les lèvres.

— Oncle Koren et Dedushka disent que c'est mal de se transformer.

— Je suis ton père, lui rappelai-je. Qui dois-tu écouter ?

— Toi, papa ! chantonna-t-il.

Il se débarrassa de mon gilet et se transforma rapidement, de manière fluide, comme une cascade d'eau, se reformant en le griffon qu'il avait été ce jour-*là*.

Mais, en cet instant, c'était différent, car il avait muté sous le coup de sa joie d'être avec moi – pas sous l'effet de la peur. Il voulait être à mes côtés, il n'y avait que du bonheur dans cet acte.

Dans une bourrasque, je me déshabillai et songeai *griffon*. Lorsque le vent se calma, apaisé, mon fils rebondissait partout, volant et sautant, roulant sur le dos et levant vers moi ses énormes yeux.

Il était aussi gros qu'un rhinocéros et je faisais, vu la hauteur de laquelle je regardais tout le monde, facilement la taille d'un éléphant. L'expression sur leurs visages, une crainte émerveillée, m'apporta un rugissement de bonheur qui dut physiquement chatouiller Ilia, car il éclata d'un rire assourdissant.

C'était drôle de regarder un griffon rire, encore mieux de regarder son père, mon compagnon, trébucher, tomber à genoux et se couvrir le visage de ses mains.

Nous fûmes immédiatement près de lui, tous les deux, père et fils, sous la coupe du *semel* au sol, qui pleurait doucement.

Cependant, c'était des larmes de joie. Je baissai la tête et le bousculai doucement.

— Tu te souviens de moi, dit-il d'une voix rauque, accrochant ma tête, une main sur mon bec. Oh, bébé, s'il te plaît, retransforme-toi, je veux te parler et te dire mon plan.

— Attendez, ordonna Crane en courant et criant en même temps, revenant rapidement avec des couvertures, une pour moi, une pour mon fils.

Ilia muta et, à nouveau, ce fut magnifique, car ce fut très fluide et, bien que non ralenti par un effort d'imagination, il pouvait encore être vu à l'œil nu, regardé et apprécié.

Crane se baissa et enveloppa mon petit garçon, le soulevant dans des cris de joie.

Instantanément – parce que bien qu'Ilia ait du *nekhene* en lui, j'étais, quant à moi, un pur *nekhene* – je me redressai devant Logan, mes mains dans ses cheveux tandis que mon meilleur ami m'enveloppait dans une belle couverture en soie.

Logan se releva rapidement, coinça la couverture contre mon corps et me tira en avant, la main sur ma nuque alors qu'il me basculait la tête en arrière et se penchait pour m'embrasser.

Je mordillai sa lèvre inférieure et il s'écarta, surpris.

— Je ne t'embrasserai plus devant les autres, lui rappelai-je. Ma passion n'est que pour tes yeux.

Il plissa les yeux, acquiesçant vivement.

— Toi et ton ardeur m'avez manqué, ma *reah*.

— Tout comme toi, répliquai-je, avec franchise. Maintenant, dis-le-moi.

Se rapprochant, il posa son front contre le mien.

— Pardonne-moi de t'avoir renvoyé…

— Quoi? Non, Logan, je n'ai pas besoin d'entendre…

— Si, tu le dois, répondit-il d'une voix éraillée. Je t'ai crié dessus et… oh, bébé, je suis désolé.

Tout à coup, les larmes brouillèrent ma vue.

— Je pensais… de là où j'étais…

— Tu pensais que j'avais tué ton fils, chuchotai-je.

— Notre fils, corrigea-t-il en me lovant contre son torse, me serrant dans ses bras. Quand j'ai senti la *reah*, je pensais que tout irait bien, mais quand je l'ai vu muter et devenir mou, j'ai perdu la tête.

Je hochai la tête contre lui.

— Je suis venu vers toi, tu as relâché Ilia et quand tu t'es retransformé, ton visage était si blessé, tes yeux… tu étais venu pour lui, pour moi et je… je…

— C'est fini, l'apaisai-je. Et maintenant, je n'entendrai que *tes* mots, mon *semel*.

Il prit une brusque inspiration.

— Je t'aime, Jin, et pas parce que tu es mien ou parce que tu es ma *reah*, mais parce que tu possèdes mon cœur. Pour toujours.

— Oui, murmurai-je en me dressant pour embrasser le coin de sa bouche et sucer sa lèvre inférieure entre les miennes avant d'à nouveau le mordiller délicatement. Et tu seras à moi, je réclamerai ce qui a toujours été et ce qui sera toujours à moi.

— Comme je le ferai, promit-il sombrement et une bouffée de chaleur m'envahit.

— Jin! s'écria Delphine alors qu'elle courait vers nous, incapable, semblait-il, d'attendre plus longtemps.

Tenant fermement la couverture, j'enroulai un bras autour d'elle, alors qu'elle gigotait comme un chiot excité de voir son humain préféré. Elle m'étreignit, embrassa ma joue, puis ce fut le tour de Markel et de la mère de Logan.

— Je suis désolé que tu aies dû choisir entre tes fils, soupirai-je. Mais je suis bouleversé que tu sois ici avec nous, avec Logan et Delphine.

— Et avec toi, mon doux garçon, ajouta tendrement Éva, les mains sur mon visage, souriant malgré ses larmes.

Je la serrai à nouveau dans mes bras, car elle et moi nous étions toujours compris. Elle était un cadeau et je l'avais toujours traitée comme tel.

— Va prendre une douche et mettre des vêtements, me réprimanda Crane.

Je lui fis un signe de la main et il fit tout un spectacle en prétendant ne pas vouloir me toucher avant de se jeter sur moi et de m'attraper dans une étreinte d'ours.

— Ne… me quitte plus jamais, murmura-t-il.

— Je te le promets. Tu resteras pour toujours à mes côtés.

Crane pressa son visage contre mon épaule, inhala profondément avant de faire un pas en arrière.

— Mon Dieu, c'est incroyable !

— De quoi ?

— Tu sens comme toi et tu sembles toi, tout à la fois.

Je laissai échapper un gloussement bas.

— Qui serais-je d'autre ?

— Va te doucher, gronda-t-il.

— D'abord, je vais faire un câlin à ta femme, le taquinai-je alors que Yusuke se jetait dans mes bras ouverts.

C'était vraiment bon d'être à la maison.

IX

DELPHINE EMMENA Ilia prendre une douche et se changer après que Logan et lui se fussent lovés ensemble sur le canapé. Il était évident qu'Ilia voulait rester avec son père, se nicher sur ses genoux et y dormir. Mais il devait aller se laver après avoir passé cinq, presque six mois, sous sa forme de panthère. Il était intéressant que les adultes, restés si longtemps sous leur forme animale, aient des problèmes pour retrouver l'usage de la parole, interagir, simplement être humains. Les enfants avaient beaucoup moins de mal, car ils n'étaient pas encore enfermés dans une réalité ou une façon de penser par eux-mêmes.

Alors que je me tenais sous le jet d'eau chaude de notre immense douche à l'italienne, j'essayais d'imaginer ce que Logan prévoyait, puis cela me frappa lorsque j'entendis la porte de la cabine s'ouvrir.

— Voilà pourquoi nous nous disputions, dis-je alors que mon magnifique homme me rejoignait sous le jet d'eau, posant un tube près du shampoing sur l'étagère.

— Nous nous disputions? demanda-t-il en se penchant pour m'embrasser.

— Tu sais bien que oui, m'emportai-je, en colère, me souvenant de ce qu'il voulait abandonner alors même que ses lèvres s'ouvraient pour moi.

— Tu as dit que tu réclamerais ce qui était à toi, murmura-t-il, perdu dans son désir, rien d'autre comptant pour le moment.

J'enroulai mes bras autour de son cou, le laissant me soulever dans ses bras. Ses doigts s'enfoncèrent dans mes fesses avant d'agripper mes cuisses, les enroulant autour de sa taille et empoignant mon membre qui s'épaississait.

Il me caressa sur toute la longueur, l'eau l'aidant tout en douceur, avant qu'il se tourne pour attraper le lubrifiant qu'il avait apporté.

— Peut-être n'ai-je pas envie d'être pris contre le mur, dis-je, à bout de souffle, frissonnant à la seule pensée d'une telle démonstration de force.

Son petit rire séduisant fit remonter un gémissement du fond de ma poitrine tandis qu'il me soulevait contre le mur, m'épinglant de son grand corps tout en luttant avec le lubrifiant.

— C'est assez, insistai-je, m'en fichant, le voulant en moi, l'aisance du glissement ne me préoccupant pas.

— Patience, gronda-t-il avant de jeter la bouteille au loin et de relever mon menton pour m'embrasser.

Je l'acceptai voracement, bouche ouverte, suçant sa langue, ses lèvres, voulant tout de lui, certain qu'il avait oublié qu'il était autant à moi que j'étais à lui.

— Putain, Jin, tu sens si bon.

Mes phéromones étaient déchaînées, tentant de le rendre fou ; notre lien était présent, pulsant entre nous et, encore plus, la *reah* que j'étais désirant être revendiquée par son *semel*.

Le sexe, l'acte physique, était toujours violent et sauvage entre nous, mais maintenant que je savais qui j'étais, mon envie m'empêchait de respirer.

— Mon *semel*, grognai-je en ruant contre lui tandis que je sentais mes griffes et mes crocs sortir.

Il m'abaissa lentement, soutenant mon regard lorsque mon orifice s'installa contre son gland, puis il me pénétra d'une seule poussée puissante.

— Logan ! criai-je.

Il me décolla du mur et s'assit sur le banc en marbre, m'empalant sur son énorme hampe.

Ma main gauche s'agrippa à son large dos musclé, mes griffes tranchant sa peau tandis que j'enroulai mon autre main autour de sa tête, le rapprochant de moi alors qu'il me pilonnait. Ses hanches claquaient furieusement tandis que je me servais de mes genoux pour me repousser.

— Prends-moi en toi, gronda-t-il alors que je le chevauchais rudement, mes crocs enfouis dans son omoplate, le sang s'écoulant librement avec l'eau.

Je ne pourrais jamais renier aucune partie de mon esprit, de mon corps ou de mon âme à Logan Church. Tout cela, tout de moi, était sien.

— Jin… dis-moi.

Mon regard erra le long de sa puissante stature délectable, de son torse massif, sur ses splendides pectoraux puis s'ancra dans ses yeux.

— Suis-je bon ? demanda-t-il avec un sourire qui fut un appel au sexe.

— Oh, oui, m'écriai-je en frissonnant alors qu'il pulsait en moi. Je te veux plus profond.

— Je veux te voir jouir, gronda-t-il en empoignant ma verge dans une prise ferme, claquant en moi alors que je le suppliais pour plus.

Il rugit mon nom puis se redressa facilement, même avec moi me tortillant contre lui, coupa l'eau et me coucha sur le sol. Je posai les mains sur le mur en marbre derrière moi et cambrai le dos alors qu'il se drapait sur moi, me martelant, me prenant rapidement – chaque poussée, chaque rotation de ses hanches plus violente que la précédente.

Avant, sans mes souvenirs, il n'aurait jamais eu confiance en lui pour libérer son animal. Mais là, je vis sa peau se couvrir de fourrure lorsqu'il passa de l'homme me baisant à la bête.

Ses griffes creusèrent ma peau et mon sang rejoignit le sien dans le drain de la douche tandis qu'il me percutait avec une telle force qu'il aurait pu me blesser, me briser, s'il n'était pas mon compagnon. La *reah* que j'étais était faite pour l'accepter dans n'importe quelle forme qu'il possédait, alors mes muscles ondulèrent autour de sa longueur lorsque j'explosai, tremblant de plaisir, son poids me clouant au sol, ce qui fut nécessaire.

Logan, enfoui dans mon corps, se libéra profondément en moi en frissonnant avant de s'écrouler sur moi et, à cet instant, je ne pus différencier le bruit des battements de mon cœur des siens.

Alors qu'il cherchait de l'air, ses bras forts enroulés autour de moi, je remarquai que c'étaient ceux d'un homme.

— Jin, dit-il, la voix rauque, sa bouche sur le côté de mon cou, caressant, léchant, embrassant et finalement réclamant mes lèvres lorsque je me tournai vers lui.

Je compris qu'il n'y avait aucun secret entre nous, aucun non-dit, aucun désir non partagé. Il me connaissait dans tous les sens, de toutes les manières, mon âme était à nu quand il s'agissait de lui.

Il m'embrassa jusqu'à me couper le souffle, me rendre mou, et, quand il libéra mon fourreau toujours contracté avec une telle tendresse, je gémis face à cette perte.

— Tu m'es revenu, dit-il et je sus qu'il était ému.

Nous dûmes rester comme ça, entrelacés sur le sol de la douche, jusqu'à ce qu'il arrête de trembler et que je cesse de pleurer.

Et il nous fallut un certain temps.

ENVIRON DEUX heures après notre arrivée, lorsque je fus prêt à discuter avec Logan de son plan, il était, bien entendu, prêt à manger. J'étais sur le point de lui parler, mais Ilia arriva en sautillant dans la pièce, grimpa sur les genoux de mon compagnon et annonça qu'un dîner tardif était prêt.

Je manquai de craquer en voyant Logan regarder son fils et Ilia sourire à son père avant de se lover contre son torse, la tête penchée en arrière. Il dévisageait son père, la tête à l'envers, les mains sur son visage, ses petits coudes noueux pointant vers moi. Il y avait tellement d'amour entre eux. Je pouvais dire que son père, sa proximité émotionnelle avaient manqué à Ilia, autant qu'il avait désiré ma présence physique. Nous étions à nouveau une famille et Ilia s'en délectait comme de l'herbe à chat.

— On va manger ? voulut-il savoir.

— Je dois parler à ton père.

Il fit la moue et le regard suppliant de Logan faillit m'avoir. Je pouvais à peine ignorer ses cheveux humides tout ébouriffés, le chaume doré sur son visage et son sourire sexy alors qu'il me regardait paisiblement. Il était bien trop séduisant pour ne pas l'agresser, mais j'avais des choses à dire. Le problème était que maintenant que le joli petit visage d'Ilia me fixait….

— Très bien, cédai-je. Allons manger.

Ilia en fut très heureux et son cri de joie avant qu'il se jette sur moi ne fit que le rendre plus évident.

En bas, la salle à manger était bondée et, pendant que Logan dut s'esquiver un instant pour répondre au téléphone, je pus voir ma famille.

Éva fut instantanément devant moi pour m'étreindre et m'embrasser et je lui dis combien la maison sentait incroyablement bon.

— J'ai fait tous tes plats favoris, Jin.

Je la serrai dans mes bras.

— Je suis vraiment désolé que tu aies dû choisir un camp.

— Tu l'as déjà dit et ce n'est pas le cas.

— Je te demande pardon ?

— Je n'ai rien choisi du tout. Je n'ai pas choisi de camp. Si Russ, Koren ou Peter veulent me voir, ils n'ont qu'à passer. Logan le permettrait, tout comme toi, et j'aimerais ça.

Je commençais à comprendre.

— Mais ils ne le feront pas.

— Non, ils ne le feront pas. Et c'est leur faute, pas la mienne. Notre porte est ouverte, ils ont fermé la leur. C'est leur choix.

Elle avait raison, bien sûr, mais…

— Quoi ?

Son gloussement fut rigolo et je me rendis compte qu'elle savait que j'étais distrait.

— Est-ce la table de la maison ?

110

— Tu veux dire, est-ce la table que j'ai amenée avec moi quand je me suis mariée ? Est-ce la table que mon père a sculptée dans un énorme morceau de séquoia ?

— Oui, c'est ce que je veux dire.

— Alors la réponse est oui, gloussa-t-elle. Très certainement.

Lorsqu'elle partit dans la cuisine et que je la suivis, je me rendis compte que, bien que la disposition, les tuiles et les boiseries soient différentes, tout dans la pièce ressemblait à ce que nous avions laissé dans la maison principale.

J'agitai un doigt autour de moi.

— Comment as-tu fait cela ?

— Fait quoi ?

— Ce sont toutes tes affaires.

— Pourquoi ne l'aurais-je pas fait ?

Je l'étudiai.

— J'ai déménagé, n'est-ce pas ? demanda Éva.

— Je suppose.

— Tu supposes ?

— Non, je... Oui. Tu as déménagé.

Elle hocha la tête comme si j'avais donné la bonne réponse.

— Donc je devais apporter mes affaires.

— Putain de merde !

— Ce n'est pas de la merde, me gronda-t-elle, tentant de ne pas rire.

— Ce n'est pas..., commençai-je en lui jetant un regard noir. Je voulais juste dire que c'est un paquet d'emmerdes.

— Oui, rayonna-t-elle.

— Tu as emmené toutes tes affaires.

— Chaque casserole, chaque poêle, chaque plaque du mur, la table – comme tu peux le voir – mes couverts, mes verres, ma porcelaine, mes ustensiles, ma plus belle argenterie, mes assiettes de tous les jours, mes torchons, mes maniques – même l'étrange et effrayante qu'Ilia m'a faite pour la fête des Mères l'année dernière – tout vient avec moi et ira partout où j'irai.

J'étais stupéfait.

— Après presque soixante ans de mariage, j'ai toute une collection de choses à la fois utiles et décoratives. Rien de tout cela n'était autorisé à rester, annonça-t-elle. Rien.

Soixante ans.

C'était triste et je dus me détourner rapidement parce que le nombre de fois où je pleurais devenait ridicule.

— Jin, m'apaisa-t-elle, en me contournant pour me faire face. Ce n'est pas de ta faute. Si ça ne tenait qu'à toi, nous serions tous dans la maison principale comme une grande et heureuse famille.

C'était vrai. C'était tout ce que je voulais.

— Mais tu dois comprendre que ce n'est pas ce que les autres veulent.

Je ne le savais que trop.

— Peter n'a jamais réellement essayé de comprendre ta relation avec Logan et, en fin de compte, il n'a tout simplement pas en lui la capacité de se réconcilier avec l'idée que deux hommes s'aiment l'un l'autre.

Je hochai la tête.

— Il ne t'a jamais considéré comme une âme sœur et il ne le fera jamais, dit-elle tout en me prenant la main. D'un autre côté, depuis le départ, j'ai vu l'amour entre vous. Je n'ai jamais douté de votre lien, comment aurais-je pu ?

Je plissai les yeux alors qu'elle me souriait, des larmes faisant étinceler ses yeux.

— Maintenant, malheureusement, on me demande de dire qu'un *semel* ne peut être accouplé qu'avec une femme et que c'est le seul choix pour une tribu. Si je choisis cette position, si je soutiens publiquement cette position, je peux rester dans ma maison, sur le territoire sur lequel je vis depuis soixante ans. Je peux être la mère de Russ et la grand-mère de son fils et de tous les enfants que lui et sa femme auront. Je serais toujours la mère de Koren, je serais là quand il prendra une femme – comme il s'est juré de le faire – et surtout, je resterais aux côtés de mon compagnon, finit-elle en reprenant son souffle.

— Ça fait beaucoup, conclus-je.

— C'est vrai, acquiesça-t-elle. Mais faire cela signifierait que je dois dire à tout le monde que je ne pense pas que Logan et toi soyez des âmes sœurs et, par conséquent, qu'Ilia est illégitime.

— Oui.

— Ma fille est enceinte, est-ce que tu le sais ?

Je le savais. Maintenant que ma mémoire était revenue, Delphine me l'avait confié dès que nous étions arrivés dans le pavillon des invités, juste après Markel.

— Mais même si elle ne l'était pas, même si je n'allais pas la perdre, elle et Markel... Jin... Ilia est mon premier petit-fils, continua-t-elle en pleurant, la voix vacillante. Je l'ai nourri, je l'ai bercé, je suis sa babushka, il me rappelle la mienne, combien je l'aimais et combien elle comptait dans ma vie. Tu comprends ? Je ne pourrais pas plus lui tourner le dos que je ne pourrais le faire à Logan, Delphine ou toi.

Je restais là, à la regarder, alors qu'elle prenait mon visage en coupe.

— Le choix nous a été imposé et, pour une fois, je sais que je ne peux pas, je ne pourrai pas déchirer ma famille parce que Russ ou Peter dit que je le dois.

Je ne pus qu'être submergé du plus profond de mon cœur.

— S'ils ne m'aiment plus, si déterminer qui est le *semel* est plus important que la famille, je ne peux pas lutter contre. Je ne peux qu'espérer qu'un jour, ils reviendront au bercail.

Je poussai un profond soupir.

— Peut-être pas de mon vivant, mais peut-être un jour, soupira-t-elle en me souriant. Pendant ce temps, où que Logan et toi alliez, le reste d'entre nous suivra.

Elle ignora délibérément le fait que nous devions d'abord survivre à la journée de dimanche et, avec aucun miracle en vue, elle allait perdre Russ. Il n'y avait aucun doute dans mon esprit que Logan pouvait vaincre Vincent – il l'avait déjà fait une fois, en Mongolie – et, même si ça allait être dur avec Sasha et Russ contre lui en même temps, aucun d'eux n'était *semel*. Peu importait à quel point Russ voulait en être un, il n'était pas né pour l'être, et cela comptait beaucoup. Logan les éventrerait tous ; c'était le genre de blessure qui alimenterait le processus. C'était quand même dangereux, il fallait prendre la perte de sang en considération et je n'avais pas encore décidé si je n'allais pas simplement me transformer et tous les anéantir.

— Merci, répondis-je avec sincérité en lui faisant un dernier câlin avant d'aller chercher mon compagnon.

En revenant dans la salle à manger, je vis Logan assis en bout de table avec Ilia à sa gauche et une place pour moi à sa droite. Éva arriva derrière moi et me dit d'aller m'asseoir.

Elle avait fait ses spécialités russes, des pelmeni [1], des dumplings [2], qu'Ilia aimait fourrer de viande hachée, du shashlik [3], et du ragoût de lapin, plat qu'elle avait fait la première fois que je l'avais rencontrée. Il y avait aussi des lasagnes, du jambon, un plat de riz, un gratin de pommes de terre, de la purée et un monkey bread [4] fait maison.

Je pouvais voir l'influence de Yusuke dans la grande salade verte sur laquelle elle insistait; la salade de chou de renommée mondiale de Crane était présente, ainsi que des haricots verts, des brocolis au fromage et à la crème de maïs. Ça sentait incroyablement bon, mais plus que ça, ça sentait la maison.

Logan me prit la main et l'embrassa lorsque je m'assis à côté de lui et, dès qu'Éva eut dit les Grâces, la nourriture fit le tour de la table.

J'observai Logan faire une assiette pour Ilia, Crane et Yusuke faisant de même pour leurs filles et Delphine dorlotant Markel. J'inclinai la tête sur le côté et il se pencha en avant afin que je puisse l'entendre.

— Je ferais mieux de faire le plein d'attentions maintenant, pas vrai? Trois mois de plus et il n'y en aura plus que pour le bébé. Elle va totalement m'oublier.

Je hochai la tête.

Dès que toute la nourriture fut servie, avec de l'eau pour les enfants et du vin pour les adultes, tout le monde fut curieux d'entendre le plan de Logan.

Il n'avait rien écouté, parlant au lieu de cela avec Ilia, alors quand il se rendit compte que nous étions tous focalisés sur lui, il nous adressa un sourire penaud.

— Salut, le taquinai-je.

Le regard noir de Yusuke fut terrifiant.

---

1 Les pelmeni, plat d'origine russe, sont des petites boulettes de viande hachée enrobées de pâte fine. La composition de la farce varie en fonction de la région : mélange de bœuf, d'agneau et de porc dans l'Oural, viande d'ours en Sibérie.

2 Boulette de pâte cuite à l'eau ou à la vapeur, parfois farcie, parfois frite.

3 Le chachlyk est une spécialité culinaire semblable aux brochettes kebab, et originaire du Moyen-Orient. Il est composé de viande marinée et grillée

4 Pâte briochée que l'on sépare en boules que l'on roule individuellement dans un sirop à base de caramel et de café, et dans le sucre.

Logan haussa les sourcils et sourit à nouveau tout en jetant un regard autour de la table.

— Mon plan est de gagner samedi.

— Dimanche, grognai-je.

— Dimanche, corrigea-t-il en se penchant sur le côté pour embrasser ma mâchoire.

— Ce n'est pas drôle et je ne suis pas amusé, répliquai-je, glacial.

Il se racla la gorge avant de se lever.

— Écoutez, avant le jour où nous avons perdu Jin, j'envisageais de déménager un certain temps.

Tous les adultes à table étaient rivés à ses paroles.

— Depuis un moment maintenant, Domin est inquiet au sujet de notre progéniture, à Jin et moi.

S'il avait prononcé le prénom d'Ilia, ou utilisé le mot 'enfant', 'fils' ou même encore 'petit', notre petite personne aurait su que son père parlait de lui. Mais 'progéniture', Ilia ne l'avait jamais entendu, car qui disait cela dans une conversation courante ? La seule raison pour laquelle il connaissait 'petit' était parce qu'il l'avait entendu lorsque nous regardions *Planète Terre* sur Discovery Channel. Il était suffisamment intelligent à cinq ans pour savoir que le petit de Jin et Logan, c'était lui. Mais là, il ignorait son père, continuant à manger, tout comme les filles de Crane et Yusuke.

— Domin pense que le meilleur endroit pour nous – pour nous tous – est à Sobek. Comme je fais déjà partie des Sept – l'un des membres de son conseil – il pense que la transition pour que je devienne *semel* de sa tribu, la tribu de Rahotep, se ferait en douceur. Il croit fermement que sa tribu préférerait un *semel* qui leur soit dévoué, accessible et qui ne voyagerait pas à travers le monde comme Domin trouve qu'il est nécessaire de faire.

Je secouai la tête, sans même réaliser que je le faisais jusqu'à ce que Logan croise les bras et me jette un regard.

— Jin ?

— Quoi ?

— Dis ce que tu as à dire.

— Non, répondis-je, platement.

— Non, tu ne diras rien ou non pour mon plan ?

— Non pour ton plan, assenai-je.

— Pourquoi pas ?

— Cette tribu, la tribu de Mafdet, est ton droit de lignée, Logan, et tu es le meilleur *semel* qu'ils puissent espérer avoir ! Tu n'as pas à la laisser entre les mains de Russ, Koren ou ton père, juste parce que Domin veut que tu le fasses.

— Ce n'est pas ça et tu le sais, dit-il, catégorique. Je dois vous garder en sécurité, Ilia et toi. Si ce qui s'est passé ici était arrivé là-bas, à Sobek, tu n'aurais eu nulle part où fuir.

— Logan…

— La tribu de Rahotep a toujours été dirigée par le *semel-aten* avant que Domin se nomme *akhen-aten*, il y a déjà une distance inhérente dans cette dynamique.

— C'est ce que tu veux ? Tu veux être séparé de ta tribu ?

— Je le suis déjà à un certain degré, déclara-t-il en faisant un geste vers Yusuke.

Je lui accordai mon attention.

— Jin, tu as été interdit de rassemblements publics durant des années, me rappela-t-elle. Même avant que j'arrive, c'est ce qui était exigé. Nous ne sommes pas assez ici pour te protéger de tous les membres de la tribu. Si l'un d'entre eux voulait te toucher, cela tournerait mal.

— Oui, mais…

— Tu as déjà une séparation entre la tribu et le compagnon du *semel*, intervint Crane. Ça dure depuis des années, comme l'a dit Yusuke, les gens pensent qu'ils ne te connaissent plus.

— Je…

— Finissez votre repas, nous ordonna Logan. Quand nous aurons terminé, nous reprendrons la séance dans le salon.

Je voulais en parler maintenant, mais Logan avait raison, ça allait devenir bruyant et je ne voulais pas que le volume sonore effraie les enfants.

Le reste du dîner fut incroyable. Entre la nourriture, la compagnie, puis le dessert et le café, j'étais repu, intérieurement et extérieurement. Même laver la vaisselle dans la cuisine lorsque Logan et Crane emmenèrent les enfants à l'étage fut comme un baume pour l'âme. J'étais à la maison, et c'était cela que j'avais besoin que Logan comprenne.

— Ce n'est pas l'endroit qui fait la maison, me dit Yusuke, comme si elle lisait dans mon esprit. C'est les gens. Crois-moi, je le sais.

Des années auparavant, son monde lui avait été retiré en un instant. Son *semel*, son premier compagnon, l'avait flagellée, lui avait pris son œil, et l'avait rejetée, car elle n'avait pas tué Logan durant un défi quand elle en avait eu l'occasion – au lieu de cela, elle s'était précipitée à ses côtés et lui avait sauvé la vie. Bien sûr, son *semel*, Narae Hiroshi, avait pensé

116

qu'il pouvait prendre soin de lui-même, ce qui expliquait la mutilation qu'il avait infligée après coup, mais Yusuke était une femme très intelligente et, même au milieu d'un combat à mort, elle avait été logique. Elle avait pesé ce qu'elle savait de ses aptitudes de combat contre le nombre d'assaillants et avait pris la décision de l'aider. Lui, dans sa soif de sang, avait essayé de la tuer.

Elle avait tout perdu, mais, ce jour-là, elle avait choisi la vie. Crane l'avait aidée, mais elle avait retrouvé son équilibre et sa force. Lorsqu'elle avait été à nouveau entière, elle avait mis la main sur mon meilleur ami, réalisant qu'il était un homme bon et, à présent, des années plus tard, elle s'était forgé une nouvelle vie, une place aux côtés de Logan. Grâce à Crane, elle était une femme, et une mère grâce à une mère porteuse. Tout le monde dans son ancienne famille, dans son ancienne tribu, lui avait tourné le dos. Pour eux, elle était morte. Mais, comme elle me l'avait souvent dit, ce n'était pas important. Elle n'était plus Narae Yusuke ; elle était Yusuke Adams, alors quand elle me disait que c'était les gens qui faisaient une maison, pas le territoire ou le bâtiment, je devais l'écouter.

— Mais elle est importante pour tellement de gens.

Elle fronça les sourcils.

— Bien sûr, Jin. Si c'était une ferme ou un endroit où des générations jouaient de la musique, si c'était une terre pour laquelle nous nous étions battus ou quelque chose ayant une signification importante, alors oui, ton argument serait valable. Mais c'est une maison en haut de la montagne.

— Non, je…

— Je comprends, c'est le premier endroit que *tu* appelles maison, c'est le premier endroit où tu as eu un compagnon, le premier endroit où tu t'es senti en sécurité, mais Jin… allez… c'est de Logan dont tu as besoin. C'est d'Ilia. C'est de Crane, de Delphine, d'Éva… et de moi. C'est de ta famille, rien d'autre.

Je me frottai la nuque en la regardant.

— Penses-y, Jin. Si tu vas à Sobek, il y aura Mikhail. Il y aura Yuri – bon, quand il ne voyage pas avec Domin – et Taj, et même plus que cela… Ilia et toi serez en sécurité.

— Je ne laisserai pas Logan abandonner son droit de lignée pour moi. C'est là tout le débat, c'est ce que craint son père depuis tout ce temps.

— Oui, mais Logan le craint-il ?

Je secouai la tête.

— Tu ne comprends pas. La tribu de Mafdet a un Church comme *semel* depuis sa création.

— Bien sûr, acquiesça-t-elle. Quand était-ce ? Il y a deux cents ans ? Trois cents ?

— Je ne…

— La tribu de Rahotep est la première tribu, Jin, la toute première. On parle de milliers d'années. On retrace leur héritage depuis l'époque des pharaons et maintenant, Domin dit que la position d'*akhen-aten* sera d'être sans tribu, car toutes les tribus sont à lui, car tous les *semels* composeront sa tribu.

— Je comprends.

— Vraiment ? Parce que je ne pense pas.

— La tribu de Domin ne sera composée que de *semels*, répétai-je, sarcastiquement.

— Oui.

— Tu vois, j'ai compris.

Elle haussa les sourcils.

— J'ai compris, assurai-je.

— La tribu de Rahotep deviendra celle de Logan, répéta-t-elle au cas où je l'aurais manqué.

— J'ai entendu, répliquai-je, sèchement.

— Le nouvel héritage de Logan sera celui de la tribu de Rahotep, insista-t-elle. Est-ce que tu suis ? Est-ce que ça s'imprime dans ton esprit ? La tribu de Rahotep est la plus grande au monde. La seule avec sa propre ville, son propre palace, sa propre bibliothèque d'antiquités, son propre musée, et sa propre grande fête. Mon Dieu, Jin, Logan et toi accueilleriez la fête de la Vallée. Logan et toi seriez… les dirigeants de Sobek. C'est… J'arrive à peine à l'imaginer. Il serait *semel-aten*.

— Il n'a jamais voulu l'être.

— Il ne le voulait pas *avant*, m'informa-t-elle. Il n'est plus l'homme qu'il était il y a dix ans, ou même cinq. Son fils sera *semel-aten* après lui – est-ce que tu comprends ?

— Je t'entends, m'emportai-je, irrité qu'elle ne comprenne pas ma préoccupation.

— Mais Ilia ne pourra pas succéder à son père s'il ne peut pas apprendre à maîtriser son pouvoir et, franchement, le seul endroit au monde pour qu'il le fasse en toute sécurité est à Sobek.

— Non, contrai-je. Nous pourrions aller en plein Montana ou sur une île du Pacifique Sud ou…

— Non, tu ne pourras pas, me contredit-elle. Car partout, il y aura d'autres *semels*, d'autres tribus et tu enfreindras les lois. Tu les effraieras.

— Non.

— Oh, si, tu le feras, aboya Crane et nous nous tournâmes tous les deux vers lui alors qu'il traversait la cuisine au pas de charge jusqu'à se tenir devant moi. Tu fais peur à tout le monde. Même tes amis, même les gens qui aiment Logan, comme son ami, Justin Cho, ne peuvent pas avoir le *nekhene* sur leur territoire. Je parie que ce sombre connard à La Nouvelle-Orléans s'est soulé jusqu'à l'évanouissement quand Logan et toi avez quitté sa ville.

— Tu ne sais pas de quoi tu parles…

— Bon sang, fulmina-t-il. Tu es effrayant. Ton fils est effrayant. La seule personne de ta petite famille qui ne fout pas une trouille bleue à tout le monde, c'est *Logan*, mais il ne peut même plus se concentrer sur ce qui est important, car tout ce qu'il fait, c'est vous gérer, Ilia et toi.

Je le foudroyai du regard.

— Alors Logan est maudit avec nous? C'est ce que tu dis?

Son ricanement fut pire qu'une gifle. Cela me blessa davantage.

— Tu es un imbécile, tu n'écoutes pas!

— J'écoute…

— Il s'inquiète jour et nuit! En quoi se transformera Ilia aujourd'hui? Que fera Ilia aujourd'hui? Qu'est-ce que Jin devra faire aujourd'hui? *Vais-je perdre ma famille aujourd'hui?*

Tout à coup, je n'arrivai plus à respirer.

— Mais toute cette puissance, toute cette chaleur, cette bonté et cette force, tout cela vient de toi et d'Ilia. Sans vous, il n'est pas ce pour quoi il est né, un *semel*!

Je comprenais cela, c'était la même chose pour moi. J'avais été différent sans lui, je serais à nouveau différent.

— Y as-tu réellement réfléchi? me pressa Crane.

— Réfléchi à quoi?

Son sourire malicieux et son clin d'œil me firent sourire malgré moi.

— Jin, le Shu est à Sobek. Jamal Hassan est à Sobek. Il entraîne le Shu, il en a la charge. Ne crois-tu pas qu'il pourrait entraîner Ilia à contrôler son pouvoir?

En réalité, je n'avais jamais pensé au Shu. Crane avait raison : les plus grands guerriers du monde des panthères seraient plus que bien équipés pour gérer Ilia.

— Taj a fait partie du Shu, puis de ta tribu avant de partir pour Sobek avec Domin. Il est le *sheseru* de Domin à présent. Il serait celui de Logan s'il prenait les commandes de la tribu. Logan aurait à nouveau Mikhail en tant que *sylvan* et j'ai cru comprendre que Domin avait un merveilleux *maahes*.

Je tirai profit de cette information.

— Alors que ferait Yusuke ?

Il se moqua de moi.

— Logan trouverait une place dans sa maisonnée pour Yusuke et je resterai, pour toujours, le *beset* de ma *reah*, mais, Jin, bébé, comment se peut-il que Sobek ne soit *pas* le meilleur endroit pour Ilia et toi ? Je ne peux pas imaginer mieux.

Ce *bébé* qu'il n'avait utilisé qu'une poignée de fois dans nos vies… uniquement lorsque c'était vraiment important, quand il était impératif que je l'écoute…

— Jin ?

— Mais est-ce le meilleur endroit pour Logan ? demandai-je, recouvrant mes esprits.

Il hocha la tête.

— Je le crois, oui. Lorsque nous sommes arrivés, cela l'aurait-il été ? Je ne pense pas, non. Quand Domin a pris les commandes ? Je ne pense pas non plus. Mais maintenant, maintenant je pense que oui. Je pense que Logan pourrait se servir de cette tribu qui habituellement s'occupe de choses comme la fête de la Vallée, qui comprend le protocole, les règles d'hospitalité et plus que tout, respecte son *semel* et ne s'attend pas à ce qu'il soit humain.

— Bon sang, mais qu'est-ce que ça veut dire ?

Il posa ses mains de chaque côté de mon cou.

— En ce moment, cette tribu, la tribu de Mafdet, en veut à Logan d'être distrait, elle lui en veut de vous aimer, Ilia et toi, plus qu'eux.

Je secouai la tête, mais ne me libérai pas de sa prise.

— Un bon *semel*, comme un bon roi, devrait se soucier davantage de sa tribu que de sa famille.

— Quoi ?

Agrippant ses poignets, j'abaissai ses mains et m'écartai.

— Un bon *semel* sacrifierait son compagnon, ou son enfant, pour sa tribu. La tribu doit toujours passer en premier.

— Alors je suis un mauvais *semel*.

Nous nous tournâmes vers la porte alors que Logan entrait de cette foulée fluide qui lui était propre et qui donnait l'impression qu'il possédait le monde. Ce n'était pas une démarche arrogante, mais ça s'en approchait.

— Je t'ai rendu mauvais, dis-je d'une voix rauque tandis qu'il me prenait dans ses bras.

Il n'y avait pas meilleur endroit que d'être piégé contre le corps chaud et dur de Logan, qui irradiait de chaleur et de puissance. Tout ce que j'avais jamais voulu depuis que je l'avais rencontré était d'être enroulé autour de lui.

— Tu me rends fort, chuchota-t-il dans mes cheveux. Tu me rends bon, gentil et plus bienveillant que je ne l'ai jamais été.

Je secouai la tête.

— Ilia et moi provoquons exactement ce que ton père a toujours dit que je ferais quand tu m'as trouvé : nous t'éloignons de ta tribu.

Il commença à me caresser le dos d'une main alors que l'autre se glissait sous le tee-shirt que j'avais enfilé après ma douche.

— Il disait qu'avoir un compagnon mâle t'isolerait de ta tribu, car nombre d'entre eux ne comprendraient pas comment tu pouvais me revendiquer, *reah* ou pas.

Son ronronnement fut réconfortant alors même que ses doigts longeaient mon dos et se déplaçaient plus bas.

— Logan, tu confirmes toutes les sinistres prédictions, d'il y a quelques années, au sujet de ton temps en tant que *semel*

— Vraiment ? demanda-t-il, sa voix aussi rocailleuse qu'un murmure sensuel.

Je voulais me libérer et lui parler, je voulais qu'il m'écoute et voie la logique de mes arguments, mais mon corps me trahit lorsqu'un rugissement de désir me prit par surprise et je frissonnai entre ses bras.

— Allons discuter dehors une minute, me dit-il avant de me soulever, ses mains sous mes fesses tandis qu'il m'emmenait vers la porte de derrière.

J'eus les idées plus claires lorsque nous arrivâmes sur la terrasse. Il fut forcé de me lâcher quand je gesticulai dans ses bras et je bondis en arrière pour garder mon équilibre. Il tendit la main vers moi, mais je m'éloignai agilement, me félicitant pour ma rapidité avant de me rendre compte que j'étais acculé contre le mur.

Le sourire qu'il me lança fut espiègle, empli d'une chaleur ardente. J'étais en difficulté ; j'allais succomber si je ne m'enfuyais pas rapidement. Mais cette fois, je m'assurerais de m'enfuir *avec* mon compagnon, pas *loin* de lui.

J'ôtai mes vêtements et mutai avant qu'il ne puisse protester, mais il dut se souvenir que vadrouiller dans la forêt avec son compagnon était ce qu'il préférait faire. Je n'attendis que quelques instants pour qu'il soit près de moi et nous dévalâmes les marches jusqu'à l'orée des arbres.

C'était une belle nuit pour une course et, sous le clair de lune, mon compagnon à mes côtés, je me sentis libre, ragaillardi et entier. Le bonheur irradiant de mon compagnon était si fort que je pouvais le sentir chatouiller ma fourrure. Je fis une embardée, le taclai, et nous chutâmes, tête la première, atterrissant en un amas de chaleur. Son ronronnement résonna dans tout mon corps et je me blottis contre lui, mon propre son presque un murmure de plaisir.

Après plusieurs minutes, il me pinça malicieusement jusqu'à ce que je me remette sur mes pattes et que je le prenne en chasse. Nous courûmes tout en haut de la montagne, aux limites de la propriété et j'eus le sentiment qu'il me faisait visiter. Il finissait notre conversation visuelle, me montrant que ce que je pensais qu'il abandonnait n'était qu'en réalité des terres, comme Yusuke me l'avait dit.

Je plongeai sur lui, mais il me connaissait bien alors il s'ajusta à ma manœuvre et déguerpit. Il ne pouvait pas me semer, mais son souffle, comme un rire, alors que je le rattrapais, me fit grogner. Tenter d'attaquer ses pattes était difficile dans les buissons et, quand il se figea d'un seul coup, je passai devant lui comme un boulet de canon et roulai dans un buisson.

Quand je me relevai, je le trouvai prêt à jouer, accroupi sur ses pattes de devant, l'arrière-train se balançant d'un côté à l'autre, se préparant à me sauter dessus. Je me jetai sur lui, boule de fourrure hérissée et grondante, ne ressemblant plus du tout à la créature habituellement majestueuse que j'étais. Il me frappa lorsque j'arrivai sur lui, m'envoyant bouler dans un énorme tas de feuilles

Sous ma forme de *nekhene*, j'étais redoutable, je pouvais causer des dégâts, j'étais un prédateur extrême. Sous ma forme de panthère, affrontant, même pour jouer, mon compagnon plus grand, beaucoup plus musclé, avec ses compétences de combattant aiguisées… je ressemblais à une souris face à un chat.

Le fait était que, dans ma vie, je pouvais compter le nombre de fois où j'avais dû me battre ou m'entraîner. Logan ne le pouvait pas. Un *semel* était élevé pour défendre, pour se battre ; une *reah* ne l'était pas. J'étais désigné pour faire la paix, calmer, et offrir le réconfort avant de recourir à la violence. Les *semels* étaient formés au combat dès leur première transformation. Alors, Logan pouvait m'envoyer valdinguer durant des heures et il n'y avait rien que je puisse faire.

Lorsque je fus frustré d'être heurté, épinglé, jeté et plaqué sur le dos, je finis par m'éloigner, seulement pour qu'il me suive à toute vitesse. Quand il me conduisit dans une certaine direction, j'eus une idée de l'endroit où il m'emmenait. Il y avait une grotte secrète, que seuls Logan et moi connaissions, et il voulait que nous y allions.

Je fus étonné, tout comme lui, qu'il y ait tant d'odeurs différentes et que ce soit le cas me remplit de rage. Ce ne fut pas une émotion humaine, ce fut la réponse animale à une autre intrusion sur mon territoire, dans mon antre. Alors que nous nous rapprochions furtivement, j'entendis des voix et mon cerveau humain comprit immédiatement.

Peter avait révélé l'emplacement à Russ car, dans son esprit, il était sur le point de devenir le nouveau *semel* et Russ, dans sa grande sagesse, l'avait donné à la tribu. Ce ne serait plus un lieu sacré pour le *semel* de la tribu de Mafdet et son âme sœur. Toute la tribu allait en profiter... et le profaner. J'eus envie de chasser tout le monde de là, mais Logan me mordilla simplement l'oreille pour attirer mon attention avant de prendre la direction opposée.

J'étais dévasté.

Il s'en fichait.

Sous nos formes de panthères, aucune émotion ne pouvait être dissimulée. Je pouvais sentir et goûter la vérité en lui. Il n'était pas affecté.

Lorsque nous retournâmes au pavillon des invités, Crane et Yusuke nous attendaient avec des peignoirs et, alors que nous mutions et les suivions en direction de la maison, je me retournai pour implorer Logan de faire quelque chose.

— Non, déclara-t-il, sèchement. Russ pense qu'il peut séduire la tribu avec des cadeaux. Je suis sûr que les rassemblements seront somptueux – il pardonnera les offenses que je n'aurai jamais laissées passer, plus d'argent leur sera versé et durant tout ce temps, ce que j'ai mis de côté pour les frais de scolarité, les prêts hypothécaires, les retraites ou les urgences médicales sera régulièrement dilapidé jusqu'à ce que la réserve soit épuisée. L'année suivant notre départ sera prospère pour la tribu.

Mais après… dans deux, trois ans, Russ serait aussi détesté et calomnié que Logan l'était à ce moment-là. Seulement alors, les gens se souviendraient du véritable *semel* qu'était Logan. Il faudrait du temps pour que leur vision s'éclaircisse et alors, le remords serait aussi grand que le désir qu'ils avaient à ce moment-là de le voir partir, car il osait aimer son compagnon et son enfant plus qu'eux.

— Logan, commençai-je, mais je m'interrompis en sentant du sang.

Et ce ne fut pas une trace, mais une grosse quantité. Quelqu'un ou quelque chose se vidait de son sang.

Logan se détourna rapidement et leva la tête, juste au moment où un homme titubait à la lisière des arbres et s'écroulait à quelques mètres de nous.

Logan bougea à toute vitesse et je fus juste derrière lui. Lorsque nous arrivâmes près de l'homme qui était tombé, Logan le fit prudemment rouler sur le dos et ce fut à cet instant que je vis qui il était.

— Adrian ! haletai-je, me servant de mes mains pour recouvrir la plaie de son abdomen qui rejetait ses forces vitales dans la poussière. Tu dois te transformer !

Logan secoua la tête.

— Non, Jin, regarde-le… regarde-le… il n'a plus assez de force.

— Il le doit ! suppliai-je frénétiquement.

— Non, mon amour, dit-il calmement, en posant sa main sur mon épaule. Tu ne regardes pas un *semel*. Tu ne peux pas forcer un félin ordinaire à se transformer et t'attendre à ce qu'il guérisse. Ils n'ont pas ce pouvoir.

Je comprenais sa logique, mais je devais faire quelque chose. Je ne pouvais pas simplement lui tenir la main en le regardant mourir.

— Alors, appelons le Dr Sheridan, il…

— Il est à Reno, Jin. Il n'arrivera jamais à temps.

— Le 911…

— Mon amour, me coupa-t-il. Le cœur d'une panthère pompe trois fois plus de sang que celui d'un homme. Ils ne sauront pas quoi faire avec sa physiologie ni comment le traiter.

— Logan ! m'écriai-je. Je ne peux pas…

— Veux-tu le laisser mourir seul dans un hôpital humain ?

— Alors, je ne dois rien faire ? gémis-je, la voix brisée.

124

— Tu dois le réconforter, me pressa Logan en baissant les yeux et serrant les mains d'Adrian. Mon ami. Que s'est-il passé?

Du sang coulait de la bouche d'Adrian et, lorsqu'il parla, il gargouilla entre les mots.

— Ma femme et mon fils… ils ont été enlevés avant que l'on retourne à la maison…

Je sentis mon pouvoir s'élever, l'air se réchauffer autour de nous et je vis le corps d'Adrian se détendre et ses yeux se plisser tandis qu'il se calmait.

— Ils étaient confinés dans la maison principale, ils y étaient toujours quand je suis revenu pour partir. J'étais là-bas depuis la dernière fois que je t'ai vu.

Pendant que nous passions du temps avec notre famille, Adrian se faisait torturer.

— Ils ont essayé de détourner mon allégeance, comme j'étais à la tête de ton *khatyu*, mon *semel*. Ils sont toujours là-bas et Danny… il est dans la cave… tu dois le sauver.

Logan hocha la tête et se pencha plus près de lui.

— Qui t'a attaqué?

— Ton frère, Russ, mon *semel*, sous la pression des autres.

— Tu étais attaché, n'est-ce pas?

— Oui et ma compagne… a été obligée de regarder. Tu dois la sauver, mon fils aussi.

— Je le ferai, promit Logan. J'irai les chercher.

— Mais qui t'aidera, mon *semel*? Ils sont tellement nombreux.

— J'ai mon compagnon, assura Logan à son ami.

Adrian roula la tête sur le côté, les larmes coulant librement sur ses joues.

— Si seulement tu étais réparée, ma *reah*. Alors je saurais qu'ils vont le payer.

Il ne savait pas que c'était moi qui le réchauffais, alors je me concentrai jusqu'à ce qu'il ne puisse pas manquer la brise chaude qui lui chatouillait la peau. Puis je levai la main afin qu'il puisse la voir se changer, d'abord les griffes, puis les serres d'un oiseau et enfin, une énorme patte avant que les doigts réapparaissent.

— Oh, hoqueta-t-il et sa joie rendit difficile pour moi de parler à nouveau.

— Je les ferai payer, Adrian Basargin, jurai-je. Tu es le premier homme de la tribu Mafdet que j'ai rencontré. Ta chaleur, ton acceptation sont toujours restées avec moi.

Il fit un signe de tête saccadé et je le sentis, je sentis son soulagement, sa confiance et sa foi absolue en Logan et moi.

— Ça a été un immense honneur pour moi de t'accompagner, ainsi que mon *semel*, au tournoi en Mongolie. Que tu m'aies choisi... j'emporterai ce souvenir dans ma prochaine vie, comme je l'ai porté dans celle-ci.

— Oui, acquiesçai-je, sentant son sang chaud recouvrir ma main.

— Où que tu ailles, emmène ma femme et mon enfant.

— Je te le jure. Je te le jure sur la vie de mon fils, Adrian Basardin, je ne te décevrai pas.

Il poussa un profond soupir.

— Je le sais, ma *reah*...

Ses yeux se levèrent vers Logan.

— Toi et mon *semel* ne m'avez jamais déçu.

Je sus l'instant même où il mourut. Je me baissai et posai mon front contre le sien tandis que ma vue se brouillait et je sentis une douleur aussi grosse qu'une enclume tomber sur mon cœur avant que je fasse ce que je faisais toujours – j'appelai Crane en hurlant.

Logan glissa une main sur ma nuque et me tint fermement, m'ancrant à lui alors qu'il prenait des inspirations peu profondes.

En un instant, Crane et Yusuke furent là.

— Oh, non, cria-t-elle avant de se baisser sur Adrian et de presser sa joue contre la sienne.

Crane prit ma main, pleine de sang, et la serra fort.

Logan se racla la gorge.

— Yusuke, appelle Miguel Garza, le *semel* de la tribu de Deshret à Los Angeles. Dis-lui que Ruslan Church est ici et qu'il revendique le titre de *semel*. Dis-lui qu'il m'a défié, explique-lui qui tu es et attends ses instructions, annonça-t-il d'un ton bourru. Vas-y, maintenant.

— Oui, mon *semel*, répondit-elle en se levant rapidement.

— Crane, j'ai besoin que toi, Markel et Ivan construisiez le bûcher dans la clairière où nous nous rassemblons habituellement, mais d'abord, je veux que tu appelles Domin et que tu lui racontes ce qui s'est passé.

— Oui, mon *semel*.

— Et Crane ?

Mon meilleur ami regarda mon compagnon.

— Est-ce toi qui as parlé d'Ilia à Domin ?

Crane n'essaya pas un seul instant, il hocha la tête, confessant la vérité.

Logan soupira.

— Je sais pourquoi tu l'as fait, parce que ta priorité est Jin, et maintenant Ilia, juste après ta propre famille. Il se pourrait que tu nous aies sauvé la vie.

Crane tendit la main vers Logan, qui enroula les bras autour du dos de Crane et le serra dans une étreinte d'ours.

— Domin est plus un frère pour moi que mes propres frères. Je ne vois aucune trahison dans le fait que tu lui aies parlé.

Le soulagement de Crane fut évident et je sus qu'il ferait ce choix, encore et encore, face aux mêmes circonstances et pourtant, c'était bon d'avoir la bénédiction de Logan.

— Je vais aller appeler Domin, dit Crane lorsqu'ils se séparèrent. Puis j'irai immédiatement travailler sur le bûcher.

— Bien. Merci.

— Il ne sera pas énorme. Nous ne sommes que trois.

Logan baissa les yeux sur le corps d'Adrian.

— Il n'a pas à l'être, juste assez pour donner à Adrian les rites et la bénédiction.

Aucune panthère n'était enterrée. C'était impossible au cas où les humains devenaient suspicieux et voulaient trouver une preuve de notre existence.

— Mon *semel* ?

Logan leva les yeux vers lui.

— Où seras-tu ?

— Jin et moi devons aller à la maison principale délivrer la compagne d'Adrian et son fils, ainsi que Danny.

— Danny ? demanda Crane. Je pensais qu'il était à Vegas

— Apparemment, il n'est jamais parti.

Les yeux de Crane s'arrondirent.

— Je ne… Il avait ta permission pour partir.

— Peut-être que Koren a changé d'avis et maintenant il est coincé, expliqua Logan. Il est dans la cave, d'après ce qu'a dit Adrian.

— Tu es sûr que tu ne veux pas que je vienne avec toi ?

— Oui, assura Logan. Fais ce que je t'ai demandé.

Crane hocha la tête et se précipita dans la maison.

— Logan, dis-je, la voix obstruée par les larmes.

Il croisa mon regard.

— Je pourrais y aller seul, tous les tuer et revenir avec la femme d'Adrian, son fils et Danny.

— Tu es une *reah*, Jin. Tu es ma *reah*, me rappela-t-il. Alors, non, tu ne les tueras pas. Ils me les donneront. Je suis l'un des Sept qui conseillent l'*akhen-aten* et, comme Domin est en chemin avec des membres du Shu, ça pourrait les faire réfléchir.

Ils allaient s'évanouir quand il leur dirait.

— Et s'ils ne le font pas ?

— Alors je les tuerai.

X

ON AURAIT dit que nous marchions en direction de la maison pour une soirée jeux ou quelque chose comme ça. Ça semblait si normal, Logan et moi nous baladant, jusqu'à ce que nous soyons proches et que nous voyions les hommes, anciennement *khatyus* de Logan, armés et délimitant le périmètre de la maison.

Ils ne nous arrêtèrent pas, ne nous gênèrent en aucune façon ; en fait, nombre d'entre eux ne pouvaient pas croiser le regard de Logan. Je pouvais imaginer que ce n'était pas facile ; ils l'avaient trahi et ils le savaient. Quand Logan tuerait Russ dans la fosse, cette trahison dans laquelle ils s'étaient engagés pouvait les amener à suivre leur nouveau leader dans la mort.

La porte s'ouvrit et Koren sortit, l'air secoué et pâle.

— Je veux la compagne d'Adrian, Irina, son fils, Dmitri et Danny Rayne.

Koren fixa son frère.

— Tu n'as rien d'autre à me dire ?

— Tu as fait ton choix, Koren, l'informa Logan. Remets-les-moi et je partirai.

Koren fit un pas de côté et attendit.

Logan leva ma main, embrassa ma paume et nous entrâmes dans la maison. Ce qui fut intéressant fut que ce foyer, que j'avais toujours trouvé si chaleureux et accueillant semblait à présent si froid. Mais ce n'était qu'une façade. Tous les bibelots d'Éva ainsi que ses miroirs d'époque Dépression avaient disparu. Toutes les lumineuses peintures à l'huile de superbes paysages de Markel avaient été enlevées, les photos de Logan, Koren et Russ manquaient et plus que tout, les sols en bois polis avaient été recouverts de tapis et les meubles, grands, moelleux et solides avaient été remplacés par du cuir et de l'acier très moderne.

La pièce paraissait grise. Elle ressemblait à un hôtel luxueux et raffiné. Le goût d'une personne allait vers le chic et le minimaliste. Je supposais que cela venait de la femme assise près de Peter sur le canapé.

Elle avait des cheveux blonds très courts, un rouge à lèvres rouge sombre et une peau blanche et crémeuse, à travers laquelle je pouvais voir ses veines.

— Marina, dit Logan, sèchement. Tu as finalement intégré la famille Church ?

Elle lui adressa un sourire narquois.

— Ne sois pas jaloux, tu as eu ta chance. C'est toi qui a persisté avec cette pute de Simone. Ce n'est pas ma faute si ton frère, Koren, est plus intelligent que toi.

Il hocha la tête.

— J'ai persisté avec ma *reah*, mais avant cela, oui, Simone. Son entreprise vient, avec succès, d'entrer en bourse et elle, son mari et ses enfants sont partis en voyage en Grèce pour fêter cela. C'est une bonne chose qu'elle ait déménagé, tu ne penses pas ?

Elle ricana et je pus dire qu'elle était prête à tirer à boulets rouges.

— Que fais-tu ici ? demanda Peter, en lui prenant la main pour l'arrêter.

— Donc, Sasha Orlov va être le nouveau *sheseru* de Russ, Marina Antipin la femme de Koren... Mon Dieu, depuis combien de temps planifies-tu tout cela ? Est-ce que Dasia arrive – c'était une autre à laquelle tu voulais me marier – ou Anton, le fils de Vadim ? Combien d'enfants de tes amis vont-ils avoir accès au *semel* ?

— Tu as toujours été si fier, voulant faire les choses à ta manière sans jamais suivre mes conseils. Je t'ai dit, un jour, que cela allait te mener à ta ruine. À présent, c'est le cas.

— D'accord, se moqua Logan alors que Russ entrait dans la pièce avec une autre femme splendide à son bras.

Elle aussi était blonde, mais ses cheveux lui arrivaient au milieu du dos en d'épaisses vagues soulignées de platine. La robe en soie cuivrée qu'elle portait accentuait ses courbes et ses jambes élancées. Elle était magnifique et le plus intéressant fut que dès que ses yeux trouvèrent Logan, ils ne bougèrent plus.

— Russ, le salua Logan. J'exige la compagne d'Adrian Basargin, son fils et aussi Danny Rayne.

— Oui, dit Peter à Russ, qui lui jeta un coup d'œil. Laisse Logan les avoir. Ça ne vaut pas la peine de contrarier davantage la tribu.

— D'accord, marmonna Koren et je remarquai combien sa voix paraissait plate.

Toute couleur avait disparu ; il ne semblait plus lui-même.

— Les gens vont venir te poser des questions sur Adrian, Russ. Tu dois désamorcer la situation dès que possible.

Russ se tourna vers Logan.

— C'était un accident, tu dois me croire.

La voix de Logan fut basse et résonnante.

— Nous allons lui donner les rites dans quelques heures, alors j'ai besoin de sa compagne, de son fils et de Danny. Maintenant !

Russ bougea rapidement et enfonça ses doigts dans la clavicule de Logan.

— Tu oses…

— Oui, j'ose ! rugit Logan et cela ressembla à un coup de tonnerre dans cette pièce caverneuse, sa main se transformant rapidement alors qu'il saisissait le visage de Russ avec ses griffes au lieu de ses doigts. Tu joues à être *semel,* mais moi, je le *suis.* Et comme je prévois de renoncer à cette tribu une fois que j'aurai gagné, toi, ton *sheseru* et ton *sylvan* me ferez face dans la fosse sous ma forme intermédiaire.

Toute couleur disparut du visage de Russ.

— Je te suggère de te préparer, ricana Logan en repoussant son plus jeune frère.

— Gardes ! cria Peter tandis que tout le monde bougeait.

— Restez où vous êtes ! ordonna Logan et tout le monde se figea, même son père. Je suis l'un des Sept qui conseillent Domin Thorne, l'*akhenaten.* Il sera là très bientôt, je vous suggère de ne pas me mettre en colère d'ici là.

Personne ne respirait lorsque Logan se tourna vers Russ.

— Et toi, petit frère, commença Logan, avec un sourire véritablement diabolique, as-tu parlé ou offert une compensation à Miguel Garza de la tribu de Deshret avant de répondre à l'appel de ton père ?

— De quoi parles-tu ? aboya Peter à son fils aîné tout en traversant la pièce au pas de charge pour se tenir près de Russ.

— Russ a pris le statut de *duat,* lui rappela Logan. Il a dit au *semel* de la tribu de Deshret, *semel* de Los Angeles, Miguel Garza, qu'il vivrait sur son territoire sans jamais plus se transformer. Qu'il était mort en tant que panthère et ne vivrait qu'en tant qu'humain à moins de d'abord dire à Miguel qu'il avait été rappelé dans sa tribu de naissance puis quitter le territoire du *semel.*

J'observai Peter assimiler la nouvelle et blanchir.

131

— Quoi? haleta Russ.

Logan poussa un profond soupir.

— La seule personne qui peut te recevoir dans la tribu de Mafdet est le *semel* officiel de la tribu.

Littéralement, l'analogie 'entendre une mouche voler' était valable.

— Je suis le *semel* de la tribu de Mafdet. Tu es le *semel-bennu*.

— Non, je…

— Donc, Russ, mon frère, comme tu restes *duat* sur le territoire de Miguel Garza, j'ai pris la liberté de l'informer que tu as à la fois quitté son territoire sans sa permission et que tu me défies pour ma position.

— Tu ne peux pas!

— Je l'ai déjà fait. Il devrait arriver avant le défi.

— Miguel Garza n'a aucun droit…

— Oh, si, le coupa Logan. Demande à Père.

Tous les regards se tournèrent vers Peter qui ne semblait pas retrouver sa voix.

— Est-ce ta *yareah*? demanda Logan à Russ, en parlant de la femme à son bras.

— Oui, je… c'est Lydia, elle…

— Exigez un champion pour votre enfant, *yareah*, la prévint Logan. Le *semel* de la tribu de Deshret peut demander un sacrifice de sang.

Sa respiration se fit plus rapide et elle se tourna vers Russ.

— Je t'ai demandé si c'était *maat* de partir et tu m'as dit oui.

— Oui, je…

Elle lui assena une violente gifle et se tourna rapidement vers Koren.

— Tu dois être le champion de mon fils.

— Je ne peux pas.

— Tu ne peux pas? pleura-t-elle. Ou te ne veux pas?

— Ce ne sera pas nécessaire, lui dis-je.

Elle fit volte-face vers moi.

— Vous êtes la *reah*.

— Oui, répondis-je doucement. Ce n'est que du bluff, madame. Demandez à Artem Varda, qui sera le *sheseru* de votre mari. Il défendra votre fils.

— En êtes-vous certain?

— Je le suis.

Elle me prit la main.

— Merci.

— Le *semel* voudra un *menat*, une marque de respect, pour pardonner l'offense et peut-être faire flageller votre *semel*. Vous devez insister, peu importe le prix qu'il demande ou la punition distribuée. Cela ne tuera pas Russ – il peut gérer les dégâts – et l'argent n'a que peu de conséquences. Protégez votre fils.

— Oui, acquiesça-t-elle.

— Mais…, commença Russ.

— Non ! cria-t-elle et lorsque Peter essaya de la toucher, elle lui gifla la main. C'est mon fils qui importe.

— Bien sûr, l'apaisa Russ.

— Vous traitez tous Logan comme s'il était toujours *semel*, gronda Marina, du canapé. Mais il ne l'est pas. Gardes !

Les anciens *khatyus* de Logan nous encerclèrent.

— Fouettez cet homme pour montrer le vrai pouvoir de la tribu de Ruslan Church !

— Oui, s'écria Peter. Russ ! Fais-le !

Le regard de Russ passa de sa *yareah* à Koren, puis de Peter à Marina avant de revenir vers Logan.

— Tu as amené la douleur sur ma maisonnée, l'accusa-t-il. Tu vas payer pour cette transgression. Emmenez-le !

Mon pouvoir s'éleva rapidement et je pris la main de la *yareah* et de Russ car le *nekhene* en moi ne les reconnaîtrait pas.

Ça me brûlait toujours. Ils se mirent tous les deux à hurler et s'écroulèrent au sol – et je m'agenouillai avec eux – mais ma rage féroce ne les força pas à muter comme elle le fit pour tous les autres dans la pièce.

Une fois, mon pouvoir avait été instable. Il avait pris une forme glamour pour attirer un compagnon et était devenu sexuel, charnel, avec un appétit que seul Logan avait pu satisfaire. Il était devenu chasseur, cherchant à éradiquer la faiblesse en forçant la transformation de tous pour découvrir leur puissance, punissant ceux qu'il jugeait indignes. Mais maintenant, j'avais trouvé un équilibre entre le *nekhene* qui vivait en moi et la *reah* que j'étais, créant une fusion qui était devenue, à la fin, protectrice. Ça me convenait, Crane avait raison, j'étais bien dans ma peau.

Je respirai lourdement, anéantissant toute puissance, puis pris une inspiration apaisante avant de me redresser. Le baiser sur ma nuque fut inattendu, autant que l'air renfrogné. Même si je frissonnai sous la chair de poule que me provoquait le regard noir de Logan Church, sexy comme l'enfer, je ne pus m'empêcher de sourire.

— Quoi ?

— Je voulais que personne ne sache que tu avais retrouvé la mémoire, m'informa-t-il.

— Eh bien, dis-le la prochaine fois, plaisantai-je.

Il jeta les mains en l'air avant de s'accroupir près de Russ et Lydia, qui le regardaient avec une horreur absolue de là où ils gisaient sur le sol, chancelant sous le choc et la douleur. Ils n'étaient pas des panthères comme les autres, ce qui fut leur seule bénédiction.

— Désolé, leur dit-il, affable, alors que nous entendîmes des bruits dans les escaliers menant au sous-sol et que la compagne d'Adrian, Irina, et son fils de quatre ans déboulaient dans la pièce avec Danny, à moins de deux pas derrière.

Je n'avais inondé que cette pièce de mon pouvoir, ce qui était la seule raison pour laquelle tous les deux – le fils d'Adrian était trop jeune pour muter – étaient sur leurs pieds, m'étant focalisé sur la pièce et les gens qui s'y trouvaient. Avant, il y avait longtemps, ce genre de contrôle n'aurait pas été possible. Mais j'avais depuis lors des années de pratique.

— Ma *reah* ! s'écria Irina en courant vers moi, les bras tendus, me heurtant violemment, son fils aussi, tandis que je le serrais dans mes bras.

— Adrian m'avait promis que toi et mon *semel* viendriez nous chercher !

— Évidemment, l'apaisai-je. Je suis désolé que nous n'ayons pas pu sauver ton compagnon.

Elle hocha la tête et commença à pleurer.

— Nous partirons avec vous, n'est-ce pas ?

— Oh, oui, jurai-je en caressant la tête de Dmitri avant de pointer Logan du doigt.

Dmitri leva les yeux, m'adressa un sourire plein de dents et de larmes, puis se jeta sur mon compagnon.

Logan l'attrapa en plein vol et le cala contre son torse, câlinant le petit garçon et lui tapotant son dos frêle.

— Nous l'élèverons avec Ilia, promit-il à Irina et elle s'évanouit.

Je la rattrapai facilement et, lorsque la porte s'ouvrit et que Crane et Markel entrèrent, je la passai à mon meilleur ami.

— Emmène-la à la maison, trouve-lui une chambre. Quand elle se réveillera, nous l'emmènerons chez elle rassembler ses affaires.

— Oui, ma *reah*, répondit Crane, son regard glissant vers Russ avant de se poser sur Danny. Et lui ?

Danny était là, tremblant, les yeux rivés sur moi, incertain et effrayé. Il avait l'air encore plus mince et pâle qu'habituellement.

— Eh bien ? lui demandai-je.

Il s'aperçut que je lui demandais de faire un choix, que je lui donnais le choix et son sourire fut magnifique malgré ses larmes.

— S'il te plaît, Jin, laisse-moi retrouver ma famille.

— Sommes-nous vraiment ta famille ?

— Oui, répondit-il rapidement, les yeux brillants de larmes.

Je lui fis signe de me rejoindre.

Il me sauta dans les bras, me serrant fort, débutant une litanie de paroles : combien je lui avais manqué, à quel point il était heureux de me revoir, que je sois à nouveau entier et combien j'avais raison au sujet de Koren Church.

— Je te l'avais dit, grondai-je en lui rendant son étreinte avant de le repousser à bout de bras. Je veux que tu emballes tes affaires, peu importe où elles sont, va à la maison, prends une douche, rase-toi et sois prêt pour les funérailles d'Adrian. Éva a préparé un festin. Irina, Dmitri et toi avez besoin de manger.

— Oui, ma *reah*.

Je lui indiquai Logan.

— Mets-toi à genoux, demande pardon et jure fidélité.

Immédiatement, il fut au sol devant Logan.

— Non, grommela Logan en le remettant sur ses pieds par le dos de sa chemise. Tu sens mauvais et tu as l'air encore pire.

— Oui, mon *semel*, acquiesça Danny.

— Que plus jamais ta voix ne soutienne pas la mienne.

— Oui, mon *semel*.

— Tu ne seras plus mon *sylvan* mais je te reprends dans ma tribu.

La respiration de Danny eut un accroc.

— Merci, mon *semel*.

— Là où je vais, tu viens.

— Tu m'as accepté dans ta tribu, dit-il.

— Comme je peux te bannir, oui. Tu m'appartiens.

Il trembla et je sus que Danny voulait appartenir à Logan de toutes les manières – esprit, corps et âme – mais ce ne serait jamais le cas. Logan Church était mon domaine.

Danny se tourna vers moi et je lui fis signe de partir. Je ne l'avais jamais vu courir si vite.

Logan s'agenouilla près d'un Russ et d'une Lydia toujours sous le choc.

— Voilà ce qui va se passer, Russ, dit-il de sa voix grondante qui vous parcourait de la tête au pied.

La voix de Logan faisait partie de l'attrait, ce profond baryton, ce son aux odeurs de whisky et de fumée, qui vous faisait penser au sexe lorsqu'elle était combinée aux yeux clairs et dorés de cet homme. Lydia avait du mal à détourner le regard de lui.

— Ce soir, je vais veiller mon ami Adrian, que tu as tué, et demain, quand Domin arrivera et prendra le contrôle de la tribu…

— Le contrôle de quoi ?

— De la tribu, expliqua-t-il. La tribu que tu as essayé de me prendre. Il le peut et il le fera.

Russ passa de stupéfait à terrifié en un battement de cil.

— Et quand il le fera, je suis sûr que peu importe ce que tu penses, il trouvera un moyen pour que nous soyons à égalité dans la fosse. Je ne sais pas comment, mais je parierai sur lui – si nous combattons tout court.

— Logan…

— Je suis sûr que, lorsqu'il sera là, il t'expliquera ce qui se passera avec Miguel Garza, puis je me doute qu'il aura d'autres annonces à faire. Dimanche, je partirai avec notre sœur, notre mère, et tous ceux que tu ne peux supporter de regarder.

— Non, Logan, écout…

Logan leva la main pour le faire taire.

— D'ici là, toi et quiconque sous ce toit, ainsi que le reste de la tribu, devrez rester loin de tous ceux qui se sont engagés envers moi.

— Logan, s'il te plaît…

— Parce que si je vois l'un de tes hommes toucher à qui que ce soit, je te tuerai. Tu m'as bien compris ?

Russ ne put qu'acquiescer.

— Tu as tué un homme, aujourd'hui, un homme bon, un homme loyal, et pour quoi ? Parce qu'il ne voulait pas te prêter allégeance ?

Russ garda le silence.

— Un véritable *semel* n'est pas fait pour faire ce en quoi il ne croit pas. Un *semel* est un roc, Russ. Tu vas devoir apprendre à en être un.

Pour la première fois depuis que nous étions arrivés, je vis la douleur sur le visage de Russ.

Il y avait de nombreuses tribus, de par le monde, dirigées par un plus jeune frère pour cause de mort, de défi ou d'abandon. La plupart d'entre eux n'avaient pas eu à apprendre à être un homme bon, mais ils avaient dû apprendre à être forts, à la fois physiquement et mentalement. Un *semel* avait une longueur d'avance : il était l'aîné dans l'ordre de lignée, une lignée de *semels*, lui donnant les capacités inhérentes. Le *semel* était un alpha, plus fort, plus rapide avec d'incroyables capacités de guérison et une surabondance de testostérone et de phéromones qui pouvaient servir à appeler n'importe quelle panthère à lui. C'était un mélange grisant de puissance, d'adrénaline et de sexe qui pouvait être catastrophique pour une tribu si elle était dirigée par un *semel* bon à rien et égoïste, ou une bénédiction s'il ressemblait un tant soit peu à mon compagnon. Un *semel* liait sa tribu à lui, il était suivi, adoré, il prenait soin d'elle de manière imperceptible, se servant de sa force pour la guider, servir de médiateur et servir de modèle dans sa façon de diriger.

Logan avait déçu la tribu, car il ne pouvait *pas* guider, il ne voyait pas ses devoirs avec moi disparu, c'était son échec. Mais ce que la tribu ne savait pas, ce dont Russ et tous les autres n'avaient aucune idée, c'était que cette faiblesse était la seule qu'avait Logan. Ils n'avaient aucune idée des lacunes qu'aurait un autre *semel*.

— Regarde autour de toi, ordonna Logan à son frère.

Nous prîmes tous un moment pour survoler la pièce.

Tous les *khatyus*, tout comme Peter, Koren et Marina – qui avait ordonné que Logan soit fouetté – étaient des panthères et se tordaient toujours de douleur. Le fait que la transformation soit forcée, ne pas avoir le contrôle de ses os, qui craquaient, des muscles qui se brisaient et s'étiraient, était une torture. Ils étaient encore tous dans les affres d'une douleur écrasante.

— Ne teste pas Jin, l'avertit Logan. Il n'est pas en bonne santé.

— Oui, acquiesça Russ, les yeux posés sur moi. Je ne savais pas que tu avais retrouvé la mémoire, Jin. Je suis content pour toi.

Tout ce que je ressentais pour lui n'était que de glace.

— Qu'est-il arrivé à Samantha ?

— Qui ?

Je le foudroyai du regard.

— Oh, oh, ma... ma petite amie, celle que tu as rencontrée la fois où...

— Elle m'avait appelé, car tu étais en danger. Que lui est-il arrivé ?

— J'ai dû renoncer à elle, répondit-il sèchement.

137

Je jetai un coup d'œil à sa *yareah*.

— Pour être une panthère.

Il toussa.

— Oui.

J'aimais bien Samantha, sa petite amie humaine, mais il fallait de la force pour emmener un humain dans une tribu de métamorphes et l'amour devait tenir. De toute évidence, Russ ne l'aimait pas assez fort.

— D'accord, répondis-je simplement. Elle est mieux sans toi de toute façon.

— Tu...

Je levai la main.

— Je préférerais ne plus jamais te parler alors, s'il te plaît, adresse-toi à mon compagnon, dis-je abruptement en me tournant vers la porte.

— Écoute ce que je te dis, dit Logan derrière moi. Reste loin de nous.

Je sortis dans l'immense porche où j'avais l'habitude de m'asseoir l'été et me rendis compte, pour la deuxième fois, qu'il était froid. Ce n'était plus ma maison ; c'était celle de Russ à présent, ce qui rendait plus facile le fait de partir.

— La baie vitrée que tu m'as installée va me manquer et le patio en marbre dans ma chambre. J'aimais y être avec toi, je n'ai que de bons souvenirs.

— Nous nous en créerons de nouveaux, me promit Logan en arrivant derrière moi et enroulant ses bras autour de mes épaules.

Alors que nous descendions les marches et que nous entamions le chemin qui menait au pavillon d'invités, nous croisâmes deux panthères allongées dans les feuilles, respirant lourdement. Les habits qui étaient éparpillés autour d'elles témoignaient de qui ils étaient.

Logan s'arrêta près de Sasha.

— Tu n'as jamais été assez fort pour être mon *sylvan*, dit-il en fronçant les sourcils vers l'animal qui se contorsionnait. Ça ne pourra jamais être que Mikhail.

— Il ne peut pas te comprendre, me moquai-je. Tu le sais.

— Oui, mais je le comprends, c'est tout ce qui importe.

Et il avait raison. C'était tout ce qui importait.

XI

IL ÉTAIT bien après minuit lorsque nous nous réunîmes dans le champ derrière le pavillon des invités. Ma main dans celle de Logan était nécessaire pour nous deux tandis que nous regardions le bûcher funéraire et qu'il parlait de la lignée d'Adrian. Il prononça les noms d'Irina et de Dmitri en tant que survivants d'Adrian puis Irina se leva et parla de son mari.

En tant que panthères, le bûcher funéraire était essentiel autant que les arrangements pris après la mort. Néanmoins, les rites eux-mêmes étaient importants et devaient être suivis à la lettre, comme c'était la tradition.

Être brûlé après la mort vous assurait de retrouver vos ancêtres – ils verraient la fumée et seraient conscients de votre passage dans leur royaume.

Une unique plume blanche coincée dans le poing fermé de votre main droite montrait à Anubis que votre cœur était pur, vestige d'une tradition égyptienne.

La feuille de palmier dans votre main gauche signifiait la vie éternelle, c'était un cadeau pour vos ancêtres, et protégeait votre visage et celui de vos proches durant votre voyage.

Ils étaient un témoignage simple d'une vie simple, mais je voyais ce que cela signifiait pour Irina que Logan les ait donnés à Adrian. Elle embrassa son compagnon pour lui dire au revoir puis nous reculâmes lorsque Crane prit une torche et embrasa le bûcher.

Danny chanta à voix basse un bel hymne doux, qui, en quelque sorte, rendait plus spirituelle l'appréciation de la vie d'Adrian.

Je me tenais à gauche de Logan, Irina sur sa droite – comme c'était la tradition, le compagnon du *semel* et la compagne du défunt, alors que nous regardions les flammes envelopper le corps. Dmitri, selon la loi, était trop jeune pour y assister. Ce serait le devoir de Logan de lui dire le lendemain et de lui offrir le poignard cérémonial de son père, qui était donné à tout chef de *khatyu*.

Lorsque le feu flamba haut dans le ciel nocturne, Logan excusa Irina et lui dit de commencer sa période de deuil, elle voulait se couper les cheveux – c'était une ancienne tradition que certains pratiquaient toujours – et, comme Logan voulait faire tout ce qu'il pouvait pour l'aider à faire son deuil, il se servit du poignard d'Adrian et lui coupa en un mouvement fluide du poignet. Alors qu'avant ils pendaient dans son dos, ils retombaient maintenant sur ses épaules, mais l'acte en lui-même, cette solennité, la fit craquer en sanglots.

Je ne pouvais pas imaginer la douleur; perdre Logan était au-delà de ma capacité de compréhension. Lorsque Markel la porta dans la maison, Delphine promit de rester avec elle jusqu'à ce qu'elle s'endorme.

Logan, Crane, Ivan, Danny, moi et Markel, quand il revint, nous assîmes et racontâmes des histoires sur Adrian. Je partageai notre première rencontre et ses propos disant que Logan se faisait vieux, à cette époque, n'ayant toujours pas trouvé de compagne à trente-deux ans.

Logan se tourna sur la marche où il était assis pour me regarder.

— Il pensait que j'avais trente-deux ans?

J'agitai mes sourcils.

Il leva le menton pour parler à Adrian, maintenant haut dans le ciel au-dessus de nous.

— J'avais trente-quatre ans, imbécile.

J'éclatai de rire et les autres se joignirent à moi.

— Seigneur, tu es vieux, ricana Ivan.

Logan lui fit un doigt d'honneur puis plissa les yeux en direction de l'ancien *sylvan* de Domin.

— Où est ton compagnon?

Ivan haussa les épaules.

— Il veut rester ici, dans la tribu de Mafdet. Ce n'est pas une option pour moi.

Se penchant en avant, Logan tendit la main à Ivan, qui la prit immédiatement.

— Je suis désolé pour ta perte, Vanya, mais égoïstement, je te veux avec moi dans ma prochaine aventure. Je ne veux plus perdre une personne à laquelle je tiens. Le poids est trop lourd.

Ivan fut visiblement heureux et ému d'être appelé par le surnom qu'il avait enfant.

— Mes parents viennent aussi. Là où je vais, ils viennent aussi.

— Fils unique, le taquinai-je.

— Au moins, j'ai des parents, répliqua-t-il en nous adressant, à Logan et moi, un sourire narquois.

Crane ricana.

— Qu'est-ce qu'il y a de si drôle?

140

— Tu plaisantes, n'est-ce pas ?

J'étais perdu.

— Tu es orphelin, commença Crane, m'éclairant alors même qu'il gloussait. Mon père est mort, ma mère m'a renié il y a des années et Logan n'a plus que sa mère maintenant.

— Et c'est drôle pour toi ?

— Non, non, non, s'esclaffa Danny et ce fut agréable de le voir sourire. Adrian était aussi orphelin tout comme sa compagne. Delphine est dans la même situation que Logan, Markel est orphelin, j'ai été renié par ma famille et la compagne de Crane n'a aucune famille qui compte pour elle encore en vie.

— Oui, oui.

Crane éclata de rire, perdant la bataille.

— Et merde ! Domin…

Il se tourna vers Logan.

— Est-ce que Domin a une mère ? Je veux dire, je sais que son père est mort.

— Non, il est orphelin aussi, répondit Logan en réprimant un rire.

— Il n'y a pas de quoi rire, assurai-je.

Mais apparemment si, car il se pencha et éclata d'un rire bruyant, rauque et très sexy.

Mon Dieu ce que je l'aimais.

— Aucun de vous n'est orphelin, proclama Éva lorsqu'elle sortit sur la terrasse. Vous appartenez tous à Logan et tout le monde sait ce que le *semel* fournit. Le *semel* est la vie. À présent, priez pour qu'Adrian fasse un bon voyage et allez vous coucher parce que vous devenez sidérants.

— Oui, Babushka, répondit chaleureusement Ivan en se levant pour lui embrasser la joue.

Elle se pencha et déposa un baiser sur mon front.

— Je sais que tu es endeuillé, mais Delphine dit qu'ils ont fait le tour de la propriété ce soir et que personne ne leur a posé de problème, même à la porte principale. Ce qui signifie que tout le monde dans la maison était toujours sous sa forme de panthère, même quand ils sont revenus de chez Irina.

Je lui souris.

— Tu ne connais pas ta force, mon ange.

Il était fort possible que mon pouvoir s'emballe juste un peu.

QUAND VOUS êtes lié à une maison, vous en connaissez ses bruits, comme vous le faites d'un amant. Le craquement de ses fondations, le cycle d'un réfrigérateur, le bourdonnement du chauffage ou de l'air conditionné, tous les bruits qui peuvent être pris en compte. Mais quand vous êtes dans un nouvel endroit et si, comme moi, vous avez le sommeil léger, les grincements d'un plancher aux petites heures de l'aurore sont source d'inquiétude.

En dépit de mon épuisement – il était trois heures passées lorsque nous avions fini par nous coucher – mes yeux s'ouvrirent lorsque j'entendis un bruit étrange et je vis deux choses.

La première, Ilia blotti contre le torse de son père sur la gauche, entre Logan et moi et la seconde, l'énorme panthère s'approchant du lit.

Logan était dos à la porte – il était vulnérable et l'animal était là, trop proche pour que je me transforme et le tue, si son intention était d'échanger sa vie contre celle de mon compagnon. Il était déjà sous sa forme de panthère alors je ne pouvais pas forcer sa mutation et l'élégante panthère agile que j'étais n'était pas de taille contre la puissance féroce que je regardais. L'idée que je ne pouvais pas les sauver me frappa.

Et pourtant… ça n'avait pas toujours été censé me revenir.

J'avais été seul et il m'avait fallu du temps pour revenir à l'endroit où je me trouvais avant de partir, d'instinctivement mettre ma sécurité entre les mains de Logan. C'était une question de confiance, de foi, de ne pas toujours réfléchir, mais d'agir, car je savais, dans mon cœur et dans ma tête, qu'il était là. Il était mon roc ; je devais compter sur lui.

Tout cela me traversa l'esprit en un instant, car ma première impulsion fut de protéger mon compagnon et mon fils. Mais je n'étais plus seul, désormais.

— Logan ! hurlai-je.

La panthère bondit sur lui, mais Logan roula sur le côté dans un brouillard de mouvements fluides et attrapa la bête meurtrière et grondante par le cou, dans une prise aussi serrée qu'un étau, sans même se lever du lit.

— Papou ? appela Ilia, d'un air endormi.

— Protège ses yeux, Jin, ordonna Logan d'une voix gutturale.

Je lovai Ilia contre moi, son petit visage niché dans le creux de mon cou et regardai Logan arracher la jugulaire du félin et lui briser la nuque comme une brindille.

Je n'avais pas ce genre de pouvoir dans ma forme intermédiaire, ni même dans ma forme de panthère, je n'étais pas dans cet état d'alerte instantané, mais un *semel* c'était autre chose et les gens l'oubliaient. Il semblait y avoir une légère confusion quant à la différence.

— Yusuke! rugit Logan, sa voix résonnant dans toute la maison tandis qu'il relâchait la panthère morte dans son poing.

Je ne pouvais pas voir de l'autre côté du lit alors je demandai simplement :

— Qui?

— Sasha, répondit-il, froidement.

Poussant un soupir, je tendis la main vers lui, mais il sauta du lit, uniquement vêtu d'un short et me dit de garder un œil sur Ilia.

En un instant, Yusuke fut dans l'encadrement de la porte et comment elle avait fait cela – se réveiller et courir au son de sa voix – me dépassait. Elle traversa la pièce à toute allure et s'arrêta devant lui.

Ils étaient beaux ensemble : les épais cheveux noirs de Yusuke tombant lourdement sur ses épaules, sa peau encore plus pâle que d'habitude dans le clair de lune, son visage rempli de fureur. Lui se tenait là, tous les muscles de son corps bandés, prêt à tuer quiconque d'autre viendrait s'en prendre à sa famille et je vis à la fois la rage et la beauté de cet homme.

— Comment? fut son seul mot.

— Je vérifierai, mais je ne vois qu'un seul moyen, répondit-elle. Et c'est par la porte de la terrasse, par l'escalier de secours.

Logan acquiesça.

— Crane et moi sommes dans la chambre à l'avant de la maison et comme tu le sais, entre nous deux, nous l'aurions entendu. Aucun moyen qu'il puisse passer.

— Qui dort dans la chambre de derrière?

— Ivan, murmura-t-elle.

— D'accord, répondit-il sobrement.

— Laisse-moi vérifier la maison. Je reviens tout de suite.

— Non, je viens avec toi, aboya-t-il, puis il se tourna vers moi. Reste ici.

— Oui.

Il se pencha, jeta le corps nu et sans vie de Sasha sur son épaule et suivit Yusuke hors de la chambre.

Je portai toute mon attention sur l'enfant étendu entre mes bras.

143

— Hé, apaisai-je Ilia tout en le rallongeant sur l'oreiller. Tout va bien, mon ange. Rendors-toi.

Il bâilla, laissa échapper un soupir et se rendormit. C'est ce qui était bien avec mon fils; il dormait comme une souche à cause de la transformation. Normalement, les enfants ne traversaient leur première mutation qu'aux alentours de la puberté. Ilia, étant à moitié de ma lignée et à moitié de celle de Logan, se transformait tout le temps. Il était le premier et le seul bébé panthère que j'avais jamais vu.

Après avoir embrassé le haut de sa tête, je sortis du lit, en bas de pyjama et en tee-shirt, et allai vers la fenêtre. La lune était pleine, elle éclairait pleinement les jardins, mais rien ne bougeait dehors.

— Papa?

Me retournant, j'entendis un bruit de verre brisé derrière moi puis, de l'autre côté de la pièce, je vis la vitre d'un cadre photo se fissurer.

Plongeant en direction du lit, j'attrapai Ilia et roulai au sol, le protégeant de mon corps tandis que je le poussai dans un coin.

Les fenêtres explosèrent sous le feu des mitraillettes, du bois et du verre volant en éclats de partout. Ce fut bruyant et Ilia se mit à hurler, m'agrippant et criant le nom de Logan. Je pus sentir son pouvoir augmenter alors je l'embrassai et le câlinai, lui chuchotant que tout allait bien et que je ne laisserais plus rien lui arriver, que je savais qu'il avait peur, mais que tout se passerait bien pour nous.

— Promis? pleurnicha-t-il.

— Promis, mon ange.

Il se blottit contre ma poitrine et je le serrai dans mes bras, plus inquiet de ce qui allait se passer quand la fusillade serait finie que de nous faire tuer par une rafale de balles. Les hommes prendraient-ils la maison d'assaut? Combien étaient-ils? Ne sachant pas combien il y avait d'hommes armés, je n'étais pas certain du meilleur plan d'action.

En quelques minutes, ce fut fini et, dans le calme qui suivit, je tentai d'entendre des voix ou quoi que ce soit qui m'indiquerait combien il y avait d'assaillants.

— Jin? cria Logan en déboulant dans la pièce.

Je levai la main du coin près de l'armoire.

— Là. Nous sommes là.

Sautant par-dessus le lit, il tomba à genoux près de moi, écrasant Ilia entre nous alors qu'il nous serrait dans ses bras.

— Tout le monde va bien?

Il recula pour me regarder.

— Ils n'ont tiré qu'ici. C'est la seule pièce qu'ils ont visée.

Comment avaient-ils pu savoir dans quelle chambre Logan et moi dormions?

— Avez-vous trouvé Ivan?

— Non, mais j'ai envoyé Crane et Markel à sa recherche.

Il était logique que mon meilleur ami y aille à la place de sa femme. Même si Crane était plus fort, Yusuke était bien mieux entraînée. Son ancien compagnon, maître en jujitsu et aïkido, avait enraciné en elle la même intolérance pour l'erreur qu'il avait pour ses hommes. Yusuke avait accepté l'entraînement comme tout ce qu'elle faisait dans la vie, avec une quête inébranlable de la perfection et le résultat était à la fois fort et mortel. Crane avait dû insister pour qu'elle reste et protège sa famille. Cependant, elle ne devait pas être contente et, de fait, lorsque Logan, Ilia et moi la rejoignîmes dans le salon, elle faisait les cent pas.

— Veux-tu bien t'éloigner de la fenêtre, grogna-t-elle pratiquement à Delphine, qui cherchait à voir si elle pouvait apercevoir son compagnon.

— Dans combien d'endroits pourrait se trouver Vanya? répliqua sèchement Delphine. Et non, je ne m'éloignerai pas de la fenêtre – personne n'oserait me faire du mal.

— Mais ils blesseraient le *nekhene*, répondit Yusuke, avec sarcasme.

Habituellement, elles ne se lançaient pas de piques; elles étaient juste effrayées.

— De quoi parles-tu? demanda Delphine d'un air irrité en se tournant pour me regarder, ne remarquant qu'à cet instant que Logan et moi étions là avec notre fils. Oh, Jin, est-ce que tu vas bien?

Son inquiétude avait un train de retard, mais, encore une fois, je comprenais.

— Je vais bien, maintenant. S'il te plaît, éloigne-toi de la fenêtre. Tu portes un enfant, Delphine. Ne l'oublie pas.

À contrecœur, elle se dirigea vers le canapé moelleux et s'y laissa tomber. Peu de temps après, Yusuke la rejoignit et lui prit la main en s'approchant d'elle.

Danny entra et traversa la pièce jusqu'à Logan.

— J'ai vérifié, il n'y a aucun moyen que le nouveau *sylvan* de Russ soit entré sans être détecté. Son odeur est partout dans l'escalier de secours.

Les muscles de la mâchoire de Logan se contractèrent.

— Qu'est-ce que cela signifie? demanda Delphine d'une voix chevrotante.

— Ça signifie qu'Ivan nous a trahis, conclut Yusuke.

— Non, intervins-je rapidement. Nous ne le saurons que lorsque nous lui aurons parlé.

— Il – les yeux de Yusuke volèrent jusqu'à Danny, puis Ilia – pourrait l'avoir fait pour Koren. Ils sont devenus proches.

— Ils bais…

— Sont amis, coupai-je Danny, dont le visage rouge bouillonnait, les mains serrées en poings.

Je me sentais mal pour lui, car moi aussi j'avais pensé que Koren avait fait son choix, qu'il avait pris position. Mais il s'avérait qu'il était l'homme de son père, ce qui signifiait ne pas être gay, ce qui signifiait rejeter Danny et baiser Ivan en cachette.

— J'ai renoncé à ma position pour lui, chuchota Danny.

— Mais pas à ta tribu, lui rappela Logan. Tu as une place dans notre famille.

Danny me lança un regard.

Je pouvais me souvenir maintenant de ce qui avait transpiré et de la raison pour laquelle j'avais dépouillé mon cousin de son titre. J'étais arrivé au milieu d'une réunion entre Logan, Koren et leur père. Je les avais entendus crier depuis l'extérieur, où je jouais avec Ilia et les filles de Crane, alors j'étais venu voir si je pouvais désamorcer la situation. En entrant dans la grande pièce, j'avais trouvé mon beau-père et mon beau-frère faisant les cent pas derrière mon compagnon, qui regardait à travers la grande baie vitrée, surveillant son fils.

— Logan, sois raisonnable, avait rouspété Koren.

— J'ai dit non, rétorqua Logan, la voix au bord d'une exaspération qui pouvait rapidement tourner en une colère hargneuse s'ils n'y prêtaient pas attention.

Ilia jouait à chat avec les filles de Crane sous sa forme de panthère et elles criaient de joie tandis qu'il se jetait sur elles.

— Vas-tu écouter maintenant? cracha Peter à Logan.

— Non, soupira-t-il en se tournant vers eux et en souriant lorsqu'il me repéra. On dirait que tu t'es bien amusé avec…

— Logan! s'écria Koren en se déplaçant pour se tenir devant lui. Tu dois accepter cette offre. C'est vraiment une bonne idée. Cela ramènera de

146

l'argent en plus pour la tribu si nous vendons le plus petit terrain que nous avons. Il ne manquera à pers...

— Non, répéta sèchement Logan, en me faisant signe, sans même regarder son frère.

Koren fit un pas de côté, le bousculant, me barrant le chemin vers mon compagnon.

— Que fais-tu ? aboya Logan en poussant son frère, juste assez pour le faire bouger et traverser la pièce vers moi.

— Logan, s'écria Koren. Ce n'est pas juste !

Logan tourna les talons pour le regarder, les bras croisés, l'air renfrogné, image parfaite de l'irritation.

— C'est moi qui décide de ce qui est juste, Koren. Je ne veux vendre aucune partie de nos terres ancestrales, point final.

— Non, argua Koren, en se précipitant à travers la pièce afin d'obtenir à nouveau son attention. C'est une décision d'affaires intelligente à laquelle tu tournes le dos pour rien de plus qu'un caprice.

— Et ? s'impatienta Logan.

— Que veux-tu dire par 'et' ? Tu me dois...

— Je ne te dois rien, assena durement Logan. Et ce n'est définitivement pas une raison pour que je prenne une décision.

— Si, appuya Peter, en s'approchant pour se tenir près de Koren. Si, puisque tu es si impliqué avec ton fils et les changements en lui et en son pouvoir que tu n'as de temps pour rien d'autre.

— Ce n'est pas vrai.

Mais ça l'était, un peu.

Nous étions dans les montagnes où Ilia pouvait être découvert, alors, comme toujours, Logan était sur ses gardes et, en tant que *semel*, cela interférait avec son temps pour la tribu. Il avait loupé plusieurs choses, notamment les défauts de son *sheseru* qui couchait à droite et à gauche. Si Logan n'avait pas été distrait par son inquiétude pour Ilia, il l'aurait remarqué.

— Entre ta *reah* et ton fils, commença Peter d'un ton accusateur, tu n'es plus le *semel* que tu étais.

— Oh ? dit Logan, sa voix augmentant, tandis qu'il se rapprochait de son père, les yeux verrouillés sur lui. Devrions-nous voir qui est *semel* et qui ne l'est pas ?

147

Peter voulait visiblement défier son fils, mais il n'était pas de taille contre une panthère comme Logan qui, en pleine forme, vrombissait de pouvoir.

— Eh bien? provoqua-t-il son père.

— Tu es ridicule! cria Peter. C'est un bout de terre insignifiant qui...

— Je m'en fiche! répondit négligemment Logan, presque en ricanant, et je pus alors l'entendre dans sa voix : il voulait juste se battre.

Il n'avait aucune bonne raison de refuser cette vente, hormis le fait qu'ils lui présentaient mal. Personne n'exigeait rien de Logan; on lui demandait, on le courtisait, il entendait les avantages et les inconvénients et les gens attendaient qu'il prenne la meilleure décision, ce que, neuf fois sur dix, il faisait. Mais cette fois, ils l'avaient poussé et à présent, Logan s'était braqué. Ils auraient juste dû s'en aller.

C'était stupide, des deux côtés, et j'aurais rigolé si je n'avais pas vu à quel point Koren et Peter étaient en colère. De toute évidence, ils en avaient marre de la distraction de Logan et avaient besoin qu'il s'allie à leurs plans.

J'étais sur le point d'apaiser mon compagnon lorsque Danny débarqua dans la pièce sans permission. Bien que la maisonnée de Logan soit plutôt détendue, il y avait quand même des règles, un protocole, spécialement lorsqu'il était au milieu d'une discussion avec d'autres.

— Pardonne-moi, mon *semel*, s'adressa-t-il à Logan. Mais, bien que tu n'aies pas demandé, je me dois de t'offrir mon conseil et te dire que tu es obtus concernant cette opportunité.

Logan aurait pu le prendre un peu mieux si Danny ne couchait pas avec Koren. Il savait, tout comme moi, où se situait la loyauté de Danny.

— Je le suis? demanda Logan et si Danny avait mieux écouté au lieu de tenter d'impressionner Koren avec sa capacité à influencer mon compagnon, il aurait entendu l'ennui dans le ton étouffé de Logan.

En revanche, j'avais dépassé l'énervement épineux de mon compagnon et me précipitai, tête baissée dans une rage bouillonnante. Comment Danny osait-il supposer offrir des conseils à Logan sans être sollicité? Qui diable pensait-il être? Pire, il l'avait fait uniquement pour faire avancer l'agenda de Koren et pour aucune autre raison. De toute évidence, le *sylvan* de Logan ne faisait plus passer les besoins de son *semel* avant ceux des autres.

J'avais l'impression que ma peau allait se calciner tellement je rougissais.

— Tu l'es, dit Danny, plein d'espoir et je pus dire qu'il pensait réellement se faire comprendre de Logan.

148

Comme si c'était possible, après que Logan eut entendu une telle déloyauté évidente, comme si mon compagnon pouvait être aisément dupé.

— Koren a les meilleures intentions pour toi et la tribu.

— Vraiment ? insista Logan, la raillerie juste sur le bout de la langue.

Danny était une mouche au milieu d'une toile d'araignée et il ne s'en rendait même pas compte.

— Bien sûr, répondit-il, si confiant d'avoir fait changer Logan d'avis, pensant sans doute que son discours et son charme étaient grands.

Il pensait avoir la même emprise que la mienne sur mon compagnon et cette menace me fit frissonner.

Logan hocha la tête et se tourna vers moi.

— Je vais prendre feu, debout si près de toi quand tu es si en colère.

Danny se tourna vers moi.

— Jin ?

— Comment oses-tu remettre ton *semel* en question ? rugis-je et chacun d'eux – Peter, Koren et Danny – reculèrent de plusieurs pas.

Je sentis mon pouvoir s'élever, emplir la pièce, tourbillonner autour de Logan puis s'étendre, frappant les trois hommes et jetant Danny au sol.

— Tu es le *sylvan* de cette tribu ! Tu es censé être le conseiller de Logan, l'homme de Logan ! Tu te tiens à ses côtés, tu es *sa* voix – *la sienne* – celle de personne d'autre ! As-tu perdu l'esprit, putain ? fulminai-je, furieux.

— Jin, gémit-il en levant la main alors que j'avançai vers lui.

— Tu es un connard ingrat !

— Jin, commença Koren. Ne…

— Et toi ! lui criai-je, livide. Comment oses-tu lui remplir la tête de toutes ces conneries comme quoi tu es un homme bon et que tu vas le garder alors que nous savons tous que ce n'est pas le cas !

— Qu'est-ce supposé vouloir dire ? demanda Danny, d'une voix soudainement toute petite, son regard passant de Koren à moi. Jin ?

Ce n'était pas le lieu pour lui dire que Koren couchait à la fois avec Ivan et la compagne d'Avery Cadim. C'était à lui de lui avouer. Mais Danny avait lié son sort avec un homme qui ne méritait pas sa loyauté et je refusais de laisser passer.

— Logan, contrôle ta *reah* ! s'écria Koren.

— Sortez de ma maison et de mon territoire, ordonna Logan. Si vous ne pouvez pas respecter mes règles, vous n'avez pas de place dans ma maisonnée.

— S'il part, je pars, menaça Danny en se relevant et nous faisant face impérieusement, certain de sa place dans la tribu.

— Alors, pars ! tonnai-je, outré par son orgueil démesuré autant que par son idiotie.

Penser une seconde que Koren Church valait la peine de vendre son âme était le comble de la stupidité.

— Tu ne peux pas le menacer ! me fustigea Koren.

Oh, mais je le pouvais.

— Daniel Rayne, dis-je, ignorant le frère de Logan alors que je m'approchais de mon cousin. Par la présente, je te démets de tes fonctions au sein de cette tribu et te dépouille de ton titre de *sylvan*.

— Quoi ? haleta-t-il. Tu ne peux pas faire ça, je…

— Je peux, je viens juste de le faire, répliquai-je froidement. Je trouverai un autre *sylvan*, un qui placera les intérêts de son *semel* avant les siens, jusque-là, j'agirai en tant que professeur de la tribu de Mafdet.

— Non, Jin, me supplia Danny en tendant la main vers moi, puis, à la fin, comprenant ce qu'il avait fait, il renonça.

Je reculai, hors de sa portée, pour aller me tenir près de Logan.

— Hors de ma vue, murmurai-je, la voix emplie de dégoût. Je peux à peine supporter de te regarder.

— Partez ! les congédia Logan. Et ne revenez pas.

Je sortis précipitamment de la pièce et ne m'arrêtai que lorsque je fus sur le porche et que je pus à nouveau respirer. Lorsque Logan m'attrapa le bras et me fit pivoter, je fus momentanément pris par surprise et prêt à échanger davantage de paroles belliqueuses.

— Ta posture de combat, plaisanta Logan en remarquant mon menton levé, mes poings serrés et mes jambes écartées.

— Non, je…

— Stop, me cajola-t-il en me prenant le coude et m'attirant dans ses bras.

Alors que je desserrais les mains, je découvris qu'elles tremblaient et je clignai furieusement des yeux pour ne pas pleurer. J'avais fait confiance à Danny pour faire passer le bien-être de son *semel* et son devoir envers lui avant tout autre chose et découvrir que j'avais eu tort après qu'il m'eut fallu si longtemps pour avoir foi en ma famille de naissance me secouait au plus profond de mon être.

— Ce n'est pas de ta faute, me promit Logan en enfouissant son visage dans mes cheveux. Je lui faisais confiance aussi.

150

J'inspirai profondément par le nez.

— Ne t'inquiète de rien, mon *semel*. Je ferai un excellent *sylvan* jusqu'à ce que nous en trouvions un autre, un qui ne te décevra pas.

— Toi seul peux réussir cela, ma douce et féroce *reah*.

— Ne te moque pas de moi, grognai-je.

— Jamais.

Mes pensées revinrent au présent tandis que je faisais face à Danny.

— J'étais en colère, lui dis-je. Nous l'étions tous. C'est du passé, ça ne sert à rien d'y repenser ou de le revivre.

Il acquiesça vivement, essuyant ses larmes avant de se tourner vers Delphine et Yusuke.

— Donnons-leur dix minutes de plus et nous irons les chercher pendant que les autres s'occuperont des enfants.

— J'aime ce plan, dit Delphine en lui souriant.

— Oui, acquiesça Yusuke. C'est un très bon plan, Daniel.

— Non, ordonna Logan et nous nous tournâmes vers lui. C'est Jin qui va y aller.

Durant une seconde, je fus estomaqué. La suivante, je rayonnais. Je n'aurais jamais pensé vivre assez longtemps pour voir le jour où Logan me ferait confiance pour non seulement prendre soin de moi, mais pour faire quelque chose seul.

— Ne t'excite pas, gronda-t-il. Tu ne vas faire qu'une reconnaissance. Je sais qu'il n'y a aucun félin plus rapide que toi sur cette planète. S'ils ne peuvent pas t'attraper, ils ne pourront même pas te voir.

Le reste de ses paroles importaient peu. C'était la foi qu'il avait en moi.

— Ose ne serait-ce que t'arrêter ou engager le combat et je te fais la peau, c'est compris?

C'était compris. Mon compagnon me laissait faire quelque chose seul, il savait que je reviendrais. Nous étions dans des eaux profondes et inexplorées, je frémissais presque de bonheur.

Et, oui, journée horrible, nuit encore pire, misérable début de matinée et pourtant… mon compagnon croyait en moi. Je volais.

— Logan!

Nous nous tournâmes tous d'un même mouvement vers le devant de la maison, après avoir entendu cet appel tonitruant provenant de l'extérieur.

Il leva un doigt pour nous imposer le silence tandis qu'il allait chercher Ilia et le ramenait à Éva, qui était assise dans le fauteuil surdimensionné près de la cheminée.

— Reste avec Babushka. Je veux que tu sois un grand garçon et que tu la protèges.

Le front d'Ilia se plissa, comme le faisait le mien parfois, et il hocha la tête à l'intention de son père, prenant sa tâche très au sérieux.

— Puis-je me transformer si je le dois ?

— Oui, répondit Logan avant de lui ébouriffer les cheveux et de me dépasser en direction de la porte d'entrée.

Je fus sur ses talons. Tout comme Delphine, Yusuke et Danny.

Le soleil venait de se lever. Dehors, dans la clairière, à genoux, se trouvaient Crane, Markel et Ivan, et derrière eux il y avait Peter, Koren, Russ et plusieurs *khatyus*. Vincent Rector avait ce qui ressemblait à un katana dans la main et Peter avait une dague.

— C'est quoi ce bordel ? demanda Logan, en marchant d'un pas vif, descendant rapidement du porche et traversant la pelouse.

— Stop ! ordonna Peter.

Logan cessa tout mouvement.

— Stop ou je les tue tous au lieu de te laisser le choix ! cria-t-il à son fils.

Sursautant, Logan attendit.

— Tu as tué Sasha, n'est-ce pas ?

— Oui, répondit Logan, d'une voix claire et nette. Il était venu tuer ma famille, je n'avais pas le choix.

— Il était venu te tuer ! hurla Peter.

— Ma famille ne fonctionne pas sans moi, alors d'une façon ou d'une autre, il allait mourir, insista Logan. C'était une folie de l'envoyer.

— On ne l'a pas envoyé, dit Russ d'une voix rauque.

Ses yeux cerclés de rouges, ses épaules tremblantes et ses lèvres mordillées indiquaient sans la moindre ambiguïté que les événements de la veille avaient été plus que bouleversants. Peter lui avait probablement dit que la transition en tant que chef de tribu serait aisée, mais elle ne l'était en rien.

— Et tu l'as assassiné !

— Je défendais ma famille, déclara Logan. Comme je l'ai dit la première fois.

— Tu…

— Il était dans ma chambre avec mon fils et mon compagnon, le coupa Logan, la voix glaciale. Il ne serait jamais sorti vivant.

— Il ne voulait que fustiger Jin pour ce qu'il lui avait fait ! Il ne voulait que le faire payer pour l'avoir forcé à se transformer !

— Là encore, si vous n'aviez pas tenté de m'attaquer, si vous n'aviez pas tué Adrian, cette action n'aurait pas été nécessaire.

— Ça suffit ! hurla Peter. J'ai promis à ses parents qu'il serait enfin *sylvan* et tu l'as tué ! C'était un jeune bon, décent, pas une perversion comme toi !

C'était enfin sorti. Il était étonnant que Peter l'ait gardé en lui si longtemps. C'était comme une plaie purulente, toutes ces années à me détester, haïr le fait qu'il pensait que j'avais détourné Logan et maintenant... sans Éva pour choisir ses mots, il pouvait libérer le vitriol qu'il retenait dans son cœur depuis que mon compagnon m'avait revendiqué comme sien.

Il m'avait montré des étincelles d'acceptation, m'avait même défendu contre les autres à l'occasion, mais, comme une douleur lancinante, la suspicion tourbillonnait dans son esprit, il me haïssait. Je n'avais jamais été ce qu'il voulait pour son fils et rien ne pourrait changer cela. *Reah*, *nekhene*, peu importait. Je ne serais jamais assez bien pour Logan Church, pas aux yeux de son père.

J'avais d'affreux antécédents avec les pères ; je priais pour en être un bon.

— Maintenant, commença Peter, la voix saccadée par l'émotion, choisis, Logan, qui va vivre et qui va mourir, car l'un d'eux va expier pour Sasha.

— Aucune loi ne stipule une mort pour une mort, déclara Logan. Vous avez déjà pris la vie d'Adrian, c'est un paiement suffisant.

— Pas pour Russ ! Pas pour moi !

— Un *menat* vous sera payé ! interrompit la voix de Danny. C'est... c'est la loi.

— Tu n'es plus *sylvan* désormais !

— *Sylvan* ou pas, tonna Danny, je connais la loi.

— Nous pouvons te tuer aussi, aboya Peter. Ta position t'a été enlevée, par conséquent, ta vie est perdue pour Russ !

— Je n'ai jamais été rejeté par ma tribu, lui rappela Danny. Et comme le défi n'a pas encore eu lieu, Logan Church est toujours le *semel* de la tribu de Mafdet et en tant que tel, le seul qui peut dire qui appartient à la tribu et qui ne lui appartient pas.

153

— Tu…

— Je suis membre de la tribu de Mafdet jusqu'à ce que mon *semel*, et seulement mon *semel*, me dise que ce n'est plus le cas, conclut Danny. Je lui appartiens et ça aussi, c'est la loi.

Il n'y avait pas de place au débat et je vis l'inquiétude balayer les *khatyus*. Danny avait été le *sylvan* de la tribu durant six ans. Sa parole avait été l'incarnation de la loi. Il était difficile de ne pas l'écouter et encore plus dur de se couper de son influence.

— Relâchez-les, ordonna Logan.

— Je vais libérer Markel puisqu'il est le compagnon de ma fille et que leur lien est une bénédiction, pas comme l'abomination qu'est le tien.

Logan était sur le point de crier, mais je prononçai son nom, à voix basse, afin que personne d'autre ne puisse entendre.

Markel garda le silence alors que Koren le libérait et il serra brièvement l'épaule de Crane, puis celle d'Ivan, avant de passer devant Logan en titubant pour atteindre Delphine.

— Ramène-la à la maison, lui dit Logan et, en dépit des protestations de Delphine, Markel obéit.

— Alors, maintenant nous devons faire un choix, dit Peter, la voix tremblante de rage. Allons-nous tuer l'homme qui a tenté de contraindre Koren à s'écarter du droit chemin ou allons-nous tuer celui qui a dédié sa vie à soutenir l'être abject qui se tient devant nous.

Il le pensait, bien sûr, mais il voulait tuer Crane, car Crane m'aimait, purement et simplement, tout comme il voulait tuer son propre fils. L'homosexualité était pire que tout ce à quoi Peter pouvait penser.

Logan et moi étions acceptés partout. Il n'y avait nulle part dans le monde des panthères où nous ne l'étions pas. Et même ceux qui étaient bigots, intolérants, pour qui c'était inconcevable, ne doutaient pas de la puissance d'un *semel* ayant trouvé sa *reah*. C'était trop absolu, mais certains – comme mon père, celui de Logan ou celui de Crane – ne m'avaient jamais vu que comme une malédiction, une chose qui devait être chassée et détruite simplement parce que j'aimais un homme. Je ne pouvais pas comprendre une telle haine aveugle. Je n'avais jamais pu. Je comprenais pourquoi cela arrivait, mais ça me dépassait.

— Choisis ! hurla Peter à son fils.

Yusuke courut vers Crane, mais Logan la retint, la soulevant dans ses bras et la serrant contre lui, au plus près, son dos contre son torse. Il pourrait

154

prendre sa forme intermédiaire pour l'immobiliser si elle se débattait vraiment.

— Ça va aller, bébé, l'apaisa Crane, ses yeux se rivant aux miens et soutenant mon regard.

Elle lutta en vain dans l'étreinte de Logan, s'affaissant au sol, ses sanglots déchirant son petit corps.

— Non… je vous en prie, non… j'ai besoin de lui… il est à moi.

— Tout ira bien, promit Crane, sans jamais détourner son regard du mien tandis qu'il parlait à sa femme, puis il commença un lent décompte. Un.

— Choisis maintenant ou ils meurent tous les deux !

Je comptai avec mon ami :

— Deux, dîmes-nous ensemble.

La voix de Logan se brisa :

— Envoie-moi Ivan.

J'entendis le hurlement aigu de Yusuke ; je vis Ivan chanceler vers moi du coin de l'œil, mais je ne détournai jamais le regard de Crane. Je ne pouvais pas. Je *devais* compter afin de savoir quand il relâcherait son dernier souffle.

— Jin, chuchota Crane, la voix à peine portée par le vent.

Ce fut rapide, car, comme dans un rêve, je n'eus aucun contrôle.

Vincent fit un pas de côté derrière Crane et enfonça le katana dans le cœur de mon meilleur ami.

XII

YUSUKE POUSSA un nouveau hurlement, horrible gémissement incessant, déchirant de douleur, et Logan émit le même son. Tout le monde criait, les gens bougeaient, ce fut le chaos jusqu'à ce que le tonnerre me déchire la poitrine.

Le bruit fut plus grand que moi et, instantanément, mon corps disparut et je fus avec Crane, autour de lui, le couvrant, près de lui, et j'entendis son ultime battement de cœur alors qu'il comptait trois.

Ce fut bruyant – ce dut l'être, car toutes les vitres explosèrent et la poussière s'éleva du sol, un million de feuilles remplissant l'air, tellement de feuilles qu'il m'était difficile de voir mes mains devant mon visage.

Mais rien de tout cela ne comptait. Il n'y avait que mon pouvoir appelant Crane, appelant son essence que je contrôlais, son âme, son *ka*, la partie sur laquelle le *nekhene* régnait chez chaque panthère et avec laquelle mon meilleur allait devoir danser, jouer et accepter, contournant ainsi une transformation forcée. Planant aux limites de la mort, il était à ma merci.

Il ne put inspirer mon pouvoir puisqu'il ne respirait plus du tout.

Il ne put aimer cette partie de moi puisque son cœur cessa de battre.

Il devait simplement l'assimiler, le laisser le consumer comme tout autre félin au monde hormis mon compagnon et mon fils, car en cet instant, mon esprit, la force qui vivait en moi, ne reconnaissait pas Crane Adams. Il n'était pas assez fort pour que mon énergie le détecte, à peine un morceau de viande que j'étais sur le point de faire danser.

Il alla en Crane, l'aspirant et le forçant à muter à une vitesse trop rapide à l'œil nu. Je n'attendis que quelques secondes, écoutant le rythme révélateur de son cœur. Mais il n'y avait rien, je devais faire plus.

— Encore ! décrétai-je, moi seul le voyant révolu, beuglant le mot en quête de revirement.

Crane convulsa à toute vitesse, comme un derviche, tournant, se tordant, se reformant, ses vêtements se déchiquetant, son corps perdu dans une fugue de mouvements jusqu'à ce que ce soit fini et que je pose les yeux sur sa forme humaine.

Aucun souffle, aucun cri, aucun signe de vie.

Je sentis ma colère augmenter et je grognai ma demande alors qu'il se retransformait en panthère.

— Crane ! grondai-je en penchant la tête, le regardant se fracturer et se tordre alors que je faisais un pas en avant, ma tête si lourde quand je baissai les yeux vers lui.

J'étais plus grand que la normale, plus grand que Logan, pas tout à fait un animal, toujours homme… en quelque sorte.

Je vis la créature qui m'appartenait, vis sa peau s'étirer, ses os se briser et se ressouder, un craquement sourd tandis qu'elle ouvrait la bouche pour hurler et que cela devint un cri.

Un cri agonisant qui signifiait qu'il était en vie.

Maintenant, je pouvais respirer, car mon meilleur ami le pouvait à nouveau aussi.

— Trois, murmurai-je, finissant le décompte.

Tout était calme, étrangement calme, et, quand je regardai autour de moi, tout le monde était au sol.

Logan était assis, les jambes repliées sous lui, une main sur ses genoux, l'autre tendue afin de tenir celle de Yusuke. À son tour, elle tenait celle d'Ivan, qui tenait celle de Danny, tous effondrés dans l'herbe. Je compris immédiatement ce que je voyais. Mon pouvoir avait été écrasant et la force de Logan avait été nécessaire pour garder tout le monde sous forme humaine. La chaîne qu'ils avaient créée en se touchant les gardait en sécurité.

Je me raclai la gorge tout en reportant mon regard sur Crane.

— Je devrais probablement – je toussai en souriant à mon compagnon – ne plus refaire cela si je peux l'éviter.

Logan me grogna dessus.

Tendant les mains vers Crane, j'en posai une sur sa poitrine, qui se levait et s'abaissait lentement, et l'autre sur sa joue, la caressant tendrement.

— Plus – il haleta – jamais.

J'eus un immense sourire.

— Pourquoi ? N'était-ce pas amusant ?

Son regard noir embrasa ses saphirs.

Je gloussai et le mis en position assise.

— Tu as besoin de nourriture et d'eau, tout de suite.

— J'ai besoin – il prit plusieurs inspirations – de voir comment vont ma femme et mes enfants.

— Elles sont trop jeunes. Mon pouvoir ne les a même pas vues. Et ta femme est avec Logan.

— Ça n'a pas d'importance, gémit-il, je les veux toutes.

Je me penchai et déposai un baiser sur son front, restant là un moment avant de frotter mon visage dans ses cheveux.

— C'était... effrayant, commença-t-il, la respiration lourde, à peine plus forte qu'un murmure rauque. Pourtant, je pouvais te voir alors... ça allait.

— J'étais clairement un peu à cran.

Son sourire fut malicieux.

— Tu t'es transformé également.

— Oh ? En quoi ?

— C'était difficile à dire à travers les feuilles, mais en un genre d'oiseau.

— Un oiseau ?

— Eh bien, toi, mais avec la tête d'un oiseau.

— Quel genre ?

— Un faucon.

— Bizarre.

— Je pense que ton pouvoir *nekhene* est encore en train de changer, dit-il et je me rendis compte à quel point il était pâle.

— Oui, acquiesçai-je en hochant la tête. Que dirais-tu si nous rentrions et te nourrissions...

— Non ! entendis-je Éva hurler depuis le porche.

Penchée sur la balustrade, elle se mit à vomir.

— Qu'est-ce que..., commençai-je en essayant de regarder par-dessus mon épaule.

— Non ! s'écria-t-elle en s'essuyant la bouche de ses doigts. Ne regarde pas, Jin, m'ordonna-t-elle, puis elle se tourna en direction de la maison et pointa le doigt. Et toi, mon chéri, ne t'avise pas de sortir, jeune homme. Je te l'interdis.

Je sus qu'elle parlait à Ilia, mais je ne pouvais pas le voir ni l'entendre de là où j'étais, sur le sol avec Crane et je n'avais aucune idée de ce qu'elle ne voulait pas que je voie.

— Il va bien. Et ton papou aussi, dit-elle à mon fils. Va en haut avec les filles. Ils arrivent dans une minute.

Il dut discuter ses ordres.

— Non, tu sais bien que non.

Et il le savait. Il n'aurait pas dû mettre en doute sa grand-mère.

— Tu vois bien que je vais bien. J'ai mal au ventre, c'est tout.

Il était protecteur. Tout allait bien, alors.

— Vas-y, ordonna-t-elle d'un ton qui ne souffrait d'aucune remarque. Non, Del, reste à l'intérieur. Markel retiens-la. Je ne veux pas qu'elle voie ça.

Voir quoi? Je commençai à me retourner pour regarder à nouveau derrière moi.

— Jin.

Crane attira à nouveau mon attention et je me rendis compte qu'il avait l'air en plus mauvais état encore qu'avant.

— Seigneur, nous devons t'emmener à l'intérieur.

— Oui, avoua-t-il. Mais regarde-moi, d'accord?

Puis ça me frappa, je pris une inspiration et l'odeur de sang m'atteignit.

— Oh, mon Dieu, gémis-je en tournant la tête.

— Non, insista Crane, la voix rauque, sans même tendre la main vers moi, car il n'en eut pas la force. Là, regarde mon visage. Ne détourne pas les yeux.

Je toussai.

— Est-ce que Russ et Koren sont morts?

Il tourna la tête et plissa les yeux, vérifiant.

— Non. Peter non plus, mais ils sont tous en panthères.

— S'ils sont en panthères, comment peux-tu dire que c'est eux?

Il toussa.

— Parce que tous les hommes sont en pièces et aucun n'est Peter, Koren ou Russ. Processus d'élimination.

— Rector?

— Oui.

— Oui, en vie?

— Non. Mort.

Je pris une inspiration tremblante.

— Ils sont tous morts?

Il se racla la gorge.

— Oui.

— C'est mauvais?

Son regard se réchauffa.

— Tu m'aimes, ma *reah*, tu m'as toujours aimé. Même dans ce qui vient de se passer, il y a de l'amour, et parce que ton pouvoir était dirigé sur moi – aussi vicieux fût-il – j'avais ton entière attention. Tu étais précis, déterminé.

Je hochai la tête.

— Le reste n'était qu'un trop-plein d'énergie sans but, sans contrainte.

— Et?

— Et je suppose qu'il fallait être un *semel* pour se protéger contre cela, un félin normal avait besoin de toucher un *semel* afin qu'une partie de son pouvoir puisse le soutenir avant que cette vague d'énergie ne le brise.

C'était logique. Voilà pourquoi ma famille se tenait les mains derrière moi.

— Si tu n'avais pas de *semel* comme barrière, ta mutation te serait arrachée de façon désordonnée et le traumatisme pour ton corps, ton cœur et ta peau… aucun moyen que tu ne te désagrèges pas.

Je comprenais ce qu'il essayait de me dire.

— Ça ressemble à ce que j'imaginerais être un massacre.

Il déglutit péniblement.

— Garde à l'esprit, commença-t-il, qu'ils ont tiré sur ta maison, Jin. Ils ont tenté de te tuer, de tuer Logan et ils auraient tué Ilia.

Il avait raison. Comme d'habitude.

— Sasha Orlov était dans *ta* maison, dans *ta* chambre.

— Oui.

— Tu ne fais toujours que ce que tu dois faire.

J'avais l'impression que j'allais voler en éclats. J'avais vraiment besoin de le toucher, besoin de m'ancrer.

— Ils allaient tuer Ivan et Markel. Ils essayaient réellement de me tuer.

— Je sais.

— Ça, dit-il en indiquant ce qu'il voyait d'un coup de menton. C'est toi me sauvant et étant forcé de le faire.

Je reniflai.

— Ils n'ont eu de cesse de te tester, pourquoi, je ne sais pas. Il peut n'y avoir aucune limite à ton pouvoir, mais, franchement, pourquoi voudrions-nous te pousser pour le découvrir?

— Tout ce que je veux, c'est vivre avec ma famille, avec toi et qu'on me laisse tranquille.

— Je sais.

— Si je devais le refaire, pour le restant de ma vie…

— Tu le referais, je sais, gloussa-t-il avant d'expirer profondément. Maintenant, emmène-moi à l'intérieur, il faut que je mange.

Je devais me transformer pour le faire alors je me levai pour me déshabiller et me rendis compte que mes vêtements étaient en lambeaux. J'avais dû prendre une quelconque forme durant le calvaire de Crane, mais pas animale. J'aurais été nu si ça avait été le cas.

— Non !

Mes yeux trouvèrent Logan, qui se relevait avec difficulté.

— Je vais porter Crane, dit-il, en commençant à marcher lentement, comme si ses pieds étaient trop lourds. Ne te transforme pas à nouveau.

— Mais tu es blessé.

— Je suis vidé, pas blessé, me rassura-t-il. Ne mute pas, bébé. Je vais devoir le faire si tu le fais et tu devras aussi t'occuper de moi.

— D'accord.

Il jeta un regard par-dessus son épaule puis revint vers moi.

— Est-ce que mon père et mes frères sont morts ?

— Non, répondit Crane.

Le cri depuis le porche m'indiqua qu'Éva attendait d'entendre la nouvelle.

— Peter devait avoir suffisamment de force pour les empêcher de me suivre à travers la transformation, murmura Crane de là où il était allongé dans la poussière.

Et Logan encore plus. À nouveau, il y avait une différence entre un *semel* et un félin ordinaire. Russ et Koren avaient été impuissants à se sauver ; c'était une seconde nature chez Logan.

J'observai Logan se traîner vers moi. Il était le seul dehors à bouger. Je me doutais qu'il était le seul à part moi à pouvoir le faire.

Il était si fort, malheureusement, je le testais tout le temps. Ses réserves devaient être immenses, car je l'obligeais constamment à faire démonstration de sa puissance.

— Écoute, grommela-t-il en posant une main chaude et douce sur ma peau froide, c'est comme un muscle, pas vrai ? Plus tu le travailles, plus il devient fort.

Je frottai ma joue contre sa paume, levai le menton et fis courir ma mâchoire sur sa peau, aimant cette sensation.

— Tu me rends fort, chuchota-t-il en posant la main sur ma nuque lorsque je gémis, désirant être plus proche, sur ses genoux, avant de me tirer en avant.

J'inspirai puis il m'embrassa, doucement, tendrement, puis gémit lorsqu'il me relâcha, faisant courir son pouce sur mes lèvres.

— Mon compagnon a besoin d'être réclamé, mais d'abord, ton *beset* a besoin de nourriture.

— Amen, grommela Crane. Cesse de baiser ton compagnon du regard sur le temps qui m'est imparti.

Il essayait de rester d'humeur légère après l'horreur que j'avais déchaînée.

Logan se baissa pour soulever Crane dans ses bras, l'un derrière son dos, l'autre sous ses genoux, ce qui parut étrange, car, bien que mon compagnon soit grand et large, mon meilleur ami n'était pas petit.

Je commençai à tourner lentement sur moi-même.

— Non, m'avertit Logan tandis qu'il se relevait de toute son imposante hauteur. Regarde-moi.

Obéissance immédiate alors que je penchais la tête en arrière afin de croiser son regard doré.

— Je te l'interdis, compris ? Je ne te laisserai pas graver cette image dans ton esprit pour le restant de tes jours. Je ne te laisserai pas te torturer pour avoir défendu ta famille et sauvé ton ami.

Mon corps s'échauffa tandis que je le regardais, et je réalisai combien je voulais être là où était Crane. Oui, nous étions au milieu de Dieu sait quoi et je n'avais aucune idée de combien d'hommes se trouvaient ici, et pourtant, j'étais à la merci de qui je devais rester autant que de ses phéromones.

— À part mon père, Russ, Koren et Rector, il y avait cinq autres hommes.

— Donc, tu es en train de me dire que six hommes sont morts à cause de moi

— Nous faisons tous des choix.

Oui.

— Maintenant, je dois manger aussi, alors j'y vais. Peux-tu emmener Danny, Yusuke et Ivan en même temps ?

— Bien sûr.

— D'accord, alors viens.

J'étais si déchiré. Une part de moi voulait regarder, l'autre non.

— Fais ce que je te dis, pour une fois.

— D'accord, acquiesçai-je. Mais ne prends pas l'habitude de penser que je t'écouterai tout le temps.

— Ne t'inquiète pas. Je le sais bien.

162

Je ne comprenais pas pourquoi personne ne bougeait jusqu'à ce que je suive Logan. Tous – Yusuke, Danny et Ivan – étaient sur le dos, cherchant leur souffle, mais c'était tout ce dont ils étaient capables. Markel nous aida, Logan et moi, à porter les autres à l'intérieur et Artem arriva avec le reste des *khatyus* pour récupérer Peter, Koren et Russ, puis empiler les autres afin de les brûler.

Il était difficile de savoir comment je me sentais. Yusuke sanglotait ouvertement, assise sur mes genoux, ses bras enroulés autour de moi. Malgré ses pleurs, elle réussit à me remercier et me dire que j'étais une bénédiction juste avant de se mettre à hyperventiler.

Logan la souleva de mes genoux et la posa sur une chaise près de Delphine. Sa sœur la fit respirer dans un sac en papier qu'Éva ramena de la cuisine, puis, quand elle fut calmée, Delphine la nourrit. Markel nourrit Ivan, qui ne parvenait pas à arrêter de pleurer et Éva dorlota Danny et Logan. Je tentai de l'aider – je voulais vraiment m'occuper de Logan – mais elle avait raison. J'étais un peu instable moi-même. Et tandis qu'Éva s'affairait autour d'eux, Ilia prit soin de moi. Il s'assura que j'avais assez de viande dans mon assiette, me versa de l'eau ainsi qu'à tout le monde et alla de personne en personne, les serrant dans ses bras.

Je voulais me redresser et être fort. Après tout, tout le monde avait vécu pire que moi, mais Logan tira ma chaise afin qu'elle butte contre la sienne et se pencha vers moi pour poser sa joue contre mes cheveux.

— Je suis si fier de toi.

— J'étais un cauchemar dehors.

— Tu étais exquis, tu nous as tous sauvés, murmura-t-il en embrassant ma tempe. Encore une fois.

— J'ai tué des gens.

— Parce qu'ils ont essayé de tuer ceux que nous aimons – oui, tu l'as fait.

Je déplaçai mon assiette et cognai ma tête contre la table.

— Je n'arrive pas à croire que nous ayons perdu Adrian pour… Oh, mon Dieu, Irina ! hoquetai-je en relevant la tête et regardant Logan.

— Elle dort, me promit Éva. Tout comme son fils. Rien ne vous épuise plus que des funérailles. Ils pourraient dormir en pleine tornade.

— Ce qu'ils ont fait, dit Markel en m'adressant un sourire chaleureux.

— Je devrais aller voir comment va Crane, annonçai-je en commençant à me lever.

— Non, répondit Éva en posant une main sur mon épaule pour me garder sur ma chaise. Il a mangé, il a bu et il dort. Son corps a besoin de guérir. J'espère qu'il dormira durant des jours.

— Aucun de nous ne peut dormir, murmura Danny en frissonnant maintenant que son corps digérait sa nourriture.

C'était trop lui demander que de réguler sa température en même temps.

— Et s'ils nous attaquent à nouveau ?

— Non, répondit Logan. J'ai passé un coup de fil.

Et comme si c'était le signal, on frappa à la porte.

Logan cria d'entrer – il ne pouvait pas se lever, il était trop fatigué – et Christophe Danvers, *semel* de la tribu voisine de Pakhet traversa la pièce, flanqué de son *sylvan*, Rana Shah, de son *sheseru*, Joshua Levitsky et d'une vingtaine d'autres hommes qui se déployèrent dans le salon.

— Seigneur, tu as une sale tête, aboya Christophe à Logan en arrivant près de nous. Toi aussi, dit-il, m'incluant.

— Ma *reah*, haleta Josh en se déplaçant rapidement pour se tenir près de moi et s'agenouiller.

— Je déteste ces conneries de *reah*, grommela Christophe, mais il posa une main sur l'épaule de Logan et l'y laissa. Que puis-je faire ?

— Nous protéger jusqu'à ce que l'akhen…

— Jusqu'à ce que Domin… quoi ? Appelle-le Domin, nous avons grandi ensemble, pour l'amour de Dieu. Pour moi, il est toujours Domin. Je me rappelle du temps où…

— Mon fils est juste là, grogna Logan en lui montrant Ilia.

— Oh, oui, regardez qui est là, dit Christophe en souriant. Mini Jin, c'est génial.

Seigneur, j'étais si heureux de le voir. Je me penchai en avant et étreignis Josh, qui manqua de sauter au plafond, et je le laissai bredouiller tandis que je me relevai, contournai Logan et me jetai dans les bras de Christophe.

Il me rattrapa aisément, tout en secouant la tête, et je me rendis compte que, durant toutes ces années, il s'était énormément adouci. Il avait divorcé de sa première *yareah* et avait pris Haya Blum, comme seconde *yareah*, qui était l'exact opposé de Talon, à la fois en tempérament et en appétit. Ce qui signifiait qu'elle était du genre humble, très pondérée, gentille et ne

164

couchait qu'avec son compagnon, ce qui était un énorme changement pour Christophe.

Elle le rendait accessible et réfléchi et surtout, elle lui avait donné la capacité à rire de lui-même. Auparavant, il prenait toujours tout très au sérieux, mais au cours des quatre dernières années, il était devenu un homme, et un *semel*, complètement différent. Alors, il était logique que Logan se tourne vers lui à présent.

— Descends de là, marmonna Christophe en me faisant un câlin avant de nous séparer. Je suis content que tu sois revenu. Il n'était plus le même depuis que tu étais parti.

— Moi non plus.

— Je suis désolé que tu aies perdu Avery, me dit-il avant de reporter son regard sur Logan et de hausser un sourcil. Mais je te l'avais dit, Avery n'était pas assez fort pour être ton *sheseru*.

— Il n'était assez fort pour être le *sheseru* de personne, intervint Rana, semblant exaspéré, avant de me tendre la main. Bénie sois-tu, ma *reah*.

— Toi de même, répondis-je en lui serrant la main.

Christophe prit un siège près de Logan.

— Explique-moi ce qui se passe.

Ils discutèrent tandis que le reste d'entre nous se déplaçaient.

Je mis Yusuke au lit, près de Crane, elle se déshabilla et se drapa contre lui comme une seconde peau. Elle avait besoin de sentir son cœur battre. Leurs filles allèrent dans la chambre de Delphine et Markel, Ivan et Danny prirent une chambre et partagèrent un lit, tandis qu'Éva se rendit dans la sienne – non sans me promettre que, bien qu'elle soit soulagée que Peter et ses fils soient en vie, elle s'était résignée qu'ils ne le soient *plus* pour elle.

— Nous devons tous faire des choix, Jin. Je ne cesse de te le dire.

Je montai à l'étage chercher un cardigan, car j'avais froid et, quand je sortis de la chambre, je fus saisi et poussé face contre le mur. Je me serais débattu, aurait muté, tout fait pour m'échapper si je n'étais pas déjà prêt à supplier mon compagnon de me prendre.

— Logan, haletai-je d'une voix rauque, inspirant ses phéromones, son odeur épicée, collant à ma peau, à mes cheveux, partout.

Je me débarrassai de ma chaussure droite et il descendit violemment mon pantalon, libérant ma jambe afin que je puisse les écarter pour lui, ouvrir mon entrée. Il n'y avait aucune douceur en lui, seulement sa main sur ma nuque, maintenant mon front contre le mur tandis qu'il appuyait l'extrémité enflée de son membre contre mon orifice.

— Tu es lié à moi, chuchota-t-il férocement avant de plonger en moi en un mouvement brutal, le lubrifiant qu'il avait rapidement étalé sur sa hampe permettant cette pénétration sauvage.

Je me déhanchai sur sa verge, voulant plus, ayant besoin qu'il bouge, qu'il me prenne, alors même que je baissai la main et caressai ma dureté.

— Ton pouvoir est à moi, car tu es à moi, Jin Church.

— Oui, chuchotai-je alors que ses hanches claquaient, plongeant en moi, l'enfouissant profondément.

— N'oublie jamais que tu m'appartiens.

— Non, gémis-je, pantelant tandis qu'il me martelait, me ravageant alors que je chantais son nom.

Il rua contre moi et je sentis sa libération se répandre en moi tandis que j'explosais sur le mur avec ce qui aurait été un cri s'il n'avait pas claqué sa main sur ma bouche.

J'aimais quand Logan Church était doux, lent, quand il me faisait l'amour.

J'aimais quand Logan Church était rapide, sale, et qu'il me baisait contre le mur.

Tout en moi aimait tout en lui, il savait toujours ce dont j'avais besoin et me le délivrait exactement. Après avoir perdu sa tribu, il avait besoin de réclamer ce qui serait éternellement à lui. J'étais la seule chose immuable dans sa vie, car j'étais son compagnon, je lui appartenais. Il venait de nous le rappeler.

Trop rapidement, il se glissa hors de mon corps et je criai, pas de douleur, mais parce que la sensation d'être rempli avait disparu. Me tournant dans ses bras, il m'embrassa, moulant mon corps au sien, prenant mes fesses en coupe, d'où coulait son sperme, et me souleva dans ses bras.

— Tu as besoin d'une autre douche, soupira-t-il en m'embrassant tandis qu'il me portait dans le couloir.

— Je t'aime, murmurai-je.

— Je le sais, me taquina-t-il.

Il se doucha avec moi puis partit rejoindre les autres, non sans m'avoir embrassé, me laissant une nouvelle fois à bout de souffle.

— Je t'aime aussi, dit-il en partant.

J'étais épuisé, mon corps éreinté, lorsque j'allai m'allonger sur mon lit. Juste avant que je m'endorme, Ilia débaula des escaliers et entra dans la chambre jonchée de balles – et sans le bénéfice des fenêtres qui faisaient face au jardin – et plongea sous les couvertures avec moi.

— Oh, mon ange, fais attention au verre, le prévins-je.

— J'ai mes pantoufles, me dit-il. Papou m'a dit de les porter si je venais ici.

Mon *semel* était toujours vigilant.

— Bien, répondis-je en bâillant, à peine capable de garder les yeux ouverts et remarquant qu'il en était de même pour lui. Tu t'allonges près de moi ?

Il hocha la tête et s'étendit près de moi.

Nous nous blottîmes l'un contre l'autre, laissant de la place pour Logan et j'eus un pincement au cœur en songeant à Sasha dans la pièce. Pendant un instant, j'eus envie d'ouvrir les yeux, juste pour me rassurer, mais alors, j'entendis mon compagnon rire au rez-de-chaussée, alors je laissai la tension s'évaporer.

Nous serions en sécurité durant notre sommeil. C'était une chose de terroriser les nôtres sur nos terres, c'en était une autre de menacer un autre *semel* et son entourage. Logan avait été brillant en appelant Christophe, et je savais que s'il avait pensé que nous serions attaqués une seconde fois, il l'aurait appelé au moment où nous conduisions Adrian au repos éternel.

Seigneur, quelle journée, quelle nuit et quelle matinée ! Je ne pouvais qu'espérer que maintenant, les choses iraient mieux. Je voulais être une bénédiction pour mon compagnon, mais il semblait que j'apportais également la douleur. Si j'étais parti pour toujours, je me demandais si Peter aurait appelé Russ. Il aurait pu laisser Logan se noyer dans sa peine et simplement lui proposer de démissionner. Logan aurait probablement quitté la tribu et aurait emmené Ilia en Égypte pour vivre avec Domin. Mais j'étais revenu alors il avait dû se battre.

J'espérais réellement que m'avoir avec lui valait ces sacrifices.

XIII

LORSQUE JE me réveillai, Logan n'était pas dans le lit et il me manqua instantanément. Je descendis à sa recherche et le trouvai douché et rasé, se tenant entre Christophe et Justin Cho, *semel* de la tribu de Qebui, de Los Angeles. Il était l'un des plus vieux amis de Logan et de ce que je pouvais voir, il était seul.

— Bonjour, les saluai-je.

Logan se tourna et traversa vivement la pièce, les bras ouverts.

Je courus vers lui, il m'embrassa et me serra dans ses bras, murmurant inlassablement ces mêmes mots : je t'aime, tu es mon monde.

J'avais ma réponse. Quoi qu'il se passe, je valais plus que tout pour mon compagnon.

Lorsqu'il finit par me relâcher, frottant mes avant-bras comme si j'avais froid et essuyant des larmes qui coulaient de mes yeux sans que je m'en sois rendu compte, son sourire fit se creuser ses rides de rire.

— Qu'est-ce que fait Justin ici ? demandai-je, heureux de le regarder.

— Justin a accepté la proposition de Domin, alors il va le retrouver ici.

— Quelle est-elle ?

— Construire.

— Je ne te suis pas.

— C'est ce que fait l'entreprise de Justin, *Crescent*. Il est promoteur immobilier. Il construit partout dans le monde puis il vend ces bâtiments, entiers ou non, par ses agences.

— D'accord.

— Es-tu bien réveillé ?

— Je pense, oui, quelle heure est-il ?

— Environs quatorze heures. De dimanche.

— Putain de merde !

— Eh bien, tu es le premier debout, donc, ça en dit beaucoup.

— As-tu dormi ?

— J'ai dormi ici avant que Justin arrive.

— Et c'était quand ?

— Aux alentours de dix-huit heures hier, je pense.

— Oh, mon Dieu, Logan, tu dois être épuisé.

— Non, je vais bien. C'est juste… Christophe est un mec bien et ça se serait bien passé, mais j'avais besoin de quelqu'un ici que je connaissais mieux que personne et qui n'aurait aucun autre objectif, ni d'intérêts à passer toutes sortes de marchés.

Je le dévisageai.

— Tu pensais que, peut-être, ton père ou quelqu'un d'autre aurait pu faire une proposition à Christophe, à laquelle il n'aurait pas pu dire non.

— Peut-être.

Il médita.

— Probablement pas, mais quand bien même, j'avais besoin d'une sécurité supplémentaire avant de pouvoir dormir.

— Donc, tu as dormi ici, sur le canapé, avec Christophe et Justin.

— Non, Christophe est rentré et a laissé Josh ici avec suffisamment de ses *khatyus* pour nous défendre.

— À quelle heure Christophe revient-il ?

— Je suis là.

Je pris une inspiration et jetai un coup d'œil par-dessus l'épaule de Logan aux deux autres *semels*.

— D'accord. Alors, dis-moi, que va faire Justin pour Domin ? Je n'ai pas compris.

— Puis-je vous interrompre ?

Justin Cho était un homme magnifique. Il avait de splendides traits sculptés, de longs muscles sinueux et il bougeait avec une grâce fluide et féline, sous n'importe quelle forme, homme ou bête. Ses habituels longs cheveux noirs brillants étaient à présent plus courts que les miens et ses yeux d'onyx étaient aussi liquides et superbes que dans mon souvenir.

— Je suis tellement content que tu sois là, murmurai-je.

Il m'enveloppa dans ses bras, me serrant fort contre lui, puis me rendit à Logan, qui me cala contre son flanc.

— Quelle était ta question ? me demanda Justin, d'une voix douce et rauque.

— Que fais-tu avec Domin ?

— Eh bien, Domin a appris que la tribu de Rahotep possède ses propres terrains sur les différents continents alors il veut que je construise et que je vende des immeubles, dont Mikhail gérera les fonds pendant qu'il se balade à travers le monde.

— Attends, je viens de me réveiller.

Son sourire fut un peu condescendant, mais ça allait.

— Donc, tu construis sur ces terrains, tu vends et Mikhail gérera les fonds et Domin, il fera quoi?

— Il continuera à voyager, rencontrera plus de gens, et, un jour, il amènera tout le monde sous l'égide d'un seul chef. Je veux dire, il y a encore de mauvaises tribus, Jin, et Domin prévoie de toute les éradiquer. Il le fera jusqu'à ce qu'il soit prêt à passer les rênes au prochain *akhen-aten*.

— Tu veux dire *semel-aten*.

— Non, je veux dire *akhen-aten*.

— Oui, mais…

— Il les différencie.

— Différencie quoi?

— Il restera *akhen-aten* et continuera à avoir un pouvoir absolu, mais il va restaurer la position de *semel-aten* en tant que chef de la première tribu de Rahotep.

Yusuke avait dit quelque chose à ce sujet.

— J'ai besoin de m'asseoir.

Nous nous dirigeâmes tous les trois vers le salon et je me demandai brièvement où était parti Christophe avant de l'entendre aboyer des ordres à l'extérieur. Il n'y avait plus aucune vitre alors il me fut facile de l'entendre.

— OK. Domin sera *akhen-aten*, tu voyageras avec lui et feras de l'argent… où sera Mikhail?

— À Sobek.

— Il dirigera?

— C'est le *sylvan*, tu te souviens? répondit Justin en plissant les yeux. La dernière fois que j'ai vérifié, les *sylvans* ne dirigeaient pas les tribus.

— Il supervisera alors.

— Il ne peut pas faire ça, non plus. Mikhail sera bien trop occupé à gérer son personnel d'avocats, de comptables et toutes autres personnes dont il aura besoin.

— Est-ce Kabore qui dirige en tant que *maahes* alors, pendant l'absence de Domin?

— Ça a cessé de bien fonctionner. La tribu a besoin d'un *semel* accouplé. Ils ont besoin de voir une famille avec une lignée sur laquelle ils peuvent compter et avoir foi, même si, comme tu le sais, la tribu de Rahotep sera toujours celle où le *semel* peut être contesté.

— Évidemment, c'est de cette façon que la position de *semel-aten* peut être défiée.

— Jusqu'à un certain point, bien sûr. Je veux dire, quand tu as un *semel* assez fort là-bas, personne ne le défie et franchement, vivre en Égypte n'est pas pour tout le monde.

Non, ça ne l'était pas.

— Donc, Kabore est…

— En retrait, c'est ce qu'il est. Pour le moment, il aide Jamal avec la bibliothèque de Satis afin que Jamal ait plus de temps à dédier à sa nouvelle famille et à sa position en tant que *menthu*, documentaliste de la loi.

— Gardien de la loi, corrigeai-je sans y penser.

— Gardien, c'est exact.

— En gros, il est documentaliste glorifié.

— Oui, et ça lui correspond bien puisqu'il est marié maintenant et que sa compagne et lui attendent leur premier enfant.

Jamal Hassan était l'homme le plus redoutable que je connaissais et l'imaginer en père me fit sourire.

— Il a une compagne?

— Oui, et elle est enceinte, comme je te l'ai dit.

Personne ne me disait jamais rien.

— OK, donc Kabore est hors-jeu. Rahim est-il toujours *phocal*?

— Rahim Dewidar commande-t-il toujours le Shu, les assassins du monde des panthères? Pourquoi, je ne sais pas, mais oui.

— Tu n'as pas à être si impertinent.

Il pencha la tête sur le côté.

— Si, en réalité, si le *phocal* était viré, ils enverraient un mémo.

Je jetai un coup d'œil à Logan, qui haussa les épaules et sourit.

— Shahid Alon est toujours le second de Rahim, Taj est toujours *sheseru*… rien n'a changé à part ce que veut faire Domin.

— Qui est?

— Il a besoin de quelqu'un en qui il peut implicitement faire confiance.

— Pour faire quoi?

— Pour être *semel-aten* et prendre le commandement de la première tribu, mais qui ne songera jamais à le défier ou se retourner contre lui.

— D'accord, mais qui?

Justin me dévisagea. Franchement, comment cette question avait-elle pu sortir de ma bouche? Me tournant sur mon siège, je portai mon entière attention sur Logan.

— Je serai *semel-netjer*, *semel-rê* et enfin, *semel-aten*, grogna-t-il.

Je faillis avaler ma langue.

171

Logan attendit patiemment que j'arrive à respirer.

— Tu as déjà dit oui ?

— Oui, m'informa Justin.

— La ferme, aboya Logan.

— Seigneur, Logan, haletai-je en essayant de me lever avant que sa main sur mon poignet, me gardant assis, rende cette tentative impossible.

— C'est pour le mieux, comme je te l'ai expliqué.

— Mais...

— J'en ai marre d'avoir peur. Je veux guider des gens qui veulent de moi tout en comprenant que ce n'est pas une famille.

— Il y a un protocole, des règles, pour une raison, expliqua simplement Justin. La loi et toutes ses étiquettes sont en place pour protéger à la fois les panthères et les *semels*.

— Ça bouge trop vite.

— Ça a pris trop de temps, me dit Justin. Il est en train de mourir ici, Jin. Ça fait si longtemps qu'il s'inquiète pour toi et Ilia et...

— Stop, l'interrompit Logan, d'un ton bourru avant de prendre mon visage entre ses mains. J'ai expliqué ma position et tu comprends que je pense que c'est ce qu'il y a de mieux. Nous n'allons pas en débattre. Tu es mon compagnon, tu me suivras.

Évidemment que je le suivrais.

— Oui ?

— N'importe où, promis-je, à bout de souffle.

— Bien, conclut-il en se penchant pour m'embrasser. Nous allons en Égypte.

Je lui souris.

— C'était ce que désirait le prêtre en Mongolie. Hamid Shamon a toujours voulu que tu sois *semel-aten* ; il a été si déçu quand tu as donné ce titre à Domin.

— Je n'ai rien donné à Domin. Il s'est battu pour ça et a gagné.

— Mais tu lui en as donné l'opportunité, arguai-je. Tu sais que c'est le cas. Le prêtre voulait que tu te battes contre Ammon El Masry, mais au lieu de cela, ce fut lui contre Domin. Tu as reculé et donné sa chance à Domin.

— Et regarde combien il s'en est bien sorti.

— C'est vrai, pourtant, c'est toi que le prêtre voulait et maintenant, enfin, des années après sa mort, son souhait va être exaucé.

— Si j'étais lui, je te hanterais, commenta Justin d'un ton taquin à l'adresse de mon compagnon.

— Encore une fois, la ferme. Quant à toi, ajouta-t-il, les yeux rivés sur moi, tu dois t'habituer à l'idée de vivre dans le désert.

— Mais je déteste la chaleur.

Ma déclaration fit éclater de rire Justin.

— Il est ennuyeux, pas vrai ? ricana Logan.

Oui, il l'était assurément.

AU MOMENT où, douché et changé, je redescendis au rez-de-chaussée, les autres venaient manifestement de se réveiller et Éva avait commencé à cuisiner. Elle fut ravie de voir Justin, le serra dans ses bras, puis les fit asseoir, lui et Christophe, afin qu'elle puisse les nourrir en premier.

Danny était adorable quand il descendit les escaliers en titubant et se frottant les yeux, puis cillant quand il vit Justin Cho assis à la table de la salle à manger. Il fut sur le point de remonter à l'étage, mais Justin se leva si rapidement pour barrer le chemin du petit homme qu'il heurta la table.

Le gémissement de Danny le fit sourire en réponse.

— Alors, comment ça va avec Koren ?

— Ce ne sont pas tes affaires, répliqua Danny avec dédain, comme si Justin sentait le fumier de vaches au lieu de cette chaleureuse et virile odeur de musc et de propre.

Justin s'approcha de Danny, entrant dans son espace personnel et le jeune homme dut pencher la tête en arrière pour établir un contact visuel. Entre le mètre quatre-vingt de Danny et les deux mètres de Justin, la différence de hauteur était sexy.

— Oh, ce sont définitivement mes affaires, dit Justin, d'une voix rauque en prenant le menton de Danny dans sa main.

— Tu étais sé-sérieux ? bredouilla Danny, visiblement abasourdi.

— Pourquoi ne l'aurais-je pas été ?

— Ma-mais, tu as dit 'quand'.

— J'ai dit *'quand'*, acquiesça-t-il en se penchant pour embrasser sa joue. *Quand* Koren Church te quitterait, tu accepterais d'être mien.

— Mais je ne pensais pas que…

— Logan est mon meilleur ami. Je ferais n'importe quoi pour lui, mais je ne savais pas qu'il avait vraiment besoin de moi ici afin de pouvoir dormir. J'étais venu voir comment tu allais.

— Non, tu…

Justin caressa la joue de Danny afin de lui faire pencher la tête sur le côté et, quand il le fit, l'embrassa le long de sa mâchoire jusqu'à son oreille.

— Je suis venu pour toi, dit-il en glissant ses mains autour de ses hanches et le tirant contre lui.

Le soupir de Danny fut bruyant et ses yeux se fermèrent.

— Je ne suis pas… je suis toujours bousillé par… tu savais qu'il m'avait quitté.

— Oui.

Danny posa les mains sur le torse de Justin et s'appuya contre l'homme plus grand, plus fort. Ce fut très révélateur d'un abandon absolu.

— Tu savais qu'il en avait marre de moi.

— Je sais que Koren est un idiot, murmura-t-il si bas que je dus me rapprocher de quelques pas pour l'entendre. Il ne garde jamais ce qui est le mieux pour lui.

— Le mieux ? demanda Danny, la voix étouffée contre le large torse de Justin, ses bras enroulés autour de sa taille.

— Oui.

Justin se mit à sourire béatement et, si Danny avait pu le voir, il aurait su que la bataille, quelle qu'elle fût, était terminée, que Justin était prêt à réclamer ce qui était à lui.

— Nous devrions peut-être leur donner un peu d'intimité, me chuchota Logan à l'oreille.

Je lui fis signe de se taire et entendis son gémissement de martyr.

— Chuuuut.

— Tu seras mon bouche-trou puis toi aussi tu me quitteras ?

Justin grogna, repoussa Danny, puis se pencha et le jeta sur son épaule, en mode homme des cavernes, ce qui fit glapir de surprise mon cousin.

— Tu regardes trop de films, lui assura Justin. J'ai attendu plus longtemps que je n'aurais dû, par respect pour Logan.

— Moi ? répondit mon compagnon, d'un air indigné.

— Oui, toi, répondit Justin en se tournant. Koren est ton frère, après tout.

— Si tu voulais Danny, tu aurais dû te battre pour lui.

— Repose-moi, demanda faiblement l'homme en question, même s'il avait autant envie d'être reposé que de se faire dévitaliser une dent.

— Qu'est-ce que tu crois que je suis en train de faire ? lui cria Justin. Je me bats.

174

Logan lui adressa un signe de la main.

— Nous savons tous les deux que tu ne veux pas vraiment de moi, se lamenta Danny.

Je levai les yeux au ciel, me tournant vers Logan tandis que Justin quittait la pièce.

— Il est si mélodramatique, déclarai-je lorsque j'entendis Justin monter les escaliers.

— C'est l'hôpital qui se fout de la charité, dit Crane en entrant dans la pièce en tenant la main de Yusuke.

— Tu ne sais même pas de quoi on parlait, le réprimandai-je, tandis que sa femme m'attaquait, grimpant sur mes genoux, s'enroulant autour de moi.

— Que tu dises de quelqu'un qu'il est mélodramatique est ridicule, m'assura Crane, empaumant ma nuque et se penchant pour m'embrasser la joue. Encore merci pour ce que tu as fait. Nous savons tous les deux que Logan était certain que tu pouvais me sauver, c'est pourquoi il a choisi Ivan, pourtant… tu as tout fait.

Bien sûr que je le savais, tout le monde le savait, même Ivan ne pouvait pas être aussi naïf pour croire que, à choix donné, il y ait moyen que Logan le choisisse à la place de Crane. Si c'était une arme à feu que Vincent avait eue en main, Crane serait mort. Hors de question. Mais c'était une épée, et une épée créait des dommages suffisamment lents pour que je puisse les guérir. Comme tant d'années auparavant, quand je m'étais transformé si rapidement que j'avais déclenché un incendie, j'avais pu contraindre Crane à la même vitesse. Ce qui avait été une bonne chose puisque la vitesse était ce qui lui avait sauvé la vie. Seul, Crane ne se serait jamais transformé assez rapidement.

— J'ai une confiance aveugle en toi, me dit-il avec un petit accroc dans la voix. Ça a toujours été le cas, c'est une seconde nature chez moi, ça le sera toujours.

Je pris une profonde inspiration afin de ne pas fondre en larmes et me penchai vers lui, cognant ma tête contre son épaule afin qu'il puisse me caresser tandis que je serrais sa femme en pleurs, qui semblait heureuse de simplement me laisser faire.

Tout à coup, elle releva la tête et me regarda en reniflant.

— Était-ce Justin Cho ?

Je gloussai malgré mes propres larmes.

— Oui.

— C'est un homme vraiment très beau, dit-elle en reniflant bruyamment.

— Je suis juste là, lui dit Crane en s'éloignant de moi avant de lui assener une forte gifle sur les fesses et demander à Éva si elle voulait bien lui faire des pancakes à la banane, bien qu'il soit près de quinze heures.

— Bien sûr, chéri, roucoula-t-elle en lui ouvrant les bras.

Il s'y lova alors qu'Ivan arrivait en titubant, s'avançant vers Logan.

— Je crois que ton ami, ce *semel* de Californie, vient de me jeter hors de ma chambre.

Logan lui sourit.

—Ah oui? Avait-il Danny avec lui?

— Oui, acquiesça Ivan. C'était étrange.

Pauvre Ivan, il n'était pas encore réveillé.

— Veux-tu des pancakes à la banane? lui proposa Éva. J'en fais pour Crane.

— S'il te plaît, répondit-il, groggy, en partant vers la table de la cuisine pour s'y asseoir. Y a-t-il du café?

La femme d'Adrian, Irina, qui était aussi dans la cuisine – découpant des légumes pour le ragoût, semblait-il, et vérifiant la cuisson d'un rôti – se retourna et échangea un sourire avec Éva.

— Je vais t'en apporter une tasse, Vanya. Veux-tu de la crème?

— Oui, merci, répondit-il avant de croiser les bras et d'y poser sa tête.

Je remis Yusuke sur ses pieds et elle m'embrassa une nouvelle fois, me serrant à nouveau dans ses bras, puis, en une violation totale de sa discipline habituellement de fer, elle se dirigea vers Logan et le prit dans ses bras. L'expression de choc absolu sur son visage me fit rire alors qu'Ilia entrait dans la cuisine, les filles de Crane et Yusuke suivant derrière lui. J'avais oublié qu'elles faisaient ça, traîner derrière lui comme des canetons.

— Papa, j'ai faim.

Puis il indiqua les filles et Dmitri, qui apparut rapidement avec un signe de la main. Impérieux tout comme son père, il serait lui aussi *semel* un jour, et à l'heure actuelle, il s'avérait qu'il pourrait être *semel-aten*. Je supposais que les enfants avaient été debout hier pendant que le reste d'entre nous dormait, probablement sous le regard vigilant d'Éva et Irina.

— Nous avons tous faim.

—Aimeriez-vous des pancakes à la banane et du bacon? demanda Éva.

Ils hochèrent tous la tête avec véhémence et Éva demanda à Irina de l'aider. Tout le monde était debout et elle voulait des gens qui mangeaient,

176

pas qui attendaient. Irina fut plus qu'heureuse de le faire, mais elle s'inquiétait, car elle savait que c'était le moment pour Logan de parler à son fils. Je le vis marcher jusqu'au bout de la table de la salle à manger et revenir avec la dague d'Adrian. Il dit à Dmitri qu'il pourrait manger dans une minute, mais que d'abord, il devait lui parler.

— Je vais aller aider maman, dit Delphine en entrant dans la cuisine avec Markel.

Elle vint m'embrasser, Markel s'arrêta pour m'étreindre et Irina me serra dans ses bras en passant pour aller s'asseoir dans le salon spacieux avec Logan et son fils.

Je ne voulais pas m'immiscer, mais je devais regarder du seuil de la porte. Je fus surpris lorsqu'Ilia passa devant moi et s'assit à côté de Dmitri sur le canapé. Après un moment, Dmitri s'appuya contre Ilia et je vis mon fils poser la main sur son genou. C'était très doux, tous les deux blottis l'un contre l'autre, comme les bébés panthères qu'ils étaient. Instinctivement, Ilia avait su que Dmitri était triste et avait cherché à offrir son soutien.

Au moment où Dmitri comprit qu'il ne reverrait jamais son père, il éclata en sanglots, sautant du canapé et se jetant sur Logan. Mon compagnon le prit contre lui et ouvrit les bras pour Irina, mère et fils sur ses genoux. Je sus, même sans l'entendre, que Logan leur promettait d'être toujours là, de toujours prendre soin d'eux et qu'ils iraient partout où il ira, qu'ils auraient toujours une place dans sa maisonnée. Il était essentiel qu'il réitère ce qu'il avait dit à Irina. Elle avait besoin de l'entendre, tout comme son fils.

Me tenant là à observer la tendre scène, je sentis brusquement que je m'immisçais, alors je retournai dans la cuisine, content que le pavillon d'invités ait une porte vitrée afin que je puisse toujours voir Logan et Ilia, mais aussi rejoindre ma chaleureuse famille qui passait un moment ensemble dans la cuisine.

Crane avait un orgasme en mangeant ses pancakes et Yusuke gloussait, ce qu'elle ne faisait jamais, en l'écoutant. Éva était folle de bonheur et Markel ne pouvait s'empêcher de ricaner.

— Sérieusement? dit Delphine à Crane, se moquant de lui. Veux-tu être seul avec ta nourriture?

Il continua de manger, visiblement en extase, et je dis à Éva que je voulais la même chose que lui. Elle éclata de rire, ce qui fut réellement bon à entendre.

Lorsque Logan, Irina et les deux garçons nous rejoignirent, Dmitri montra la dague de son père à tout le monde puis s'installa pour manger

177

ses pancakes, ses œufs et son bacon. Une si petite chose comme Logan et Ilia s'asseyant de chaque côté de moi me rendit ridiculement heureux. Mais peut-être était-ce juste le fait d'être ensemble.

Dès que le petit-déjeuner fut fini, je me levai pour aider Éva et Irina à faire la vaisselle. Mais, avant que tout le monde puisse même se lever, Yusuke se pencha en avant et épingla Ivan d'un regard noir. Cette façon qu'elle avait de passer de la joie et des rires avec son mari à un prédateur hyper concentré en quelques secondes était incroyable. Je fus surpris par l'intensité de son regard et, lorsque je jetai un coup d'œil à Crane, il posa un doigt sur ses lèvres. De toute évidence, il ne fallait pas que j'interrompe sa compagne. Elle agissait en tant que *maahen* pour le moment, pas comme amie.

— Ivan, dit-elle, froidement, son ton tuant toute conversation dans la pièce. Comment Sasha est-il entré dans la maison ?

— Quoi ? demanda-t-il en riant, prétendant que la question était insignifiante et non pas que tout son avenir dépendait de sa réponse.

— Tu m'as entendu, déclara-t-elle, gravement, sa voix dénuée de toute chaleur, ses lèvres pressées en une fine ligne. Comment… Sasha est-il entré dans la maison ?

Il leva la tête pour croiser son regard, lequel les gens n'auraient jamais pensé, n'ayant qu'un seul œil, qu'il serait aussi effrayant.

— Dans la nuit de vendredi, dit-elle lentement, afin qu'il n'y ait aucun doute qu'il l'entende. Tu dormais à l'arrière. Comment Sasha a-t-il pu t'échapper ?

La pièce devint silencieuse et Ivan riva son regard à celui de Markel. C'était logique, en fait : ils avaient été, durant de nombreuses années, le *sylvan* et le *sheseru* de Domin Thorne, même si la raison pour laquelle Domin les avait choisis pour ce poste me dépassait. Markel n'était pas assez fort pour être *sheseru* et plus que cela, il n'avait pas l'instinct meurtrier nécessaire. Ivan n'avait pas la maîtrise encyclopédique des lois nécessaire pour être *sylvan*. Aucun d'eux n'avait été un choix éclairé, mais c'était avant que Domin sache quoi que ce soit sur le commandement. Il prenait de bien meilleures décisions ces temps-ci.

Markel poussa un profond soupir en regardant celui qui, peut-être, était son plus vieil ami.

— Koren était-il là la nuit dernière, Vanya ? T'a-t-il appelé dehors ?

Le visage d'Ivan se froissa dans une tentative pour ne pas pleurer, mais les larmes jaillirent quand même rapidement.

— T'a-t-il envoyé un message comme il avait l'habitude de le faire quand il était encore avec Danny? insista Markel. Pour coucher avec toi en secret?

Rapide hochement de tête.

— Alors tu as quitté la maison pour le retrouver à l'extérieur?

— Oui.

— As-tu vu Sasha entrer dans la maison?

— Non, répondit-il à Markel puis il se tourna vers Yusuke. Je te le jure sur ma vie, *maahen* : je ne l'aurais *jamais* laissé entrer, promit-il d'une voix brisée. Je ne laisserais jamais personne blesser mon *semel*.

C'était à elle de décider et Logan, qui était tranquillement près de moi, la laissa juger du poids de ce qu'elle connaissait de lui et de ce qu'elle ne connaissait pas.

— As-tu vu Koren se débarrasser de toi la nuit dernière?

Il hocha la tête.

— En es-tu certain?

Encore un hochement de tête, car sa voix avait disparu.

— Parce que désirer quelque chose – quelqu'un – et tomber sous son charme... je peux le comprendre. Une fois.

Il déglutit difficilement, respirant à peine.

— À partir de maintenant, personne dans cette famille ne sera faible.

Les larmes débordèrent.

— Est-ce que tu comprends?

Il tendit brusquement la main vers elle et, après ce qui parut une éternité, elle la prit et lui donna la bouée de sauvetage dont il avait besoin.

— Personne dans cette famille ne sera faible, réitéra-t-elle.

— Oui, répondit Ivan, sa voix trouvant un but, s'éclaircissant.

— D'accord.

Je me tournai vers Logan.

— *Maahen*, murmura-t-il en donnant une légère pression sur son épaule.

Je jetai un regard à Ivan et nous comprîmes tous deux que s'il avait répondu à ses questions autrement qu'avec la vérité qu'elle avait déjà devinée, elle l'aurait éviscéré dans la cuisine avec rien qu'un mot pour couvrir les yeux des enfants.

— La *maahen* est sage et miséricordieuse, dit Ivan, doucement.

— Elle l'est, acquiesça Crane, en se penchant pour embrasser la joue de sa compagne. Mais elle est aussi impitoyable la deuxième fois.

Alors qu'elle couvrait la joue de son compagnon de sa paume, je réalisai à quel point Crane avait raison. Il n'y avait aucune seconde chance avec la *maahen* de Logan Church. Que Dieu vous vienne en aide si vous pensiez le contraire.

XIV

PEU APRÈS que Yusuke eut décidé d'autoriser Ivan à continuer de respirer, Christophe entra avec la nouvelle que nous avions reçu l'ordre de nous rendre dans la fosse pour la division officielle de la tribu.

— Je ne comprends pas, dit Delphine en se tournant vers moi afin que je lui traduise la loi.

— Avant le vrai défi, expliquai-je, tout le monde va devoir choisir soit Logan, soit Russ. Tous les membres de la tribu vont devoir prendre position et être comptés.

— Pourquoi?

— Afin que ceux qui ont choisi de se tromper soient exilés ou tués, suivant ce que décrétera l'ancien *semel* ou le nouveau.

— C'est barbare.

— C'est la loi, répondit Logan.

Après avoir décidé que Justin, Danny – qui était toujours à l'étage – et Éva suffisaient, avec dix membres du *khatyu* de Christophe, pour rester surveiller Ilia, Dmitri, Jinny et Suki, le reste d'entre nous entama la longue marche en direction de la fosse de la tribu de Mafdet. Il était étrange d'aller à la structure en forme d'amphithéâtre pour la dernière fois. Je la verrai durant le défi, bien sûr, mais plus jamais après cela. Tandis que je marchais près de Logan, je sentis les choses accomplir un cercle complet. J'avais débuté ma nouvelle vie en tant que compagnon de mon *semel* dans la fosse, y avais montré pour la première fois mon pouvoir à ma tribu, alors il était étrange de leur dire au revoir et de prendre leur *semel* avec moi. Ma vie au Nevada, dans la montagne, était terminée, mais je découvris que je n'avais plus peur. Je ne pensais plus voler la vie de Logan, ou son héritage. Le nouveau serait bien mieux et si tout ce qu'il avait dit était exact, si Domin allait au bout des choses, *semel-aten* serait une lignée tellement plus grande que n'importe quelle autre.

Lorsque nous atteignîmes la fosse, je ne fus pas surpris que le tri soit déjà en cours. Une table avait été installée sur l'estrade au centre du sol et Russ et Lydia y étaient assis, flanqués de Peter et de Koren. Marina était

181

aussi présente, se tenant près de Koren, son bras agrippé au sien, amoureuse, même si elle regardait de haut chaque personne qui s'approchait d'eux.

Ivan était accablé – il paraissait mal à l'aise, se tordant les mains et déplaçant son poids d'une jambe sur l'autre. Voir que Koren avait choisi cette sculpturale blonde devait être dur pour lui. J'étais sur le point de le renvoyer à la maison – Logan avait de toute façon sa procuration – mais les mots de Yusuke au sujet d'être une famille forte me revinrent en mémoire et je sus que nous devions tous rester et faire front ensemble.

Lorsque nous descendîmes les marches qui menaient au centre de la fosse, puis montâmes celles qui menaient à l'estrade, des murmures et des chuchotements nous suivirent tandis que nous passions devant les files d'attente pour faire face à l'estrade.

La haine de Peter était palpable, ses lèvres pincées en une ligne dure, les yeux froids et fixes, le dégoût présent pour quiconque le voie tandis que Logan s'avançait devant Russ.

— Oui ? demanda solennellement Russ.

— J'avais l'habitude de m'asseoir à la table de la cuisine et de t'aider avec ton algèbre. Tu te souviens ? lui demanda doucement Logan.

— Oui. Je me souviens aussi que tu m'as autorisé à partir.

— Tu voulais tellement quitter le Nevada, Russ. Tu détestais Incline Village, alors quand tu as voulu être *duat* sur le territoire de Miguel Graza, je t'ai laissé prendre tes propres décisions.

— J'ai fait ce choix après que Jin a forcé ma transformation, tout comme il l'a fait avant-hier ! Ton compagnon est une menace, il devrait être abattu comme un chien enragé et ton bâtard de fils avec lui !

Logan se hérissa, mais je lui pris la main et la serrai. Ce simple contact l'apaisa et le ton de sa voix ne changea pas d'un iota.

— J'ai la procuration de ma mère. Elle me suivra, si ce n'était déjà pas amplement évident, continua-t-il, fermement. Et Danny, évidemment, vient aussi avec moi.

Russ inspira brusquement.

— Tous ceux qui sont avec moi aujourd'hui me suivront quand je partirai.

Soudainement, il avait toute leur attention, ses frères et son père, rivés à ses paroles.

— Partir ? demanda Russ en se levant lentement.

182

— Oui, lui apprit Logan. Tu veux que je parte – il semblerait que toute la tribu le veuille. Demande un vote à main levée, Russ, ce sera plus simple.

Il était stupéfait. Peter ne pouvait pas détourner le regard de Logan et la bouche de Koren s'était décrochée sous le choc évident.

Après un moment, Russ se tourna vers la foule rassemblée.

— Puis-je avoir votre attention ? appela-t-il.

Alors qu'il parlait à l'assemblée, je me tournai pour voir qui était assis dans la zone désignée pour ceux qui choisissaient de suivre Logan. Seuls les parents d'Ivan étaient présents. Quand je leur fis un signe de la main, ils se levèrent et se précipitèrent pour me saluer.

— Ma *reah*, dirent-ils en me prenant la main, l'un après l'autre, avant de prendre leur fils dans leurs bras.

Je manquai le vote, mais il fut unanime. Je fus triste qu'il ait fallu une vie entière à Logan pour gagner l'amour et la loyauté de sa tribu et seulement quelques mois pour les perdre. En même temps, je comprenais.

Je voulais leur dire à tous : *Vous faites une erreur en laissant partir Logan. Il est le meilleur homme, le meilleur dirigeant, le meilleur tout. Son départ diminuera la tribu.* Mais c'était inutile, je le savais, tout comme je savais que ne rien dire serait dénué de sens.

— Je pensais, dit Logan en se tournant vers la tribu – qui venait de décider, par un vote à main levée, d'avoir Russ pour guider la tribu au lieu de lui – que j'allais devoir me battre pour rester. Je pensais que démissionner serait comme renoncer, car rien ne vaut qu'un *semel* abandonne son droit d'aînesse à diriger sa tribu.

L'assemblée était silencieuse, attendant.

— Mais, à présent, je me rends compte que si j'avais simplement démissionné hier, peut-être que les membres de ce qui a été mon *khatyu* seraient encore en vie, peut-être qu'Adrian – il inspira vivement – je ne sais pas. Je ne peux pas critiquer ma détermination après coup. Un *semel* se bat pour sa place, c'est dans sa nature.

Le silence se poursuivit.

— Mais si plus personne n'a foi en moi, si ce que j'ai fait durant plus de vingt ans peut être oublié si facilement, alors je perds mon temps. Mieux vaut trouver un nouvel endroit pour que ma famille et moi nous épanouissions que de forcer quelque chose qui ne fonctionne plus.

— Renonce à ta prétention sur la tribu de Mafdet, exigea Peter.

Logan prit une inspiration.

— Je déclare solennellement renoncer à toute prétention sur la tribu de Mafdet et emmène avec moi tous ceux qui me soutiennent aujourd'hui, à la fois à mes côtés et dans ma maisonnée. Que ce soit noté dans les archives de la tribu.

— Devant témoins, qu'il en soit ainsi, déclara Peter à la tribu.

Je n'avais jamais vu le père de Logan plus heureux qu'à cet instant, et le voir étreindre Russ, puis Koren me rendit presque physiquement malade. Il perdait son fils aîné, sa fille et surtout, sa compagne depuis plus de soixante ans, mais rien de tout cela n'importait. Tout ce qui comptait, c'était de gagner. Je ne comprenais tout simplement pas comment l'envie de régner, l'envie de la tribu pouvait surpasser son amour pour sa famille.

Les acclamations de la tribu, tandis qu'elle s'amoncelait autour de son nouveau *semel*, furent assourdissantes, puis s'amenuisèrent peu à peu, une personne à la fois, jusqu'à ce que je voie au travers de la foule qui avait réduit la foule au silence.

Domin Thorne se tenait au pied de l'estrade, entouré de Yuri Kosa et de Mikhail Gorgerin. Son large sourire était malicieux.

— Désolé, je suis en retard. J'espère que je n'ai pas manqué le combat. Tout le monde sait à quel point j'apprécie une bonne bataille.

J'avais été si concentré sur Logan que j'avais loupé les mouvements au-dessus de nous, à la périphérie de la fosse, jusqu'à ce que Domin Thorne et toute sa suite convergent autour de nous. Il y avait une trentaine de personnes et, puisque Domin jouait au sauveur, j'aurais vraiment dû aller droit vers lui. Mais je voulais, pour une fois, ne m'inquiéter de rien. Pour un tout petit moment, je voulais me remettre totalement entre les mains de quelqu'un.

Logan me protégeait, mais jamais moi seul. Tout le monde. C'était le lot de tout *semel* de se soucier de tout le monde. C'était comme ça qu'ils étaient faits. Même maintenant, tous, chacun de nous, pesaient sur ses épaules. Russ, son père, la tribu – tous pensaient que le fait que Logan ait besoin de moi signifiait qu'il baissait sa garde avec les gens qu'il aimait, mais il n'aurait jamais fait cela. Il était vigilant, ce qui signifiait qu'Ilia et moi n'étions pas ses seules préoccupations.

Crane devait s'occuper de sa propre famille, alors il ne pouvait pas non plus être mon champion. Le fait était qu'en tant que *reah*, en tant que compagnon de Logan, j'avais besoin de plus de gens que juste mon *beset* à mes côtés, et il n'y avait eu personne en qui j'avais eu assez confiance, d'assez investi… depuis Yuri Kosa.

Alors quand je le vis, debout près de Domin, n'ayant d'yeux que pour moi, je me brisai intérieurement. Et je me mis à courir.

Lorsque je fus assez près, je sautai et il me rattrapa dans ses grands bras forts et me serra contre son large torse et j'aurais perdu la bataille, aurais tout simplement fondu en larmes, s'il n'avait pas parlé en premier.

— Ma *reah*, murmura-t-il.

Pour Yuri, cela signifiait beaucoup. Pour Yuri, qui avait été le premier à le dire, mon titre signifiait que j'étais à lui, car j'appartenais à Logan. Ce n'était pas un titre honorifique, c'était ma place dans son cœur. Il aimait Logan, il m'aimait, c'était aussi simple que ça.

— Je suis venu voir un défi, chantonna Domin tout en tapotant mon dos en passant devant moi.

Yuri me donna une brève étreinte puis me reposa sur mes pieds afin que nous puissions regarder Domin se pavaner devant Russ.

— Alors comme ça, tu veux être *semel*?

Ils avaient tous l'air terrifié et je sus qu'une partie de leur peur était due au fait que Domin Thorne ne voyageait pas avec de simples *khatyus*, mais avec les guerriers du Shu. Plus encore, c'était dû au fait que l'*akhenaten* était dans la fosse de la tribu de Mafdet un dimanche soir et que si l'envie le prenait, il n'avait qu'un mot à dire pour mettre quiconque à mort.

— Où sont tes adversaires ?

— Mais, tu as entendu Logan, maître, réussit à bredouiller Russ. Il a renoncé à tout lien avec la tribu.

— J'ai entendu, acquiesça Domin. Mais je ne parle pas de Logan, je parle des autres ?

— Les autres ?

Domin pencha la tête sur le côté et même cela donnait l'étrange impression qu'il ne comprenait pas, je savais que ce n'était pas le cas.

— Je ne te suis pas.

— As-tu ou n'as-tu pas appelé tes adversaires ? demanda Domin en souriant. C'est une question plutôt simple.

— Maître, intervint Peter. Ruslan n'a pas à appeler d'adversaires, en tant que Church qui guide la tribu de Mafdet depuis…

— Le premier mâle la conduit, le coupa abruptement Domin. Un *semel* né pour conduire la tribu de Mafdet, pas un héritier et certainement pas le troisième de la lignée.

— Oui, mais…

— Donc, puisque l'aîné, le véritable *semel*, ne dirigera plus la tribu, tu dois, dans les faits, comme le stipule la loi, demander s'il y a des adversaires.

— J'ai défié Logan ! protesta Russ.

— Mais tu n'as pas gagné dans un combat, expliqua Domin d'un ton condescendant. Tu n'as pas battu le *semel* et franchement, tu n'aurais pas pu, cela aurait été impossible sans le bénéfice d'hommes supplémentaires ou d'une arme.

— Mais…

— Un félin ordinaire – ce que tu es – est incapable de vaincre un *semel* dans un combat à un contre un.

Il n'y eut aucune réplique. C'était la vérité absolue.

— Par conséquent, comme tu ne l'as pas fait, et que nous avons établi que tu ne pouvais pas vaincre le *semel* dans la fosse… ta demande est jugée nulle et non avenue.

Tous les yeux étaient posés sur Domin, mais il en avait l'habitude. Il était l'*akhen-aten*, l'homme le plus puissant du monde des panthères ; il était habitué à être au centre de l'attention.

— À présent, comme le veut la tradition, le défi pour la position de *semel* est ouvert un cycle de lune – trente jours – et s'il n'y a aucun prétendant au titre durant ce laps de temps, chacun se battra jusqu'à ce qu'il y ait un vainqueur. La panthère la plus forte gagne le droit de diriger la tribu pendant la durée, courte ou longue, qu'il pourra tenir le siège.

— Non, haleta Peter et je pus dire que Russ était perdu à la façon dont il se tourna vers son père.

Koren l'était aussi, il lui manquait les ramifications de ce qui venait de se passer.

J'avais été tellement accaparé par le fait que Logan *quittait* la tribu que je ne m'étais même pas rendu compte de ce que cela signifiait réellement pour la tribu.

Il y avait deux sortes de tribus : celles dirigées par un *semel* et celles dirigées par un oncle, un frère, un cousin ou simplement par la panthère la plus forte du territoire. C'était la raison pour laquelle, à Sobek, durant la fête de la Vallée, quand les *semels* mouraient, leurs frères ou héritiers nommés étaient contactés et devaient prendre les commandes. Mais après cela, la tribu passait d'une tribu *nebu* – une véritable tribu, une tribu dorée – à une tribu *menhed* – une tribu de noms enregistrés, une tribu de listes. Seul un véritable *semel* pouvait transmettre son héritage à sa lignée et, puisque

186

la lignée de Peter, selon la tradition des panthères, prenait fin avec Logan et puisque Logan avait démissionné… la tribu n'était plus considérée comme une vraie tribu.

— La tribu de Mafdet passe sous la domination de *mehned*, proclama Domin. En tant que tel, jusqu'à ce qu'un règlement soit établi, le *sylvan* sera gardien et administrateur des fonds, le *sheseru* disciplinera jusqu'à…

— J'ai nommé Artem Varda *sheseru* de la tribu, lui dit Russ. Mais maintenant, tu dis que je n'avais pas le droit de le faire.

— C'est exact, acquiesça Domin. Seul Logan aurait pu le faire, alors si…

— En fait, nous l'avons fait tous les deux, intervint rapidement Logan. Russ et moi avons pris des dispositions pour Artem, alors, s'il te plaît, accepte-le comme *sheseru*.

— Certainement, accepta Domin et Artem s'écarta de la foule et se serait avancé vers Domin si Shahid Alon, second de Rahim Dewidar, *phocal* du Shu, ne l'en avait pas empêché.

Il barra le chemin d'Artem.

— Je ne voulais que remercier l'*akhen-aten*.

— Ne me remercie pas, lui assura Domin. Logan Church, l'un des Sept, mon ancien *semel*, mon ami, l'homme que je vais nommer *semel-aten* de la première tribu de Rahotep à Sobek, se porte garant de toi. Comment pourrais-je dire non ?

Logan posa la main sur son cœur et s'inclina profondément. Tout le monde put voir la joie sur le visage de Domin Thorne. Il était passé de plus qu'un peu menaçant à rayonnant comme un enfant le matin de Noël.

Contournant Shahid, Domin se posta devant Logan tandis que celui-ci se redressait.

— Oui ? Tu vas venir ? demanda-t-il, semblant à la fois anxieux et excité.

— Tu viens juste de l'annoncer, grogna Logan en fronçant les sourcils.

Même si vous ne connaissiez aucun des deux hommes, il était évident, rien qu'à la façon dont Domin regardait Logan, que cet homme lui était cher.

— Oui, mais…

Logan ouvrit les bras et pénétra dans l'espace personnel de l'*akhen-aten*, et, quand il l'étreignit, tout le monde put voir Domin Thorne s'appuyer contre lui. Il pesait de tout son poids contre lui et son soulagement fut évident, comme le fut son emprise possessive que témoignaient les griffes qui transformaient le bout de ses doigts et qui éraflaient à présent le dos de Logan.

— On dirait que ton compagnon aime le mien, ricana Yuri, près de moi.

Oui, en effet.

— Tout va bien se passer, ma *reah*.

Oui, tout se passerait bien.

XV

TOUT CELA, toute cette scène, la façon dont tout avait implosé, le bruit, les cris – ce fut simplement trop. Alors, quand Peter se jeta sur moi en hurlant, me blâmant, m'agressant, je chancelai. Mais pas Yuri.

Il interposa sa grande carrure entre moi et tous les autres, et, enfin, il me souleva et me porta hors de la fosse.

— Je déteste vraiment cet endroit, confessai-je.

— Personne n'aime la fosse, Jin. Ce serait du délire.

— Je pensais que parce que j'étais si au courant des lois, j'y ressentirai toujours une certaine dose de sécurité, parce que je savais toujours comment les choses allaient se dérouler.

— Ce qui est logique, acquiesça-t-il. Mais, à présent, tu vas être le compagnon du chef de la première tribu et c'est une situation totalement différente pour toi. La tribu de Rahotep va perdre l'esprit de vous avoir toi et Logan là-bas. Avoir le *semel-netjer* et le *nekhene*... Je veux dire, cette tribu a besoin d'avoir un *semel* avec elle. Elle ne s'est pas développée depuis le départ de Domin. Et les gens n'ont jamais réellement accepté Domin car il est *kadish*.

— Logan aussi est impur. Il n'est pas né dans cette tribu, il est américain, lui aussi.

— Oui, mais Logan est un *semel* qui a trouvé son âme sœur, sa *reah* – ce qui le rend spécial. Il est *semel-netjer*. Et toi, tout le monde a vu que tu étais le champion de Domin durant le défi du *Khatyu* de Ra, ils t'ont acclamé quand tu as gagné.

Je m'en souvenais. C'était six ans plus tôt, juste après que Domin fut devenu *semel-aten*, avant qu'il se baptise du nouveau titre d'*akhen-aten*, qui se traduisait par '*semel* de l'ère nouvelle', un titre que je n'avais jamais aimé. Même si je comprenais pourquoi il voulait rompre avec la tradition et marquer la différence de son nouveau règne avec un nouveau titre, je pensais qu'appeler son règne en tant que *semel-aten* 'Harmakhet', nouvelle ère, était suffisant. Le titre de *semel-aten* était porté depuis des milliers d'années ; il était chéri, adoré. Que Domin le balaye était une chose avec laquelle j'étais en profond désaccord. Mais à présent, sa hâte était une bénédiction, car son désir de se recréer signifiait qu'il allait donner ce fameux titre, empli de signification, à mon compagnon.

Logan Church ne serait pas le leader du monde des panthères – ce serait toujours Domin – et sincèrement, Logan n'avait jamais voulu l'être. Son seul désir avait toujours été d'être *semel* d'une tribu singulière et d'avoir un endroit qu'il appellerait maison. Maintenant, ce serait à nouveau le cas. Et, même si ce n'était pas la tribu dans laquelle il était né, mais une où il pouvait être défié par quiconque d'assez stupide pour s'en prendre à lui – ou à moi – ce serait une où sa parole ne serait pas remise en question. La première tribu, la tribu de Rahotep, était une tribu où, plus que dans toute autre, le lien entre un *semel* et sa *reah* serait vu comme sacré. Toutes les horreurs que nous avions vécues depuis notre retour n'auraient jamais lieu à Sobek, cette cité en dehors du Caire où résidait la première tribu.

— Jin, dit Yuri en me reposant sur le chemin menant de la fosse au pavillon des invités et au-delà, à la maison principale. Est-ce que tu vas bien ?

— Mieux, maintenant, le rassurai-je en prenant son bras tandis que nous marchions. Parle-moi de Sobek. Comment va Ebere ?

Il ricana.

— En vue de la prise de commande de la tribu par Logan, Domin lui a finalement donné la permission de s'accoupler avec Rahim Dewidar, le *phocal* du Shu.

— Quoi ? hoquetai-je et, quand Yuri baissa les yeux vers moi, il se mit à rire.

— Apparemment, tout a commencé quand ils ont fait leur premier voyage à Ipsis ensemble. Il s'est avéré qu'ils s'entendaient très bien et être la compagne d'un militaire lui convient.

— Elle est faite pour être utile, soupirai-je.

— Oui, tout comme toi.

Je fis un bruit de gorge.

— Ma *reah* ?

— Les gens ne te donnent pas assez de crédit pour être un tel fin psychologue.

Il pencha la tête d'un côté à l'autre, les yeux plissés.

— Habituellement, non. Ils le font davantage maintenant que je suis le compagnon de Domin. En tant que *sekhem*, mes pensées ont plus de poids qu'en tant que *sheseru*. Les gens font l'erreur de penser que la force physique n'égale pas celle cérébrale.

190

— C'est stupide.

— C'est vrai, convint-il. Alors, parle-moi de tes aventures.

— D'abord, parle-moi de tout le monde. Je sais que Domin a nommé Jamal héritier de la tribu, de sorte que s'il lui arrivait quelque chose, Jamal prendrait le contrôle. Ne sera-t-il pas fâché de remettre la tribu entre les mains de Logan ?

Yuri pouffa de rire.

— Jamal est bien trop occupé avec Satis, son titre de *menthu* et avec la naissance imminente de son premier enfant. Il a demandé à Domin, il y a six mois, de lui retirer le droit de parenté. Quand Domin l'a libéré, tu aurais pu croire qu'il lui avait donné un million de dollars tant il était soulagé.

Je poussai un profond soupir.

— Tu étais inquiet à ce sujet.

— Et pour Ebere aussi, oui, avouai-je. Je ne veux supplanter personne.

— Parfois, tu le dois.

Je levai les yeux vers lui.

— Adrian est mort, et tout cela parce que Logan et moi avons pris la décision de démissionner trop tard.

— J'ai cru comprendre que la famille d'Adrian avait été enlevée pendant ton séjour à La Nouvelle-Orléans. Ce qui signifie que la planification de l'amener à changer son allégeance a commencé avant que la réponse de Logan soit donnée.

— Mais…

— Jin, ils s'en seraient toujours pris à Adrian. Dès qu'il y a changement de pouvoir, tu dois immédiatement sécuriser la loyauté du *sheseru* et du khayan – chef du *khatyu* – avant de faire quoi que ce soit d'autre. Ce sont les plus forts au sein d'une tribu après le *semel*, ils doivent s'en occuper. Puisqu'Artem a été fait *sheseru*, ils devaient composer avec Adrian. Il était comme une pièce clouée à l'échiquier. Il n'y avait aucune chance qu'il survive à cela.

— Si Logan avait su qu'il avait été enlevé, si j'avais…

— Ça me semble beaucoup de *si*.

— Tu parles de sa mort de façon si rationnelle, rétorquai-je.

— Nous sommes des panthères, Jin. Nous connaissons tous les risques de vivre cette vie.

C'était vrai.

— Quand j'avais dix ans, j'ai vu le *sheseru* de Peter se charger d'un homme avec lequel il avait eu un accident. Il était ivre, sa voiture avait percuté celle de Peter, du côté où il était assis, qui était aussi celui où était assis Logan. Alors, non seulement il avait presque tué le nouveau *semel*, mais il aurait aussi pu tuer Peter, tout cela, car il avait pris une mauvaise décision.

— Oui.

— Que crois-tu qu'ait été la punition qu'a exigée le *sylvan*, et que le *sheseru* a exécutée ?

J'attendis.

— Il a été décapité.

— C'est horrible !

— C'est la loi qui nous décrit en tant que panthères. Il n'y a pas de tribunal, mais ton *semel*, le *sylvan* et le châtiment est le *sheseru*.

— Oui, mais réfléchis, l'implorai-je. Si Logan avait démissionné, il n'y aurait eu aucun intérêt à s'en prendre à Adrian.

— Tu ne comprends pas, parce que tu ne penses pas comme ça. Tu ne penses pas à tuer pour assurer ta place. Et si Logan avait dit toute de suite qu'il renonçait à la tribu, tu n'as aucun moyen de savoir ce qu'il serait advenu de tout le monde. S'il n'avait pas été *semel*, Logan n'aurait pas pu garder tout le monde avec lui à la maison. Ils auraient pu être relogés à d'autres endroits, il n'aurait pas pu vous protéger.

— Oui, mais…

— Et parce que Logan est le seul *semel* de la lignée Church, Russ devait appeler des challengers, comme l'a dit Domin. Sans Domin pour dire que Logan sera le nouveau *semel-aten*, dès qu'il avait démissionné, tous ceux qui voulaient se battre pour son compagnon ou sa famille pouvaient le faire.

— Seul un autre *semel* pouvait espérer défier Logan dans la fosse.

— Bien sûr, mais et si un autre *semel* te voulait toi, Crane, Delphine ou Danny ? De par la loi, ils pouvaient défier Logan jusqu'à ce qu'il ait acquis un nouveau siège en défiant un autre *semel* d'une tribu menhed, expliqua-t-il en me tapotant doucement le bras. Je suis désolé de la mort d'Adrian. C'était un homme bon, un bon ami et j'offrirai ma protection à sa compagne, mais, Jin, je doute sincèrement qu'il serait encore en vie, même si Logan avait renoncé au lieu d'attendre.

Je le savais maintenant. C'était pourquoi Logan avait dit à Domin de se dépêcher.

— La loi est archaïque à bien des égards, dit Yuri, presque tristement. Mais elle fournit aussi une grande structure. Du moins, c'est ce que tu m'as toujours dit.

— Vraiment?

Il hocha la tête.

— Chaque fois que je fulminais contre.

— Tu as dû me trouver pénible.

— Allez, Jin. Tu sais que je vénère le sol sur lequel tu marches. Nous le faisons tous.

Je reniflai.

— Toi, peut-être. Les autres ne voient que mes fautes avant toute autre chose.

— Peu probable.

Nous marchâmes encore un peu puis Yuri gloussa.

— Qu'est-ce qui te fait rire?

— Christophe est revenu pour enfin soustraire des membres à la tribu de Mafdet. Ça fait des années qu'il attend l'occasion de voler quelque chose à Logan.

— Non, ils sont amis maintenant.

— Oh, mais ils l'ont toujours été, indiqua Yuri. Ce sont juste des compétiteurs. Rien d'étonnant, entre *semels*, cela étant. Simplement par la géographie, ces endroits où plusieurs tribus sont regroupées, où les territoires se chevauchent, les *semels* sont en constante compétition pour les ressources.

— Oui, mais ce n'est plus la tribu de Logan désormais.

— Je sais, et ça l'exaspère sûrement un peu, mais pas suffisamment pour ne pas vouloir prendre des gens de la tribu.

— Néanmoins, c'est gentil de la part de Christophe de le proposer.

— C'est vrai, acquiesça Yuri. Peu de gens veulent suivre Logan à Sobek, mais cela ne veut pas dire qu'ils veulent rester dans une tribu où ils ne sauront jamais qui la dirige.

— N'est-ce pas la même chose pour la tribu de Rahotep?

— Ça a toujours été comme ça pour eux. C'est ce qui est ironique, la première tribu n'a jamais été une tribu nebu. Elle a toujours été dirigée par le *semel* le plus fort.

— Oui.

— C'est différent maintenant. Quand Logan deviendra *semel-aten*, qui, dans leur esprit, pourra le défier? Il est tellement fort et un jour, lorsqu'Ilia sera prêt à marcher dans les pas de son père, à nouveau, où trouveras-tu une panthère pour défier l'héritier du seul *semel-netjer* et du seul *nekhene* existants ?

Je lui souris.

— Alors, je suppose que ce sera la première fois que ce sera, pleinement, la tribu de Logan. Son père n'aura absolument rien à voir avec ça.

Yuri grogna.

— Et c'est triste, dans un sens, parce que c'est une tradition, ici, mais, Jin, à quel point est-ce réellement important ? L'ensemble des possessions Church se résume à un territoire dans la montagne, une verrerie et une immense maison. Ce sont les gens pour lesquels tu te bats et avec lesquels tu vis. C'est ta famille et tes amis qui font ta maison.

Je plissai les yeux.

— On me l'a beaucoup dit dernièrement.

Il haussa les épaules.

— Peut-être devrais-tu commencer à écouter alors.

Peut-être était-il temps.

YURI CUISINAIT, bon, faisait griller, et Éva bavardait avec lui au sujet de Sobek.

— Quand nous avons découvert que Logan allait se rendre à ce premier *sepat*, j'étais réticente à déménager en Égypte parce que j'étais certaine qu'il allait gagner, avoua-t-elle tandis que Yuri faisait cuire des steaks et des blancs de poulet sur l'énorme barbecue extérieur. J'étais si soulagée quand j'ai compris que Domin serait *semel-aten* à sa place.

— Et maintenant ? demanda Yuri, en lui jetant un regard par-dessus son épaule.

— Maintenant, avec ta mère là-bas, deux de mes enfants, mon petit-fils et mon petit-enfant à venir... je pense que je suis prête.

Son sourire fut chaleureux.

— Je suis content. Mikhail sera aux anges de manger ta cuisine. Tu le connais. Il est très... traditionnel dans ses habitudes culinaires.

— Il est difficile, voilà ce qu'il est, répondit-elle en gloussant. Mais ça m'a manqué de cuisiner pour vous deux, autant que pour Domin. J'ai hâte de recommencer.

Elle aimait cuisiner donc Yuri comprenait ce qu'elle disait.

194

— J'aurais souhaité que vous arriviez à temps pour sauver Adrian, ajouta-t-elle tranquillement.

— Moi aussi, soupira Yuri. Nous sommes venus aussi vite que possible.

— Bien sûr, vous êtes venus pour Logan et Jin, après tout.

Elle avait raison. Ma famille avait été démantelée il y avait six, presque sept ans maintenant, lorsque Domin était devenu *semel-aten* mais les liens étaient toujours restés aussi étroits.

— Je suis impatiente de voir les enfants de Mikhail et Samani, soupira Éva. Ils sont si beaux quand nous discutons sur Skype.

Yuri semblait très heureux.

— J'ai hâte d'avoir Ilia et les filles de Crane et à présent Dmitri et les jumeaux de Mikhail. Nous aurons des enfants dans le palais, ce sera merveilleux.

— Tu n'as pas envie d'en avoir un à toi, Yuri ?

Il réfléchit quelques instants à la question.

— J'aimerais, si Domin et moi étions à la maison, mais pas en voyageant comme nous le faisons. Je me rends compte que, même si nous voyageons à travers le monde, Domin a besoin de moi à ses côtés, totalement focalisé sur lui.

Son regard croisa le mien.

— C'est une chose puissante d'être utile, je pense que ça me correspond bien.

Ça avait toujours été le cas.

Ilia voulut aider Yuri à cuisiner et celui-ci fut plus qu'heureux d'avoir son premier commis. Je m'excusai et me rendis à l'étage, m'arrêtant devant la porte de la chambre de Danny et Justin. Comme je n'entendais rien, je passai la tête dans l'encadrement, juste pour m'assurer qu'ils respiraient encore.

La chambre empestait le sexe et les phéromones et Danny était couché sur le côté, en cuillère contre le *semel* beaucoup plus grand et plus musclé de la tribu de Qebui. Non seulement Justin serrait Dany contre lui, mais son visage était enfoui dans les cheveux de sa nuque. Lorsque je vis les grands yeux bruns de mon cousin papillonner, j'attendis.

La première fois que je l'avais rencontré, j'avais pensé que, non seulement il était ma copie conforme, mais aussi que nos tempéraments et nos connaissances étaient similaires. Ce que j'avais raté était que mon père avait teint les cheveux de Danny en noir de jais, comme les miens, et que leur véritable couleur était le même marron foncé que ses yeux. Mon père avait voulu un nouveau moi et en avait eu un pendant un petit moment. Mais à la fin, Mitchell Rayne avait été déçu par nous deux. Même si Danny était beaucoup plus logique et introverti que moi, lui non plus ne pouvait pas permettre que Logan Church soit blessé alors il était intervenu pour garantir sa sécurité quand ne rien dire aurait été l'abandonner sur le territoire de mon père et de sa tribu. Il n'avait pas hésité à aider mon compagnon et, depuis lors, je le voyais différemment, chaleureux et protecteur de sa famille.

Et maintenant, il était la petite cuillère de l'un des plus chers amis de Logan, le plus proche après Domin Thorne, et au vu des éclaboussures de sang que je voyais, plus celui séché sur son épaule, je sus que Danny avait imploré et reçu la morsure du *semel*. Elle était censée être réservée aux *semels* et aux *reahs* – il était généralement admis que seuls les félins les plus forts pouvaient supporter la morsure d'accouplement d'un *semel*, mais tant que le *semel* était prudent, elle pouvait être donnée. La différence était que d'un *semel* à sa *reah*, elle cicatrisait. Sous les couches de fourrure sous ma forme animale, dans le bas de ma nuque sous forme humaine, la marque était là. Celle de Danny finirait par cicatriser si elle était donnée tous les jours, comme celle que portait Yuri, mais elle ressemblerait plus à une blessure qu'à la morsure d'un chef de tribu. Néanmoins, voir le sourire de Danny lorsque ses yeux se refermèrent, le regarder se lover contre Justin, qui avait enroulé un bras autour de ses épaules, me fit savoir que je regardais une paire accouplée.

Quand je me tournai après avoir fermé la porte, je fus surpris de trouver Logan.

— Hé.

— Tout va bien là-dedans ?

— Oui.

— Pourtant, je sens l'odeur du sang.

— Tu sens plus le sexe que le sang.

— C'est vrai ?

Il s'approcha et, alors seulement, je remarquai qu'il tremblait, les pupilles dilatées et la respiration lourde.

— Qu'est-ce qui ne va pas ?

— J'ai renoncé à ma place dans ma tribu de naissance.

— Oui, acquiesçai-je, en poussant un soupir, entrant dans son espace, aimant l'odeur de vent, de soleil, de sueur et de savon sur lui, et en dessous de tout cela, la mienne.

Il sentait toujours comme moi, car nous partagions le même lit et j'étais partout sur lui chaque jour de sa vie. Oh, j'avais besoin de le toucher.

— Je me sens…, commença-t-il avant de s'arrêter.

Je posai ma main sur mon torse et sentis combien son cœur tambourinait dans sa poitrine.

— Ferme les yeux.

Il prit une rapide inspiration, mais obéit à ma demande.

Si je vivais une centaine d'années, il n'y aurait jamais un seul instant où je n'apprécierais pas la beauté de mon compagnon. Il était mon homme, il était de ma responsabilité de m'assurer qu'il comprenait sa valeur, intérieure et extérieure. Il m'incombait de lui dire, de lui certifier, car j'étais le seul en qui il avait entièrement confiance, au plus profond de son âme, là où ça comptait.

— Tu te rappelles, quand tu m'as dit, il y a des années, que tout ce que tu avais toujours voulu était de diriger une petite tribu et de prendre soin des gens ?

— Oui, murmura-t-il.

— Ton souhait est finalement exaucé.

Il ouvrit la bouche pour parler et ses yeux pour me voir.

— Non, le coupai-je, les mains sur ses hanches, frottant ma joue, puis mon menton, sur ses pectoraux solides, mon odeur le marquant, voulant que tout le monde sache qu'il était mien. Écoute-moi, *semel-netjer*, *semel-aten*. Cela va fonctionner comme il se doit, avec toi, dirigeant la tribu pour laquelle tu as toujours été destiné.

— Destiné ? plaisanta-t-il, ses yeux se plissant en de petites fentes tandis qu'il se penchait et m'embrassait, là où mon cou et mon épaule rejoignaient mon oreille.

— Oui. Et tu montreras à ta nouvelle tribu ce que c'est d'être aimé par Logan Church, parce que pour la première fois depuis des années, tu n'auras aucune inquiétude.

— Comment cela ? demanda-t-il d'un air absent, en mordillant la ligne de ma mâchoire.

Je frissonnai sous ses mains, l'une glissant sous ma chemise, effleurant ma peau en cercles lents, l'autre appuyant doucement sur mon menton, le relevant pour mettre ma gorge à nu pour lui.

— Tu es un homme bon, Logan Church, et avec moi là-bas, pour t'aimer, et tout le monde acceptant ton fils et ses dons, je n'ai aucun doute que tu seras tout ce qu'ils ont toujours rêvé chez un *semel-aten*.

— Tu as une telle foi en moi, dit-il, la voix rauque, en se penchant pour m'embrasser.

Je m'ouvris pour sa langue, voulant le goûter, et il m'enveloppa dans ses bras, m'agrippant, son gémissement langoureux entraînant une réaction en chaîne d'un besoin douloureux que lui seul pouvait satisfaire.

Il me souleva et j'enroulai mes jambes autour de sa taille, alors qu'il m'emportait dans la chambre où j'avais dormi la veille, avant de fermer la porte derrière nous. Je me cambrai dans son étreinte lorsqu'il me caressa les fesses, et nous tombâmes sur le lit.

J'étais au-dessus de lui et, quand il essaya de bouger, de me faire rouler sur le dos, je me penchai et scellai mes lèvres aux siennes, lui offrant un profond baiser, suçant sa langue, désirant plus.

— J'ai besoin… Jin ! grogna-t-il.

Je m'écartai et tendis la main vers le tiroir de la table de chevet, récupérant la petite bouteille de lubrifiant, la jetant sur le lit près de lui et reprenant mon exploration de sa bouche.

Je ne pouvais pas m'arrêter, il avait si bon goût et ses baisers, l'un après l'autre, me firent oublier tout sauf lui. Lorsqu'il me fit rouler sur le dos, je bougeai rapidement, souple et diligent, et quand il me dit d'ôter mes vêtements, j'obéis aussi vite que possible.

— Logan, haletai-je quand il m'épingla sous son corps chaud et nu, sa peau lisse et brûlante partout où je le touchais.

— Mon magnifique compagnon, roucoula-t-il et j'entendis le claquement de la bouteille avant que ses doigts glissants me pénètrent.

Je sursautai dans ses bras, mordant sa lèvre inférieure, tandis qu'il continuait à piller ma bouche, tout en faisant des mouvements de ciseaux, frottant, me travaillant, m'étirant, m'ouvrant pour lui en de lents cercles intimes qui me rendirent sauvage.

— Viens en moi, suppliai-je, mon gémissement semblant étranglé alors qu'il se soulevait, me pliait et se glissait chez lui.

— Putain ! gronda-t-il alors que je roulai sur le côté, relevai ma jambe gauche et l'accrochai sur son épaule.

C'était sa position favorite, car il pouvait me pilonner tout en me regardant me masturber. Il adorait me regarder.

— Tu es tellement beau, dit-il avant de saisir le dessous de mes cuisses, m'écartant largement. Ma *reah*.

Ce qui débuta lentement et sensuellement finirait avec lui me clouant au matelas et j'étais plus que prêt pour cela.

— Dépêche-toi, ordonnai-je et il amorça le rythme implacable qu'il savait que j'aimais.

— Seigneur, tu m'as manqué, murmura-t-il en se baissant sur moi, ses mains encadrant mon visage, son regard tendre, que j'admirais, que j'adorais, ancré au mien, avant qu'il prenne ma bouche.

Ses profondes poussées, sa peau contre la mienne, les mouvements fluides de ses hanches alors qu'il s'enfonçait en moi, ses baisers incessants, furent plus que ce à quoi j'aurais pu espérer résister. J'atteignis une jouissance soudaine, brutale et aveuglante, me cambrant sous lui.

— Putain, Jin! rugit-il, son orgasme le faisant frissonner dans mes bras, mes muscles se cramponnant autour de lui tandis qu'il continuait à me prendre au travers de son orgasme et du mien.

Nous restâmes verrouillés de longues minutes après notre libération, la respiration saccadée. Le coup sur la porte fut une surprise, encore plus qu'elle s'ouvre. Par contre, je ne fus pas surpris que ce soit Domin qui me regarde.

— Tu sais, ce n'est pas comme si nous ne pouvions pas t'entendre hurler le nom de Jin d'en bas.

Je gémis et enfouis mon visage dans le creux du coup de mon compagnon.

— Et votre fils s'inquiète.

— Putain, marmonnai-je.

— Ouais, en parlant de ça, veux-tu que je lui explique ce mot?

Logan attrapa un oreiller et lui jeta à la tête, mais il l'évita aisément.

— Est-ce un non?

— C'est un non! criâmes-nous à l'unisson.

— Bon, alors peut-être pourrions-nous nous abstenir de partie de jambes en l'air jusqu'à ce que nous soyons à Sobek.

Le grognement de Logan fut plutôt mignon.

— D'ailleurs, tu sais que mon personnel n'est pas habitué à ce que beaucoup de bruit provienne d'un lit. C'est la raison pour laquelle Yuri et moi avons notre chambre sur les toits. Vous devriez peut-être insonoriser votre chambre.

— Non, répondit Logan, appuyé sur un coude, toujours enfui en moi. Ils me veulent, ils devront m'entendre bruyant au lit.

Domin sourit largement.

— D'accord, mon frère. Hey, c'est d'accord, les gars, vous pouvez le refaire. Je vais rester là.

— Domin Thorne! hurla Yuri du bas des marches et instantanément, Domin claqua la porte derrière lui et fut parti.

— Je ne l'ai jamais vu partir à cette vitesse pour personne.

— Tu le fais pour *ton* amour, dit Logan en sortant lentement de mon corps.

— Oui, acquiesçai-je, en tendant la main vers lui.

— Nous devrions peut-être descendre ?

— Encore une minute, soupirai-je avant de l'embrasser.

XVI

CE FUT un jour solennel. Je le savais, mais même si ma vie en dépendait, je n'aurais pu effacer le sourire sur mon visage. Je rayonnais de bonheur et comme j'étais une *reah*, tout le monde ressentit ma joie débordante, bouillonnante.

Toute la tribu était là pour nous regarder partir, pour s'assurer que nous partions – le cérémonial les poussant hors de la ville. Mais je me sentais trop bien pour les laisser me blesser désormais.

Domin insista pour que nous portions tous des tenues élégantes, comme c'était la tradition, afin de partir sur une marque de respect. Cependant, je suspectais que c'était pour que tout le monde puisse voir à quel point il était beau. Cet homme avait, et avait toujours eu, le sens du spectacle.

Son costume trois-pièces noir Prada lui donnait l'air d'un prince, majestueux et magnifique. Il souriait largement, un sourire de pirate, toute en malice et chaleur charnelle, ses lunettes de soleil posées sur son nez.

— Je souhaite paix et prospérité à la tribu de Mafdet sous les cieux, dit-il d'une voix profonde et percutante, traversant chaque homme, femme et enfant présent pour le voir partir.

C'était une ancienne bénédiction qu'il avait ressuscitée après que le prêtre Hamid Shamon la lui avait enseignée avant de mourir.

La tribu l'acclama tandis qu'il prenait le bras de Yuri et le tirait en avant, comme si son compagnon ne savait pas où il allait. J'aimais voir le visage de Yuri s'illuminer comme il le faisait à chaque fois que Domin le touchait, le costume gris clair qu'il portait faisant ressortir le bleu de ses yeux et dévoilant son torse massif.

Domin ne sembla pas remarquer Koren, qui se tenait près de Peter, quand il passa devant eux, trop occupé à dire quelque chose à Yuri et à glousser en entendant sa réponse avant qu'il aperçoive Artem Varda et qu'ils s'arrêtent pour lui serrer la main et lui souhaiter bonne chance.

Nous avions demandé à Crane et Yusuke s'ils voulaient marcher dans la procession ou partir devant pour Sobek par le premier vol. Ils avaient tous les deux sauté sur cette occasion de partir.

— Mais la tribu ne pourra pas vous montrer son respect, avait fait valoir Danny.

Yusuke s'était moquée.

— Elle peut le garder. Je prouverai ma valeur à une autre et me tiendrai aux côtés de mon *semel*.

J'étais content que Kabore ait déjà annoncé à Domin qu'il souhaitait démissionner, car je ne tenais pas à voir Yusuke couper menu une personne que j'appréciais. Mais, vraiment, celui ou celle qui s'interposait entre elle et son devoir envers Logan était tout simplement destiné à la morgue.

Alors, Crane et elle, leurs filles, Markel et Delphine, Éva, Ivan et ses parents, ainsi qu'Irina et son fils, Dmitri, étaient déjà partis, s'étant envolés de l'aéroport de Reno, deux heures plus tôt, la moitié des hommes de Domin ainsi que Wickham Morris et Dov Yadin les accompagnant jusquelà. Shahid Alon et davantage d'hommes les retrouveraient à New York, puis s'envoleraient avec eux vers la France à bord d'un jet privé, puis direction Le Caire. Je ne savais pas comment Domin avait obtenu les passeports et toute la paperasse nécessaire si rapidement pour tout le monde, mais je ne lui avais pas posé la question. J'étais tellement soulagé de savoir que les autres étaient déjà en sécurité que j'avais commencé à rayonner.

Justin et Danny marchaient devant nous et plusieurs personnes s'arrêtèrent pour souhaiter bon voyage à Danny et rencontrer Justin, qui lui tenait la main. Je fus heureux de voir que Danny ne sembla pas ignorer Koren à dessein, seulement, comme Domin, il ne le remarqua pas, trop impliqué avec son nouveau compagnon. Domin avait accompli leur cérémonie d'union avant que nous quittions le pavillon d'invités, la promesse invoquée que lorsqu'ils arriveraient à Sobek, leur cérémonie d'accouplement aurait lieu. Mais avant, Justin emmenait Danny à San Francisco afin de présenter son compagnon à sa tribu. Puis ils retrouveraient Domin à Sobek afin d'être officiellement liés avant de voyager avec lui. Danny était glorieusement heureux ; c'était évident dans ses yeux brillants, son sourire constant et ses éclats de rire. Il ne quittait jamais le côté de Justin, n'aurait jamais lâché sa main et, quand Koren le rattrapa avant qu'il monte dans le SUV qui nous attendait, Danny fut, dans son bonheur nouvellement trouvé, gentil alors qu'il n'aurait pas dû l'être.

Il serra la main de Koren – ne l'étreignit pas, ce qui aurait signifié s'éloigner de Justin – et lui adressa un sourire radieux, lui souhaitant le meilleur avec sa destinée.

Koren adressa un signe de tête à Justin, qui le lui rendit, avant de serrer tendrement Danny contre lui. Pour mon cousin, c'était une nouvelle aventure avec l'amour de sa vie; pour Koren, je me doutais qu'il était dur pour lui de voir sa meilleure chance de trouver le bonheur revendiquée par un homme que tout le monde savait bien trop intelligent pour laisser tomber Danny un jour.

Je pensais que les gens voudraient parler à Logan, toucher sa main, lui dire au revoir, mais ils se tenaient en retrait, se contentant de nous regarder marcher avec Ilia. Je ne comprenais pas. Logan était resplendissant dans son costume noir, sa cravate dorée et sa chemise blanche. J'aurais saisi n'importe quelle occasion pour poser mes mains sur lui.

— Dois-je dire au revoir à Dedushka? demanda Ilia alors que nous passions devant Peter, Koren, Russ et Lydia.

— Fais comme tu le sens, lui répondis-je.

Alors que nous approchions, Peter nous snoba et même quand Ilia l'appela, il l'ignora. Koren s'agenouilla et tendit la main à mon fils et Ilia, bien que visiblement blessé, sa lèvre inférieure tremblant et ses yeux emplis de larmes, la prit et lui sourit.

— Au revoir, oncle Koren, dit-il, son regard se posant brièvement sur Peter, puis sur Logan, qui se baissa et prit son fils dans ses bras.

Ilia serra Logan dans ses petits bras, la tête dans son épaule, tandis que son père esquivait tout le monde, père, frères, leurs compagnes et promises, et se dirigeait vers la voiture.

Il en avait complètement et entièrement fini avec eux, ce que je comprenais. Je n'avais aucun mot d'adieu à partager avec eux, je suivis simplement mon compagnon. Ce devait être un tel soulagement pour tout le monde de me voir partir, autant que ce l'était pour moi de partir.

— Toujours, toujours?

Ilia riait quand j'entrai dans la voiture et je me rendis compte que j'avais manqué le début d'une conversation. L'un des *khatyus* de Domin ferma la porte derrière moi et frappa sur le toit, puis nous nous mîmes en route, quittant la propriété pour la dernière fois.

— Quoi qu'il arrive?

— Quoi qu'il arrive, promit Logan.

— Et si je mets le feu à la maison?

— Tu n'es pas autorisé à jouer avec des allumettes, lui rappela Logan.

— Oh, oui, considéra Ilia. Et si je casse ta montre préférée?

— J'en achèterai une nouvelle.

203

— Et si papa disparaît encore une fois à cause de moi ?

— Papa ne disparaîtra plus jamais et ce n'était pas ta faute, je te l'ai déjà dit.

— Mais tu étais en colère contre moi.

— J'étais triste, c'est tout. Je n'ai jamais cessé de t'aimer, je ne cesserai jamais.

— Quoi qu'il se passe, répéta Ilia en adressant un sourire rayonnant à Logan. Tu m'aimeras pour l'éternité.

— Oui.

Ilia pivota vers moi.

— Dedushka ne m'aime plus, mais papou m'aime et toi aussi, hein, papa ?

— Oui, répondis-je, souhaitant tout le mal possible à Peter Church.

— Oncle Crane m'aime, et Tatie Yusuke et Babushka. Tu m'aimes aussi, hein, oncle Yuri ?

— Oui, lui assura Yuri.

Le regard d'Ilia tomba sur l'*akhen-aten* et il se mordit la lèvre inférieure.

— Oncle Domin ?

Domin se tourna lentement, comme s'il était ennuyé, et haussa les sourcils.

— Oui ?

— Est-ce que tu m'aimes ?

Il parut réfléchir à la question.

Ilia gigota sur son siège.

— Eh bien ?

— Évidemment, répondit Domin, comme si toute cette conversation était ridiculement insignifiante. Cette question est indigne de toi.

Mais tout ce qu'Ilia entendit fut le 'évidemment', prononcé avec une autorité et une vérité absolues. Il se leva et se jeta de l'autre côté de la voiture, atterrissant sur les genoux de Domin.

Agissant comme si Ilia grouillait de poux, il essaya de le repousser sur les genoux de Yuri, mais mon fils était déjà fou de lui et refusait de le lâcher. Après un moment de duel de regard, Domin se renfrogna et Ilia sourit, le chef du monde des panthères soupirant bruyamment et coinçant mon fils contre son flanc, embrassant sa tête, puis lui demandant s'il voulait jouer à un jeu sur son téléphone.

Dès qu'Ilia fut confortablement installé, Yuri prit la main libre de Domin et je pris celle de Logan et respirai. J'allais enfin à la maison et je ne pouvais plus attendre.

— Oh, au fait, dit Domin avec un sourire en coin. Miguel Garza exige deux cent cinquante mille dollars de *menat*.

Logan ricana.

— Bonne chance pour les obtenir de la part de Peter, dit-il.

Plus de 'mon père', rien de tout cela. Peter tournant le dos à Ilia avait pour toujours fermé la porte entre les deux hommes. Logan pardonnait beaucoup de choses, mais pas cela.

— Oh, je ne sais pas, répondit Domin en souriant. Quand tu as libre accès aux registres, tu peux faire une demande juste et équitable.

— Comment aurait-il pu avoir accès aux registres de la tribu ? demandai-je.

— Crois-moi, je n'en ai absolument pas la moindre idée.

— En parlant d'argent, intervint Logan en se penchant en avant pour regarder Domin. Tous mes comptes étaient joints à ceux de Peter à cause de la tribu, alors ils ont été fermés et vidés. Je ne sais pas ce que nous pourrons faire à Sobek pour trouver des fonds.

— Tout est pris en charge, expliqua Domin. Tu verras. Tout est avec Taj, qui nous retrouvera dans l'avion à New York. Tu auras des passeports, des cartes de crédit et des relevés bancaires. Tout est fait.

— J'ai travaillé toute ma vie, Domin, insista Logan.

Domin ricana.

— Qu'est-ce qui te fait croire que tu ne travailleras pas, *semel-aten* ?

Logan se tourna lentement vers moi.

— Je pense que diriger la seule ville métamorphe au monde pourrait être un travail plus grand que tu ne le penses, taquinai-je mon compagnon.

Logan jeta un regard à Domin, qui ricana avant de retourner jouer à un jeu avec Ilia.

— Tu dois toujours lire les petits caractères quand tu signes un pacte avec le diable, intervint Yuri en haussant un sourcil pour le seul bénéfice de Logan.

Je ne pus m'empêcher d'éclater de rire, il était si indigné.

— Jin !

Je ne pouvais même plus respirer et les gloussements de Yuri ne m'aidaient pas le moins du monde.

ÉPILOGUE

CRANE PASSA en trombe devant moi, ses filles suivant quelques instants plus tard en hurlant de rire, puis Dmitri, qui courait après eux avec Ilia sous sa forme féline près de lui, les jumeaux de Mikhail, Emad, suivant le père de Samani, et Joseph, celui de Mikhail, et enfin une énorme panthère dorée, si grosse qu'il ne pouvait y avoir aucune erreur; je regardais Yuri Kosa. Tous dévalèrent le grand escalier jusqu'en bas où Samani se trouvait avec Mikhail en secouant la tête tandis qu'ils tournaient autour d'elle puis décampaient.

— C'est un palace, pas un parc!

Elle tentait d'être sévère, mais l'effet fut complètement ruiné par son sourire.

Ce que je remarquai plus que toute autre chose, cependant, ce furent les sourires sur les visages de tout le personnel qui regardait les enfants et les adultes courir.

Sobek était différent, j'en avais été stupéfait. Lorsque j'étais venu auparavant, ça avait été d'abord en tant que prisonnier, puis en tant qu'invité qui ne voulait qu'une chose : partir. À présent, je la voyais comme le magnifique endroit qu'elle était, avec des gens qui nous acceptaient inconditionnellement, ma famille et moi. Nous avions tellement de liberté, pour nous, pour notre fils, c'était quelque chose que je ne tiendrais jamais pour acquis et que je me battrais pour garder en moi.

— Tu sais, dit Logan en arrivant derrière moi et en ,enroulant ses bras autour de ma taille, enfouissant son visage dans mes cheveux. Voir Ilia sous sa forme de panthère, libre et heureux, reconnu et accepté par tous ceux qui le voient… vaut déjà tous les sacrifices qui devaient être faits.

— Oui, acquiesçai-je, brusquement à bout de souffle.

Il soupira et me blottit contre lui.

— Ces six derniers mois ont été une telle bénédiction. Tu es si heureux ici, tu irradies de bonheur. Tu le sais, ma *reah*?

Je hochai la tête. Je le sentais, mon amour immense pour mon compagnon, mon enfant, mes amis, l'endroit où je vivais à présent, et le peuple de ma tribu. Je pensais avoir un foyer avant, mais il s'avérait que le prêtre avait eu raison il y a bien longtemps. J'appartenais à Sobek, tout comme ceux que j'aimais.

— Nous allons être très bien ici, dit-il en m'embrassant tendrement, douloureusement, car il m'aimait, et mon cœur se gonflait beaucoup trop.

— Nous allons faire de cet endroit notre foyer.

Je tournai la tête pour le regarder par-dessus mon épaule.

— Ça l'est déjà. Tu es avec moi, là est mon foyer. Pour toujours.

— Pour toujours, répéta-t-il, puis il se glissa hors de ma portée, me rappelant que nous avions des gens à recevoir dans le grand salon, prenant ma main pour me tirer derrière lui.

— Oui, mon *semel*, dis-je doucement et, même s'il ne m'entendit pas, nous faisant descendre précipitamment les escaliers, cela importait peu.

Seul le fait que l'on soit ensemble comptait.

CŒUR SAUVAGE
Mary Calmes

Le Clan des Panthères, tome 1

Jin Rayne est un jeune homme – mi-homme mi-panthère de surcroit – qui n'aspire qu'à une vie des plus ordinaires. Il a fui son passé pour prendre un nouveau départ, mais on ne se débarrasse pas si facilement d'aussi lourds secrets. Son arrivée dans une nouvelle ville l'amène à rencontrer le leader d'une tribu d'homme-panthères. Cette rencontre avec Logan Church, bel homme envoûtant, s'avère être un choc pour Jin qui panique à l'idée qu'il puisse s'agir de celui à qui il est destiné, c'est à dire l'amour de sa vie. Jin refuse de vivre selon les rites des hommes-panthères et se donner à son destiné le contraindrait à s'y soumettre.

Jin est pourtant bel et bien le compagnon dont Logan a besoin pour diriger sa tribu et il ne renoncera pas si facilement. Il aura besoin de temps et de se sentir en confiance pour découvrir le bonheur d'appartenir à Logan et apprendre à l'aimer sans borne.

www.dreamspinner-fr.com

Suite de *Cœur sauvage*
Le Clan des Panthères, tome 2

Jin Rayne a bien du mal à se faire à sa nouvelle vie, qu'il est pourtant censé adorer. Au lieu d'apprécier simplement d'être le compagnon du chef de tribu Logan Church, il ne parvient pas à accepter le fait que son amant ait été hétéro avant de le rencontrer. Il a trouvé le bonheur en se livrant entièrement à Logan, mais reste terrorisé à l'idée que sa nouvelle vie puisse disparaître du jour au lendemain, malgré l'affirmation catégorique de Logan que leur relation est pour la vie.

Jin veut vraiment croire Logan, mais ce souhait va être mis à rude épreuve par le chef d'une tribu rivale, mais aussi par une révélation cruciale concernant son existence même. C'est la vie de Jin et son rang dans la tribu qui seront en jeu. S'il veut survivre à cette épreuve et retrouver Logan, il lui faudra se défaire de ses craintes et accepter pleinement leur lien sacré, condition sine qua non pour qu'il puisse lui faire pleinement confiance.

www.dreamspinner-fr.com

CŒUR *et honneur*

Mary Calmes

Suite de *Cœur confiant*
Le Clan des Panthères, tome 3

Les nouveaux pouvoirs effrayants de Jin Rayne en tant que nekhene continuent de s'accroître ainsi que sa place en tant Reah de la tribu de Logan Church, lorsqu'il apprend qu'un sepat, un défi d'honneur, a été lancé. Logan, qui n'a jamais voulu faire autre chose que diriger sa tribu dans sa petite ville, doit voyager au bout du monde jusqu'en Mongolie et se battre pour devenir le leader le plus puissant dans le monde des panthères.

Logan ne sera pas le seul à faire ce voyage. En tant que compagnon, Jin doit se battre avec lui pour honorer son engagement envers Logan, sa culture et sa tribu. Mais le processus est long, impliquant une séparation prolongée entre les deux hommes, et l'humanité de Logan est en jeu. Afin de réussir à traverser ce sepat cauchemardesque, Jin et Logan doivent accepter leur sort, se faire confiance, et honorer les vœux qu'ils se sont fait, peu importe le coût.

www.dreamspinner-fr.com

CŒUR *destiné*

Mary Calmes

Le Clan des Panthères, numéro hors série

Dans la ville secrète de Sobek, Domin Thorne se fait une place en tant que semel-aten nouvellement choisi, leader du monde des panthères. Il aspire à faire des changements radicaux – il se fixe des buts, autant pour lui que pour ceux qu'il choisit d'emmener avec lui, modelant son règne sur celui de son ami, Logan Church. Mais Domin s'est peut-être fixé un objectif trop dur à atteindre : ses qualités de meneur ne fonctionnent pas.

Jonglant entre un Crane qui a le mal du pays, un Mikhail de mauvaise humeur, un Taj brandissant son fouet, des domestiques aux intentions meurtrières, un ex qui lui rend visite et un compagnon parti pour une dangereuse mission de conciliation, Domin va devoir comprendre son nouveau rôle seul. Il doit aussi trouver comment gérer une conspiration, tout en tombant éperdument amoureux d'un homme qui, pour la première fois de sa vie, partage ses sentiments. Qu'il soit prêt ou non, le Destin intervient pour lui apprendre une leçon : les menaces internes sont tout aussi dangereuses que les externes.

www.dreamspinner-fr.com

L'acrobate

MARY CALMES

Le professeur d'anglais Nathan Qells, quarante-cinq ans, est doué pour donner de l'importance aux personnes qui l'entourent. Cependant, il est moins bon quand il s'agit de préserver une relation. Il est sympathique, mais il a du mal à discerner les sentiments des autres personnes. Ainsi, même après tout le temps qu'il a passé à s'occuper de Michael, le lycéen qui habite en face de chez lui, il ne réalise pas qu'Andreo Fiore, oncle et tuteur légal de Michael, a commencé à tomber amoureux de lui.

Dreo a des problèmes plus urgents à régler que de montrer à Nate qu'il pourrait être un partenaire potentiel. Il élève son neveu, tout en essayant de quitter le monde de la mafia et de monter sa propre affaire, un processus rendu plus difficile lorsqu'une fusillade survient, éliminant quelques personnages clés du milieu. Cela n'empêche pas Dreo de persévérer dans sa quête d'une nouvelle vie dont il pourrait être fier – une vie dans laquelle Nate aurait une place essentielle. Une vie qui pourrait ressembler à celle dont Nate a toujours rêvé. Malheureusement pour Dreo – et pour Nate – la dernière fusillade n'était que la partie immergée d'une restructuration importante de la mafia, et l'amour évident que porte Dreo à Nate fait de ce dernier une nouvelle cible.

www.dreamspinner-fr.com

MARY CALMES vit à Lexington dans le Kentucky, avec son mari et ses deux enfants et espère un jour quitter l'île pour emménager dans un endroit où ses enfants pourront découvrir l'automne et l'hiver. Elle a fait ses études à l'Université du Pacifique, à Stockton, en Californie, où elle a obtenu une licence en Littérature anglaise. Vu qu'il s'agit de littérature et non de grammaire, ne lui demandez pas de vous détailler un texte, elle ne le fera pas. Elle aime écrire et s'abandonne complètement à son travail. Elle peut même vous dire quelles odeurs ont ses personnages. Elle aime acheter des livres et aller à la rencontre de ses fans lors des conventions.

Par MARY CALMES

L'acrobate
L'ange gardien
De nouveau
La grenouille du prince
Le mien

LE CLAN DES PANTHÈRES
Cœur sauvage
Cœur confiant
Cœur et honneur
Cœur destiné
Cœur et avenir

DANS LES TEMPS
Mauvais timing
Bon timing pour un Rodéo
Question de timing
Timing parfait

LES GARDIENS DES ABYSSES
Son foyer
Bec et ongles
Le cœur sur la main

QUESTION DE TEMPS
Question de temps, tome 1
Question de temps, tome 2

Publié par DREAMSPINNER PRESS
www.dreamspinner-fr.com

www.ingramcontent.com/pod-product-compliance
Lightning Source LLC
Chambersburg PA
CBHW022137240626
47153CB00007B/2406